Küp Seker

AF235679

Empire Zero
INDIA

Der Autor

Küp Seker ist ein österreichischer Schriftsteller, Jahrgang 1967, der in Vorarlberg geboren wurde und dort lebt und arbeitet.

Sein literarischer Schwerpunkt ist es, schöne, informative Geschichten zu erzählen und seine Leser aus dem Alltag in ferne Welten zu entführen.

Seine Erzählungen stehen für die Akzeptanz unter den Religionen und Kulturen und sollen durch viele Lebensweisheiten zum Nachdenken anregen.

Das Buch

Als Claire Winter den Autor Küp Seker auf der Buchmesse kontaktiert und ihn bittet, ihr Skript zu veröffentlichen, glaubt Küp beileibe nicht daran, ihrem Wunsch je zu entsprechen. Nachdem er jedoch ungläubig ihr Manuskript gelesen und den Wahrheitsgehalt recherchiert hat, weiß er, dass es seine Pflicht ist, dieses Dokument einer großen und breiten Öffentlichkeit zugänglich zu machen.

Küp Seker hat das Werk von Claire überarbeitet und berichtet nun von ihrer unglaublichen Reise zusammen mit ihrem Freund Steven von Peking mit der Transsibirischen Eisenbahn in Richtung Moskau. Er schildert davon, wie sie Karim, einen indisch-stämmigen Amerikaner kennenlernt, der seines Zeichens der Diener des britischen Thronfolgers Prinz Edward VIII. war.

Karim erzählt, wie er zusammen mit dem Prinzen auf dem Dampfschiff, der Britannia III, über das Meer nach Indien fuhr, um zusammen mit ihm an einer Tigerjagd teilzunehmen, und wie der britische Thronfolger die mysteriöse indische Prinzessin Shanti kennen und lieben lernte.

Die Erzählung entführt Sie zu wundervollen, teils historischen Schauplätzen in China, der Mongolei, in Großbritannien, Frankreich sowie Indien und Russland, nicht nur mit einer interessanten und schönen Geschichte, sondern auch mit viel Hintergrundwissen über Land und Leute sowie über die jeweiligen Kulturen und Religionen.

Lassen Sie sich mitnehmen auf eine Reise mit der Transsibirischen Eisenbahn quer durch China, die Mongolei und Sibirien, und sich berauschen von einem Abenteuer einer jungen Amerikanerin zusammen mit einem indischen Diener, das seinesgleichen sucht.

FSC
www.fsc.org

MIX

Papier aus ver-
antwortungsvollen
Quellen
Paper from
responsible sources

FSC® C105338

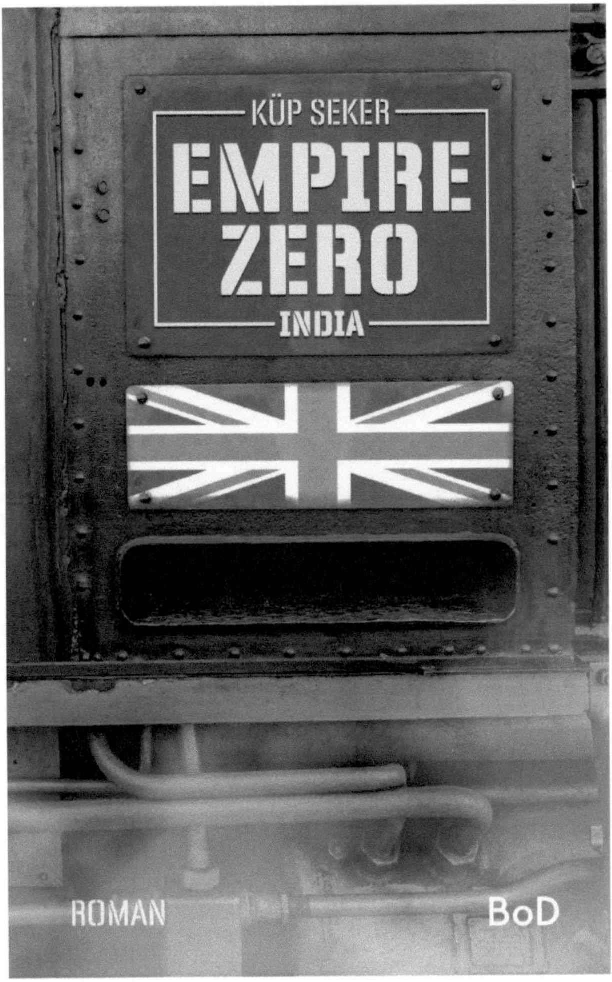
KÜP SEKER
EMPIRE
ZERO
INDIA
ROMAN
BoD

Küp Seker

Empire Zero
INDIA

Roman

Impressum

›Empire Zero – INDIA‹
© 2021 Küp Seker
Alle Rechte vorbehalten.
1. Auflage, Januar 2021

Coverdesign: Oliver Ruhm, Zeughaus Design GmbH
Fotos und Bildgrafiken Cover:
© FOTO Lokomotive: Cornell Frühauf, Pixabay

Coaching: Birgit Sprenger
Lektorat und Korrektorat: Martina König, Lektorat Sprachgefühl
Satz: Armin Pehlivan

Herstellung und Verlag: BoD – Books on Demand, Norderstedt
ISBN: 978-3-7526-6002-9
kuep.seker@gmx.at
Gesetzt nach den Regeln der Rechtschreibreform.
Alle in diesem Roman geschilderten Handlungen und Personen
sind frei erfunden. Ähnlichkeiten mit lebenden oder verstorbenen Personen sind zufällig und nicht beabsichtigt.

Für Margit und Hans

Frankfurt am Main – Prolog

Es war einer jener verregneten Oktobertage, die kalt und düster vergeblich auf die Sonne warteten. Ich stand bereits seit frühmorgens am Messestand meines Verlags auf der Frankfurter Buchmesse. Meine Zeit war gefüllt mit Lesungen und Autogrammstunden. Mein Verlag ließ mir keine Sekunde Freiraum und zerrte mich mit meinem neuen Roman *Kamar & Sun* von einem Ereignis zum nächsten. Natürlich erfreute es mich, im Rampenlicht zu stehen und als Newcomer des Jahres gefeiert zu werden, aber nach einigen Tagen Dauerstress waren Wille und Kraft weit außerhalb eines vernünftigen Gleichgewichts.

Da ich mich nach etwas Abwechslung sehnte, stahl ich mich vom Messestand und lief zwischen den Menschenmassen wie ein Hindernisläufer durch den langen Gang. Wir waren im ersten Obergeschoss untergebracht und so fuhr ich über die Rolltreppe ins Erdgeschoss. Auf halber Höhe konnte ich einen Blick ins Innere der Halle im Erdgeschoss erhaschen und hatte einen unglaublichen Überblick über das Treiben in den Gängen sowie über die Personen vor und an den Messeständen. Ich mischte mich unter die anderen Besucher und lief ebenso durch die Ausstellung der Haupthalle. Hier waren die namhaften und wichtigen Verlage angesiedelt. In den schmalen Gängen konnte man nicht mehr selbstständig laufen, sondern wurde wie ein Spielball von einem Ort zum anderen geschoben. Nicht zuletzt, da Jonas Jonasson, einer der erfolgreichen skandinavischen Autoren, an jenem Tag an einer Podiumsdiskussion teilnahm und sich vor der Bühne eine riesige Ansammlung von Zuhörern und Schaulustigen eingefunden hatte. Ich mochte sein Buch von dem Hundertjährigen, der aus dem Fenster stieg, aber deshalb eine Stunde eingequetscht vor der Bühne zu stehen und ihm zuzuhören, wäre mir für den Moment zu viel gewesen.

Alles stockte und alles staute sich. Ich umrundete die Menschentraube und verschwand, wie der Hundertjährige, zwar nicht aus dem Fenster, aber aus der Messehalle ins Außengelände. Die kühle, frische Luft strömte durch meine Kehle. Der Sauerstoff war wohltuend für meine Lungen und fühlte sich herrlich an im Vergleich zu der dumpfen Luft in der Messehalle.

Der Regen tropfte in meine Haare und ich genoss den feuchten Nebel auf meiner Haut, als mich eine junge Frau von der Seite ansprach. »Darf ich Sie kurz stören, Herr Seker?«, fragte sie mich auf Englisch. Ich suchte nach einem Stift in der Innentasche meiner Jacke, um mein Buch zu signieren, wie ich es die letzten Tage so oft getan hatte. Die junge Frau hielt ihre Oberarme eng an ihrem Körper und nachdem meine Blicke vergeblich ein Buch in ihrer Hand gesucht hatten, sah ich hoch in ihr Gesicht, das mich, gesprenkelt mit kleinen Regentropfen, freundlich und bittend ansah. Einen Moment dachte ich, dass sie weinte, als das warme Licht der Hallenbeleuchtung die

Wassertropfen in ihren Gesichtszügen zum Strahlen brachte. Die zierliche Frau mit dem schmalen Gesicht und den langen blonden Haaren wirkte vollkommen aufgelöst. Sie war adrett gekleidet, wie eine Businessfrau, aber ihr brauner Parka, den sie über dem schwarzen Kostüm trug, verriet, dass sie eher eine Rolle spielen wollte und sich für diesen Auftritt verkleidet hatte. Ich glaubte, zu erkennen, dass sie ein Ziel vor Augen hatte, und so war ihr leichtes Zittern sicherlich nicht nur der Kälte geschuldet. Sie erklärte mir, dass sie mit mir zusammen ihr Skript veröffentlichen wolle, und sie hoffte, in mir einen Partner für ihr Buch zu finden.

›Wenn es nur so viel Leute geben würde, die Bücher kaufen, wie solche, die Bücher schreiben, dann hätte die Buchbranche keine Probleme‹, dachte ich bei mir und schmunzelte. Und obwohl ich vom Ansinnen der jungen Frau geschmeichelt war, machte ich ihr klar, dass ich kein Verleger war und ich ihr Buch somit nicht veröffentlichen konnte. Sie solle die Zeit auf der Messe nutzen und einen Verlag für ihr Werk suchen. Hier in Frankfurt am Main sei doch genau der richtige Ort und exakt die richtige Zeit, um ihr Vorhaben in die Tat umzusetzen, versuchte ich, sie abzuwimmeln, obwohl ich tief im Inneren eine, wenn auch für den Moment zu kleine, Neugierde verspürte, mehr über ihr Skript in Erfahrung zu bringen.

Sie unterbreitete mir, dass sie keinen der namhaften Verlage wolle, da ihr Text einen zu explosiven Inhalt habe und sie niemandem diesbezüglich über den Weg trauen könne. Sie hatte Angst, dass die mächtigen Medien ihre Geschichte ausschlachten würden und sie schlussendlich mundtot gemacht werden würde. Sie war vor zwei Tagen auf meiner Pressekonferenz gewesen und sie fand meine ehrliche, freie Art beeindruckend. So hatte sie mein Buch gelesen und nach der einfühlsamen Geschichte vom Löwen und vom Schmetterling wusste sie, dass ich exakt der Richtige war, um ihre Geschichte zu übersetzen und zu veröffentlichen. Obwohl sie mich nicht kenne, würde sie mir dennoch auf eine eigentümliche Weise vertrauen und so wolle sie mich nicht als Verlag, sondern als Autor für ihr Projekt gewinnen. Sie wünsche sich nichts mehr, als dass ich ihren Text aus dem Englischen übersetze und unter meinem Namen veröffentliche.

›Explosive Content‹, hallte es in mir nach, während ich mich spontan dafür entschied, mir ihre Geschichte anzuhören. Zum einen, weil die junge Frau mir leidtat, zum anderen, weil es bitterlich kalt wurde und ich schnell wieder in die Wärme zurückwollte.

Wir fanden einen trockenen und ruhigen Platz in einem Restaurant am Ende einer Rolltreppe im ersten Stock der geräumigen Messehalle. Von hier konnten wir durch eine Fensterfront auf das Messegelände in den Regen und auf die Regenschirme der emsigen Besucher blicken, ohne jedoch ein Teil dieses Trubels und der Kälte zu sein.

Nachdem wir uns Tee und Kaffee bestellt hatten, begann sie, zu erzählen. Ihr Redeschwall war derart heftig, dass ich sie oft unterbrechen musste, um ihr folgen zu können. Sie rieb unentwegt den Daumen und den Zeigefinger der rechten Hand aneinander, während sie von China, Großbritannien, Indien, Russland redete, und kam immerzu mit Namen und Orten daher, die ich noch nie

14

gehört hatte und die ich nicht zuordnen konnte. Sie sprach von einer Verschwörung, von einem Mord, vielen Skandalen, und ihre Worte flogen nur so durch die Luft und durch meinen Kopf. Als sie zum Ende kam und mich erwartungsvoll ansah, war ich verunsichert, ob ich nach wie vor der Falsche für die Übersetzung und Veröffentlichung war. Konnte es nicht in der Tat sein, dass ihr Vorgehen, keinen namhaften Verlag zu kontaktieren, das richtige war? Ihre Geschichte hatte eindeutig Brisanz und wenn dies alles der Wahrheit entsprach, hätte ich an ihrer Stelle wohl gleich gehandelt. So ließ ich mich darauf ein, mir das Skript durchzulesen, bevor ich mich endgültig dafür oder dagegen entscheiden wollte. Sie gab mir ihr Manuskript und ich versprach ihr, mich in diesem Jahr noch bei ihr zu melden.

Mein Herbst war geprägt von weiteren Lesungen, die mein Verlag für mich organisiert hatte. Die Geschichte meines Buches handelt von Kamar, dem Löwen, der zusammen mit dem Schmetterling Sun auf der Suche nach seinem Zuhause einmal über den ganzen Planeten getrieben wird, und genau so fühlte ich mich auch zu jenem Zeitpunkt. Ich zog wie ein Rockstar quer durch Deutschland und andere Teile von Europa, reiste wie eine Puppe brav, angepasst und bereitwillig durchs ganze Land, von Buchhandlung zu Buchhandlung, um mein Werk bestmöglich zu präsentieren und zu promoten. Am ersten Weihnachtsfeiertag, also erst nachdem der Weihnachtsverkauf abgeschlossen war, durfte ich mir einen Monat freinehmen und wieder in mein Privatleben eintauchen.

Ganz ehrlich, ich war fix und fertig vom vielen Reisen und ich konnte keine Bücher mehr sehen. Es waren weit über einhundert Lesungen gewesen und am Ende konnte ich die meisten Passagen von *Kamar & Sun* auswendig vorlesen, ohne auch nur eine Sekunde auf den Text zu blicken. Ich verkroch mich während der Feiertage in meiner Wohnung und war heilfroh, mal ganz allein auch ohne *Löwe & Schmetterling* zu sein.

Am 7. Januar startete ich wieder ins Arbeitsleben und öffnete meinen geschäftlichen Mail-Account. Zwischen einigen Glückwünschen zum neuen Jahr und der einen oder anderen Spam-Mail entdeckte ich eine verzweifelte Nachricht von Claire Winter. Sie fragte mich, ob ich mich schon entschieden hätte, und sie bat mich darum, mich bei ihr zu melden.

Oh mein Gott, ich hatte die zierliche Amerikanerin vollkommen vergessen. Fieberhaft versuchte ich, mich zu erinnern, wohin ich ihr Skript gelegt hatte. ›Es muss bei den Unterlagen von der Messe sein‹, schoss es mir durch den Kopf und tatsächlich fand ich alles wohlbehütet zwischen Prospekten und anderem Werbematerial.

Ohne ihr Schreiben zu beantworten, begann ich am selben Abend, ihre Zeilen Seite für Seite zu lesen. Je tiefer ich in das Manuskript vordrang, umso unglaublicher wurde alles. ›Kann das echt wahr sein?‹, fragte ich mich nach jedem neuen Kapitel, das ich las. Mit einem Tag Abstand arbeitete ich den Text nochmals durch und recherchierte bei jeder noch so kleinen Ungereimtheit, ob dies der Wahrheit entsprechen konnte. Phasenweise verbrachte ich den ganzen Tag in der Verlagsbibliothek und im Internet. Aber so tief ich auch bohrte, jede Person, jeder Ort, jede noch so kleine Begebenheit konnte ich eruieren und nachweislich als mögliche Wahrheit identifizieren. Dennoch blieb ich skeptisch und unterrichtete meinen Verleger, der mir Tage danach einen Termin mit der Rechtsanwaltskanzlei des Verlags arrangierte. Wir kamen überein, dass ich der Kanzlei Auszüge des Manuskripts zukommen lassen sollte. Ich entfernte alle persönlichen Daten von Frau Winter und schickte einige relevante Ausschnitte an die Anwaltskanzlei. Sie konnte nach einer Woche Recherche auch keine Fehler in dem Schreiben finden, riet mir aber ausdrücklich davon ab, dieses Manuskript zu veröffentlichen. Kurz spielte ich durchaus mit dem Gedanken, Frau Winter abzusagen, da ich die Unwahrheit zwar nicht belegen, aber die Wahrheit auch nicht garantieren konnte. Dann erinnerte ich mich an eine persönliche Begebenheit, die mir über das Dilemma hinweghalf.

Früher hatte ich geglaubt, dass ich ein Atheist war, aber eigentlich nur, weil ich damals noch nicht gewusst hatte, dass es auch Agnostiker gab. Und als ich mein eigenes Denken in dem Agnostizismus mehr wiederfand als im Atheismus, wechselte ich die Fronten. Mit dem Manuskript war der Sachverhalt sehr ähnlich. Ich konnte den Text von Frau Winter nicht mit voller Überzeugung für falsch erklären, wie ich damals auch nicht die Existenz von Gott vollkommen ausschließen konnte, und so verwandelte ich mich damals vom Atheisten zum Agnostiker, der die Existenz Gottes nicht ausschließen konnte, obwohl sie grundsätzlich weder rational zu erklären noch zu erkennen war. Und so schloss ich fortan die Richtigkeit von Frau Winters Skript auch nicht mehr aus, obwohl ich mir diese besonnen und vernünftig betrachtet nicht erklären konnte.

Ich entschied mich dazu, das Manuskript Wort für Wort, Seite für Seite aus dem Englischen zu übersetzen. In Abstimmung mit Frau Winter wurden alle Angaben, die ihre Person betrafen, abgeändert. Somit kann garantiert werden, dass alle Persönlichkeitsrechte von Frau Winter gewahrt werden, ohne die Erzählung inhaltlich zu ändern. Obwohl diese Eingriffe in die Geschichte nicht umfangreich waren, wird im Einverständnis mit Frau Winter das Buch demnächst unter meinem Namen veröffentlicht. Ihr ging es nie um Geld oder Popularität, sondern nur darum, dass die Wahrheit ans Tageslicht kommt.

Gleichwohl muss ich aus rechtlichen Gründen anfügen, dass es sich im Folgenden um einen Roman handelt und jeder Wahrheitsgehalt vollkommen ausgeschlossen werden kann. Weiter beteure ich, dass alle Figuren sich nie in dieser Konstellation getroffen und sie nie in einem der geschilderten Verhältnisse verbunden zueinandergestanden haben. Es handelt sich hierbei unmissverständlich um eine frei erfundene Geschichte.

Küp Seker im Juli 2020

In einer Weisung der internen Rechtsabteilung wurden der Verlag sowie der Autor nachdrücklich dazu aufgefordert, folgendes Dekret im Vorfeld des Romans zu veröffentlichen.

Versicherung an Eides statt

Unser Mandant Herr Küp Seker versichert an Eides statt durch seine eigenhändige und beglaubigte Unterschrift, dass die wahre Identität der Verfasserin des Manuskripts in vorliegendem Roman vollkommen unkenntlich gemacht wurde und durch den Roman keinerlei Rückschlüsse auf ihren Aufenthaltsort oder ihre wahre Herkunft gemacht werden können.

Der Name Claire Winter wird als Pseudonym anstelle des richtigen Namens der Verfasserin des Manuskripts verwendet.

Für Außenstehende ist es somit vollkommen ausgeschlossen, mithilfe des vorliegenden Buches eine zielführende Recherche anzustellen, um die wahre Identität von Frau Winter festzustellen.

Es wurden alle Namen, alle Wohnorte und alle Angaben zu universitären oder anderen Ausbildungen in Abstimmung mit Frau Winter geändert.

Als amerikanischer Vertreter und Rechtsbeistand von Frau Winter wurde eine Anwaltskanzlei im Westen der USA einbezogen, für die rechtlichen Belange von Herrn Seker steht unsere Kanzlei in der Pflicht.

Unser Mandant versichert weiter an Eides statt, die vorgenannten Angaben nach bestem Wissen und Gewissen gemacht zu haben und er nichts verschwiegen hat. Über die strafrechtlichen Folgen einer falschen eidesstattlichen Versicherung wurde Herr Seker informiert und ihm sind diese bekannt, namentlich die Strafandrohung bis zu drei Jahren Freiheitsstrafe oder Geldstrafe bei vorsätzlicher Begehung der Tat, bis zu einem Jahr Freiheitsstrafe oder Geldstrafe bei fahrlässiger Begehung.

Notariell beglaubigt in Zürich, im Spätherbst 2020

»Dann seid ihr alle Narren! Wenn wir auch nur eine Sekunde zögern, wird der Tiger uns zerfleischen und uns alle töten.«

Der vorliegende Roman wurde von Küp Seker nach persönlichen Aufzeichnungen von Frau Claire Winter (Name wurde geändert) aus dem Englischen übersetzt. Das ursprüngliche Werk wurde 2016 von Frau Winter eigenhändig verfasst und nur stellenweise, der Geschichte dienlich, von Herrn Seker abgeändert und angepasst. Ebenso wurden alle Maßeinheiten aus dem angloamerikanischen System in das Internationale Einheitensystem umgerechnet.

Empire Zero – INDIA

Peking

Nach zwei anstrengenden Wochen quer durch China saßen wir nun in Peking am Bahnhof Beijing Zhan, dem Zentralbahnhof der chinesischen Hauptstadt. Draußen schneite es unaufhörlich. In dem Bahnhofsgebäude, das von zwei an die dreißig Meter hohen Uhrtürmen flankiert war, waren wir zwar vor den Niederschlägen geschützt, doch eine wohlige Wärme wollte in dem gigantischen Gebäude nicht entstehen. Zumal der Blick durch die drei überdimensionalen Glasbogen über dem Eingang auf den gefrierenden Nebel, der wie Schneeflocken durch die Luft wirbelte, nichts Wärmendes an sich hatte.

Wir wussten, dass der Januar der kälteste Monat in Peking war und die Temperaturen immer um den Nullpunkt pendeln würden, daher war ich mit drei Pullovern bekleidet und hatte darüber meine Lieblingsjacke angezogen, einen braunen Parka, der mir den nötigen Schutz vor dem Regen und vor der Kälte geben sollte. Steven, mein Freund, war ebenso wie ich allergisch gegen die Kälte, aber wie könnte man es uns auch verdenken, kamen wir doch aus Houston, Texas, einem der heißesten Orte auf diesem Planeten. Die kältesten Temperaturen, die wir kannten, waren um die zehn Grad plus.

Steven hatte sich vor der Reise extra eine Daunenjacke gekauft, damit er allzeit gegen die Eiseskälte gerüstet war. Dank seiner Größe von fast eins neunzig und seiner knallgelben Jacke konnte ich ihn jederzeit im Auge behalten und so gingen weder er noch ich auf der Reise verloren.

Ich persönlich schaffte es mit angezogenen High Heels gerade mal auf geschummelte eins siebzig. Ohne Schuhe hatte ich meine Körpergröße seit der Grundschule nicht mehr gemessen. Der Spruch, dass kleine Frauen auf große Typen stehen, hatte schon etwas, aber was sollten wir auch machen? Einen Mann nehmen, der noch kleiner war als wir? So war ich mit meiner Wahl sehr zufrieden. Steven war ein Baum von einem Mann, groß gewachsen, dunkelhaarig und mit einem kantigen markanten Gesicht. Seine Freunde nannten ihn meist Arni, in Anlehnung an Arnold Schwarzenegger, und wenn er auch nicht die Muskeln vom Terminator hatte, so waren sich ihre Gesichter tatsächlich zum Verwechseln ähnlich.

Ich blätterte durch meine Bilder im Smartphone, während Steven sich über die genaue Abfahrtszeit informierte. Wir wollten weiter nach Moskau und somit stand uns der spannendste Teil unserer achtwöchigen Reise noch bevor.

Die Transsibirische Eisenbahn.

Am Eingang zum Bahnhof prangte ein riesiges Schild, auf dem die Route quer durch China, die Mongolei und Russland dargestellt war. In stolzen Lettern stand unübersehbar die Entfernung 7865 Kilometer von Peking bis Moskau auf der kolossalen Tafel. Ich erinnerte mich, dass die Luftlinie zwischen New York und San Francisco etwas über 4000 Kilometer beträgt. Somit fuhren wir, die Strecke betrachtet, fast zweimal durch den ganzen amerikanischen Kontinent.

Steven und ich wollten nicht wie die meisten die Reiseroute von Moskau nach Peking fahren, sondern in die entgegengesetzte Richtung. Unsere Route führte quer durch die Wüste Gobi nach Ulaanbaatar, der Hauptstadt der Mongolei, und dann weiter durch Sibirien über Irkutsk bis nach Moskau. Ich hatte es von Anbeginn an spannender gefunden, mit der Sonne zu reisen und nicht auf sie zu. Gut, es gibt viele Sprüche von wegen ›Sonne im Gesicht‹ oder ›Folge nicht dem Schatten, den du wirfst‹, aber das sind nur Sprüche. Und ich glaubte nicht, dass ich dadurch in meine Vergangenheit reisen würde, nur weil ich mich auf meinen Schatten zubewegte.

›Ich werde nie eine Fotografin‹, dachte ich bei mir, während ich meine Bilder sichtete.

Selfie vor dem Mausoleum. Selfie vor der Verbotenen Stadt. Selfie vor der Chinesischen Mauer, Selfie auf der Mauer. Immer und immer wieder fotografierten wir unsere gestellten und lächelnden Gesichter mit der Handykamera. Ein Bild glich dem anderen und einzig eine kleine Ecke des Bildausschnitts ließ die eigentliche Sehenswürdigkeit erkennen.

Steven und ich hatten weiß Gott jedes noch so kleine Denkmal zusammen mit uns verewigt und ins digitale Grab des Mobiltelefons gebettet. Spätestens in einem Monat würden wir die meisten Orte und Sehenswürdigkeiten gar nicht mehr erkennen, wenn wir uns überhaupt die Mühe machten, uns die Aufnahmen nochmals anzuschauen.

Das Gute an China war, dass man hier erst gar nicht versuchte, nicht als Tourist erkannt zu werden. Man verstellte sich nicht und tat nicht so, als ob man einheimisch wäre. Eigentlich nervte das bei Reisen nach San Francisco oder New York. Natürlich war man Amerikaner und kam nicht aus Europa oder Asien in diese Metropolen. Aber man war genauso Tourist und stellte sich ebenso in die Reihe vor den Sehenswürdigkeiten. Nur spielte man gegenüber den Ausländern den Einheimischen, der man aber nicht war, weil man sich ebenso wenig auskannte wie die anderen.

Dieser Stress entfiel in China, da man bereits auf den ersten Blick fremd war in diesem Land.

Steven hatte mich zu dieser Reise eingeladen, und das nicht nur im rhetorischen Sinn, sondern auch im finanziellen. Wobei die Reise seinen Aussagen zufolge günstig war. Wer fuhr schon im Winter nach Peking und wer in aller Welt im tiefen Winter quer durch Russland? Zudem hatte Steven durch seine sportliche Tätigkeit etwas Geld gespart und somit war die Reise für einen frischen Uni-Absolventen wie ihn nicht problemlos, aber dennoch finanzierbar. Abgesehen davon waren die schönsten Dinge wie das Silvesterfeuerwerk beim Nationalstadion vor vier Tagen ohnedies gratis.

Steven kam auf mich zu und fragte: »Bist du dir sicher, Schatz, dass wir das Zugticket auf heute gebucht haben?«

»Sicher bin ich mir sicher!« Ich nahm ihm die Fahrscheine aus der Hand und zeigte auf das Datum 01/05/2016. »Hier steht es doch, 5. Januar 2016«, stellte ich energisch fest.

»Nun ja, die Beamtin meinte, dass die Reservierung nicht auf den 5. Januar, sondern auf den 1. Mai lautet«, erwiderte Steven verunsichert.

»1. Mai? Die Frau spinnt doch! Wieso 1. Mai?«

Da schoss es mir in den Kopf, dass in der nicht-englischsprachigen Welt oft der Tag und der Monat vertauscht wurden.

»Mahhh«, stöhnte ich und ließ den Kopf hängen.

»Nicht so schlimm, Claire«, lächelte Steven, »dann bleiben wir eben fünf Monate länger in Peking.«

»Scherzkeks«, spottete ich und bewegte mich geradewegs auf den internationalen Schalter im Bahnhof zu.

Die kleine, zierliche Chinesin hinter dem Schalter wirkte etwas ängstlich, nachdem sie mich mit ihren kleinen schwarzen Augen durch ihren Pony erblickt hatte. Mein glühender Kopf war sicherlich hochrot und meine ungewaschenen langen blonden Haare fielen wie Spaghetti wild über mein Gesicht.

Nach einem langen Hin und Her und etwas Schwierigkeiten mit den Englischkenntnissen der Beamtin war eines klar: Wir konnten heute fahren. Jedoch entweder ohne Aufpreis in der 3. Klasse oder mit einer Zuzahlung von dreihundertfünfzig Dollar pro Person in der Premium First Class.

Dreihundertfünfzig Dollar! Das war mehr, als wir für das Ticket in der 2. Klasse bereits bezahlt hatten.

»Dann können wir ja gleich fliegen«, sagte Steven.

»Fliegen? Sicher nicht!«, schrie ich ihn gereizt an. »Ich freue mich seit Wochen auf diese Zugreise! Ich fliege sicherlich nicht!«

Ich war jetzt auf hundertachtzig, stemmte meine Hände in die Hüften und brüllte nochmals auf ihn ein: »Du kannst gern fliegen! Am besten gleich zurück nach Texas!«

»Aber Claire«, besänftigte er mich und nahm mich in seine Arme, »dann gönnen wir uns doch die 1. Klasse. Immer noch besser, als bis Mai hier auf dem Bahnhof zu schlafen.«

Ich konnte nun wieder etwas lächeln und drückte meinen Freund fest an mich.

Eigentlich war ich eine sehr ruhige, besonnene Person und weder launisch noch aufbrausend. Aber in der letzten Nacht hatte ich keinen Schlaf gefunden und unausgeschlafen mutierte ich definitiv zur Furie. So hatte mich die kurzzeitige Ausweglosigkeit bei der Meldung von Steven explodieren lassen.

›Ich war beileibe böse zu ihm, aber gut, ich werde es heute Nacht in der 1. Klasse sicherlich wiedergutmachen‹, dachte ich mir und wir buchten unser neues Quartier und bezahlten es zur Freude der Beamtin mit amerikanischen Dollars. Auf der ganzen Reise wurden wir immer wieder nach harten Dollars gefragt und die Menschen machten uns immer einen wesentlich besseren Wechselkurs, als man ihn offiziell in den Banken erhielt. So war ich mir sicher, dass die Beamtin das Geld eigenhändig in Yuan, die chinesische Währung, wechseln würde und die Dollars selbst mit nach Hause nahm, um sie auf die Seite zu legen oder bestmöglich zu verkaufen.

Mit strahlendem Gesicht versicherte sie uns, dass wir das beste Abteil der ganzen Zugflotte gebucht hätten. Zum einen handelte es sich um eine russische Garnitur und keine chinesische, zum anderen war genau dieser Waggon speziell restauriert worden und weit über einhundert Jahre alt. Es waren zwar die Sanitäranlagen modernisiert worden, erklärte sie uns, aber alles andere blieb so bestehen, wie es zur Jahrhundertwende gebaut worden war. Sie beteuerte, dass es der schönste und wundervollste Waggon der kompletten Transsib sei.

»Und der teuerste«, lächelte ich, während ich die Fahrkarten an mich nahm und mich daran erinnerte, im Reiseführer gelesen zu haben, dass die chinesischen Zuggarnituren um einiges älter und spartanischer ausgestattet waren als die russischen.

Die Beamtin schloss ihren Schalter und führte uns persönlich in die First Class Lounge, nachdem sie einen Pagen angewiesen hatte, sich um unser Gepäck zu kümmern, das aus zwei wuchtigen Tramper-Rucksäcken bestand. Als wir unzählige Sicherheitstüren passiert hatten, trafen wir in der Lounge ein. Die Beamtin bat uns, Platz zu nehmen und zu warten, bis man uns abholen würde.

»Aufgrund des starken Schneefalls und der tief verschneiten Strecke in Russland wird es zu einigen Stunden Verspätung kommen«, bemerkte sie noch knapp und ließ uns dann mutterseelenallein in dem Gang zwischen dem Vorraum und der anfangs kühl wirkenden Lounge stehen. Während wir weiter in den Raum vordrangen, verschwand das Sterile und der Bereich entpuppte sich als eine tatsächliche First Class Lounge. Eine

Bar stand wie eine Insel kreisrund inmitten des Saales und wurde von kleinen Sitzgelegenheiten mit Tischen, stattlichen Lounge-Möbeln und Palmen flankiert. Alles war in ein freundliches Licht getaucht, das aus kleinen, fast winzigen Tischleuchten strahlte und dem Raum eine Gemütlichkeit und Wärme verlieh, die einladend, ja geradezu verführerisch wirkte.

Wir ließen uns vor einer breiten Glasscheibe auf die Lounge-Möbel fallen, die uns federweich, förmlich wie zwei Arme, umschlangen. Es fühlte sich herrlich und behütet an. Der Stress und die eben verspürte Hektik fielen augenblicklich von uns ab und wir waren angekommen in unserem nächsten großen Abenteuer, der Transsibirischen Eisenbahn.

Durch die Glasscheibe konnten wir direkt in die großräumige Halle und auf die Gleise sehen. Eigentlich war es keine richtige geschlossene Halle. Mehrere großflächige Dächer überspannten segmentweise immer vier Gleise und zwei Bahnsteige. So entstand der Eindruck einer riesigen Halle, obwohl diese nach oben und nach vorn offen war. Hier standen in Reih und Glied alle Züge und Garnituren der chinesischen Eisenbahnflotte, die von hier aus in alle Teile des Landes und auch in ferne Länder fuhren, wie in unserem Fall Moskau in Russland. Peking hatte neben dem Hauptbahnhof noch zwei weitere, teils größere und modernere Bahnhöfe, den Südbahnhof und den Westbahnhof. Vom Hauptbahnhof aus fuhren alle Züge in Richtung Norden und Osten des Landes, so auch die Transmongolische Eisenbahn, welche in Ulan-Ude, der

Hauptstadt der russischen Teilrepublik Burjatien, in die Transsibirische Eisenbahn mündet.

Vor dem Fenster wütete und pulsierte das Leben zwischen den Zügen auf den Dutzenden Bahnsteigen. Es waren Hunderte, wenn nicht Tausende Reisende auf den Plattformen zwischen den Zügen. Pagen schleppten zielstrebig die Koffer umher und Schaffner machten mit Pfeifen auf sich aufmerksam.

In der Lounge hingegen war es bis auf die leise Musik ruhig und abgesehen von einem Kellner und einem älteren Herrn mit junger Begleitung menschenleer.

Der Kellner kam auf uns zu und ich merkte, wie er uns musterte. Steven hatte seine Jacke ausgezogen und saß nun in seinem etwas zu kleinen grünen Pullover, seiner schmutzigen zerrissenen Jeans und in seinen wuchtigen braunen Boots gemütlich auf dem Sofa. Wohl rundete mein Anblick, wie ich Pullover um Pullover auszog und zu guter Letzt auch noch meine schwarzen Winterstiefel abstreifte, wodurch meine selbst gestrickten roten Wollsocken zum Vorschein kamen, den Eindruck des Kellners ab, dass wir nicht zu seinen gewöhnlichen Gästen gehörten. Der junge Ober, der selbst perfekt in einen schwarzen Smoking mit passender Fliege und weißem Hemd gekleidet war und problemlos als James-Bond-Double durchgegangen wäre, ließ uns jedoch nicht spüren, dass wir vollkommen underdressed für diesen Bereich gekleidet waren. Er war äußerst freundlich, während er uns fragte, was wir bestellen wollten, und uns mitteilte, dass das Essen und die Getränke hier gratis seien. Wir bestellten sogleich alles, was wir an Essen in der sehr internationalen Speisekarte kannten, und der junge Kellner bekam richtig Arbeit. Er brachte zuerst ein Dutzend kleiner Frühlingsrollen mit einem süßen und einem scharfen Dip. Nachdem wir bemerkt hatten, dass die Burger fantastisch schmeckten, bestellten wir nochmals vier Stück, mit Pommes und Salat. Wir Texaner lieben Burger mit gebratenem Rindfleisch. Steven trank mindestens drei große Bier dazu und auch ich gönnte mir eine Coke nach der anderen. Der ältere Herr und die junge blonde Frau lächelten uns zu, als der Kellner uns am Schluss zwei üppige Teller gebackene Bananen mit Vanilleeis und Sahne servierte.

Wir aßen, bis wir nicht mehr konnten und zu platzen drohten.

Als wir schlussendlich, gesättigt und zufrieden, wieder auf den menschenüberfüllten Bahnsteig blickten, flüsterte Steven mir ins Ohr: »Schau, Schatz, einen Teil des Geldes haben wir ja schon zurückbekommen.«

Ich küsste ihn kurz, bevor ich in dem monotonen Summen der Klimaanlage erschöpft vom Essen und von all der Aufregung einschlief.

Transsibirische Eisenbahn

Nachdem der Page uns geweckt und uns mit dem Gepäck zum Zug gebracht hatte, bemerkte ich zum ersten Mal den Unterschied zwischen der normalen und der First Class. Es war herrlich. Ich schwebte förmlich über den Bahnsteig und überall war auf einmal so viel Platz. Der komplette Bahnsteig war vollkommen leer, da er extra für die Passagiere der First Class gesperrt wurde. Auf der Plattform, auf der vor Minuten noch Hunderte Menschen geschäftig ihrer Arbeit nachgegangen waren, war nun auf der kompletten Länge des Zuges keine Menschenseele mehr zu sehen.

Der ältere Herr aus der Lounge wurde von einem anderen Pagen in einem Rollstuhl geschoben und die wunderschöne junge Frau an seiner Seite lief ruhig und elegant neben ihnen her. Ich hatte bereits in der Lounge gesehen, dass der Herr einen sehr edlen braunen Cord-Anzug trug, der nun, ebenso wie das rote Cocktailkleid seiner jungen Begleitung, unter einer dicken schwarzen Daunenjacke verschwunden war.

Die drei blieben vor einem offenen Güterwagen stehen und blickten zu zwei anderen Bediensteten im Innenraum, die dabei waren, Pakete, Kisten, Boxen und andere Waren wie Fahrräder zu ordnen und zu schlichten. Als sie den

Herrn im Rollstuhl erblickten, hielten sie inne und nahmen ihre blauen Dienstmützen ab. Der ältere Herr sah teilnahmslos, fast schon abwesend und apathisch, aber sichtlich traurig auf einen schwarzen Holzsarg, der sich auch im Innenraum des Waggons befand. Er holte tief Luft und nickte den Leuten zu, bevor diese im Frachtraum wieder ihrer Tätigkeit nachgingen.

Ich zupfte Steven am Ärmel. »Hast du den Sarg gesehen?«

Er bejahte, ohne ein Wort zu verlieren.

»Steven, ich finde das unheimlich. Wieso habe ich nur hingesehen? Jetzt träume ich sicherlich während der ganzen Reise von dem Sarg und womöglich von dem Toten«, wisperte ich und glaubte, in dieser gigantischen hallenähnlichen Konstruktion mein Echo zu hören.

Wir schritten weiter bis zum Ende des Zuges. Ich zählte über zwanzig Waggons und zwei riesige Lokomotiven.

Der Zug musste weit über vierhundert Meter lang sein. Alle Waggons glichen sich wie ein Ei dem anderen. Sie waren über die komplette Länge unten rot, in der Mitte blau und oben weiß angestrichen, also exakt in den Farben der russischen Nationalflagge. Wenn der Zug in Bewegung war, musste von außen der Eindruck einer vierhundert Meter langen Flagge entstehen, die im Wind durch die Lande flatterte.

In der Mitte jedes Waggons war das russische Wappen angeordnet, der Doppeladler auf rotem Grund, der seit 1993 nach der Auflösung der Sowjetunion auf der russischen Flagge thronte. Auf dem Schild des Doppeladlers war der Heilige Georg abgebildet, wohl einer der wichtigsten

Heiligen und Märtyrer der russisch-orthodoxen Kirche. Georg war als einer der vierzehn Nothelfer der christlichen Kirche unter anderem für die Hilfe gegen Kriegsgefahren, Fieber und die Pest zuständig. Über dem Wappen stand auf jedem einzelnen Waggon das Wort Russland in großen kyrillischen Buchstaben geschrieben.

Ich musste schmunzeln, da ich mich an einen Gastvortrag an der Uni von einem Dozenten aus St. Petersburg erinnerte. Ich wusste zwar nicht mehr, worum es in diesem Vortrag genau gegangen war, aber zu Beginn hatte er eine russische Flagge hochgehalten und uns einige Bilder gezeigt, auf denen ausländische Touristen, die sich in Russland aufhielten, stolz die russische Fahne ins Bild hielten. Nach einigen Fotos hatte der Gastdozent uns gebeten, nicht auch den Fehler der anderen zu begehen, denn alle hielten die Fahne verkehrt herum.

»Im Kyrillischen«, hatte er gesagt, »schreibt sich Russland РОССИЯ und spricht sich als ROSSIYA aus. Das A, welches bei ROSSIYA ganz hinten steht, ist also ein gespiegeltes R. Leider denken die meisten, die des Kyrillischen nicht mächtig sind, dass dieses gespiegelte R der erste Buchstabe von ROSSIYA, also das R, wäre, und halten dementsprechend die Fahne falsch herum.«

Aber ja, auf den Waggons der Transsibirischen Eisenbahn war dies natürlich richtig geschrieben.

Unser Waggon war ganz am Ende des langen Zuges und übertraf alles, was ich mir je vorgestellt oder erträumt hatte. Im Nachhinein erfuhr ich von Igor, unserem Kellner, dass dieser ganz selten auf der Strecke eingesetzt wurde. Eigentlich nur, wenn jemand bereit war, die Grundbuchung von einigen Tausend Dollars zu bezahlen. Igor selbst war schon seit fast fünf Jahren auf der Strecke unterwegs und auf dieser Fahrt erlebte er erst das zweite Mal, dass dieser außergewöhnliche Waggon angekoppelt wurde. Der Salonwagen war anscheinend für die Zarenfamilie angefertigt worden und war damals ausschließlich auf deren Geheiß in ganz Europa unterwegs gewesen.

Der Wagen bestand aus zwei großräumigen Schlafzimmern, einem Salon, einem Speisesaal und einer Kammer für die Bediensteten. Ich kannte mich mit Holz nicht aus, aber es schien alles mit glanzpoliertem Mahagoniholz verkleidet zu sein. Einige schwere Ledersessel standen im Salon, der von einer Bar flankiert wurde. Die Fenster, und das war mit das Beeindruckendste, reichten bis zum Boden und verliehen dem eigentlich schmalen Raum eine unendliche Weite.

Als wir in unser Abteil kamen, war das Gepäck bereits verstaut. Auf einer kleinen Anrichte neben dem breiten Doppelbett standen ein blühender Blumenstrauß, eine bauchige Schale mit frischem Obst, eine Flasche Champagner und eine kleine, geschlossene Dose mit schwarzem Kaviar neben frisch getoastetem Brot.

Der Kellner umfasste mit seiner rechten Hand sein linkes Handgelenk, unterbrach unsere sprachlose Verwunderung und sagte sehr förmlich und ruhig: »Mein Name ist Igor, ich bin Ihr persönlicher Butler für diese Reise. Sie können mich zu jeder Zeit mit dieser Klingel erreichen.«

Igor war kräftig und groß, hatte ein markantes, kantiges, fast schon rechteckiges Gesicht und glich mit seinem blonden Bürstenhaarschnitt etwas Dolph Lundgren, als der den Ivan Drago in *Rocky IV* gespielt hatte.

Er zeigte auf einen kleinen Knopf, der neben der Tür ins Badezimmer in die Wand eingelassen war, und fuhr fort: »Ich bin zu jeder Tages- und Nachtzeit immer für Sie erreichbar und es soll Ihnen auf der Reise an nichts fehlen. Darf ich Ihnen den Champagner einschenken? Oder soll ich Ihnen ein Bad einlassen?«

›Bad? Hat er eben Bad gesagt?‹

Ich blickte flüchtig durch einen kleinen Spalt in das Badezimmer. Da war ungelogen eine Wanne. Eine geräumige, frei stehende schneeweiße Keramikbadewanne mit direktem Blick auf das großflächige Fenster. Ich kniff mir in den Unterarm, um sicherzugehen, dass ich nicht doch noch im Wartesaal auf dem Bahnhof schlief. Aber nein, es war real. Ich konnte auch einen Blick auf den breiten, in der Mitte geteilten Spiegel erhaschen, der, flankiert von zwei wundervoll geschwungenen Glaslampen, über einem hellen Porzellanwaschbecken schwebte. Links und rechts neben dem Becken waren Regale aus massivem, dunklem Holz angebracht, in dem beige Hand- und Badetücher geschlichtet waren. Im Spiegelbild konnte ich zwei flauschige Bademäntel erkennen, die an der Innenseite der Tür hingen. Alles wirkte einladend und ich freute mich auf ein warmes Bad.

Igor strich sich durch seine kurzen blonden Haare, als es aus Steven platzte: »Igor, was kosten der Champagner und der Kaviar?«

Der Butler blickte ihn verwundert an und bemerkte: »Alle Getränke und das komplette Essen sind im Preis inbegriffen.« Dann schmunzelte er und sagte: »Bei Ihnen nennt man dies all-inclusive, glaube ich.«

Steven sah mich glücklich an und ich lächelte freude-strahlend zurück.

Wir tranken den Champagner, aßen den Kaviar und wa-ren außerordentlich beschwingt und froh über unsere Ent-scheidung, den Aufpreis bezahlt zu haben.

Es dauerte zwei weitere Stunden, bis sich der Zug end-lich unter lautem Knarren und Knurren in Bewegung setzte und Peking, bereits in ein Lichtermeer gehüllt, starr an uns vorbeifloss. Ich konnte die einzelnen Gebäude nicht mehr ausmachen, aber je schneller der Zug fuhr, umso spektaku-lärer wurde das Farbspiel der beleuchteten Fenster. Teil-weise konnte man illuminierte Schiffe erkennen, wenn wir über Brücken oder entlang eines Flusses fuhren. Allseits pulsierte das Leben und wir schwebten auf einer Welle der Glückseligkeit förmlich mitten hindurch.

Ich wollte eben auf Igors Angebot mit dem Bad zurück-kommen, als er uns zum Abendessen in den Salon bat. Gut, ich hatte in den letzten Tagen nicht allzu viel gegessen, da mir das originale chinesische Essen nicht sonderlich bekam, aber alles in zwölf Stunden aufzuholen, fand ich auch etwas übertrieben. Steven fand meinen Vorschlag, auf das Abend-essen zu verzichten, merkwürdig und überredete mich, ihm zumindest Gesellschaft zu leisten. Weil ich mich nach wie vor schmutzig fühlte, sprang ich kurz unter die Dusche und wusch meine Haare, zog mir eine saubere weiße Bluse und meinen schwarzen Rock an, um nicht schon wieder voll-kommen underdressed zu sein. Auch Steven zwang sich in sein hellblaues Hemd, das bislang unangetastet in seinem Rucksack gelegen hatte.

Als wir eine halbe Stunde später zum Dinner eintrafen, waren der ältere Herr und seine hübsche Begleitung schon beim Aperitif und erhoben ihre Gläser, als sie uns erblickten. Der Tisch war wunderschön gedeckt und die warme Beleuchtung der gläsernen Wandlampen, die ähnlich wie jene im Badezimmer waren, tauchten den fahrenden Raum in eine unerwartete Harmonie aus Ruhe und Bewegung.

»Wollt ihr euch nicht zu uns setzen?«, sprach der Mann uns sehr höflich in allerbestem Englisch an.

Ich war kurz überrascht und bevor ich etwas erwidern konnte, sagte Steven in breitem Texanisch: »Sure 'nuff 'n yes we do.« Er rückte unsere beiden Stühle an den Tisch der anderen Gäste.

Wir setzten uns und Anna, die Butlerin der Mitreisenden, fragte, welchen Aperitif wir wünschten.

Anna war eine hochgewachsene, sehr schlanke Schönheit. Alles an ihr wirkte zerbrechlich: ihre dünnen Beine, ihr schlanker Körper und ihre zierlichen Finger. Ihr kurzes schwarzes Haar verlieh ihrem Wesen eine gewisse Härte und obwohl sie sehr freundlich war, wirkte sie traurig.

»Meine wunderschöne Begleiterin heißt Elsa Brandt und mein Name ist Karim Bihari Vajpayee. Elsa kommt aus Schweden und ich bin gebürtiger Inder.«

›Doch ein Inder‹, dachte ich mir, denn bereits als ich ihn zum ersten Mal in der Lounge gesehen hatte, glaubte ich, zu erkennen, dass er Inder oder Pakistani sein musste. Vor allem wegen seiner haselnussbraunen Haut und weil er dem Kellner in meinem indischen Restaurant in Houston glich. Seine wenigen Haare waren weiß, seine Haut war zerfurcht und seine großen Augen wirkten fast schon schwarz. Er musste weit über achtzig oder sogar über neunzig Jahre alt sein, dennoch war sein Blick hell und klar und dem ersten Anschein nach war er völlig bei Sinnen und Verstand.

»Mein Name ist Claire Winter«, erhob ich die Stimme, »und das ist mein Freund Steven Phillips. Wir stammen beide aus Houston, Texas.«

»Aus Amerika«, schmunzelte Karim. »Aus Amerika«, wiederholte er sich, bevor er fragte: »Was bringt euch junge Leute in diesen alten Waggon?«

Da Steven auf die sehr einladend präsentierten Brüste von Elsa starrte und die Frage gar nicht mitbekommen hatte, antwortete ich: »Wir wurden beide im Herbst mit unserem Studium an der University of Houston fertig und Steven hatte die Idee, nach China zu fliegen und dann mit dem Zug nach Moskau und weiter nach Paris zu reisen. Wir beide waren fasziniert von dem Gedanken, einmal persönlich in diesem wundervollen Zug zu reisen, seit wir eine Dokumentation über die Transsibirische Eisenbahn gesehen hatten. Dass dieser Traum jedoch je und vor allem so schnell in Erfüllung gehen würde, ist allein Stevens Verdienst. Seine Idee und die rasche Umsetzung überraschten mich sehr. Umso größer war meine Freude, als er mir die Tickets und seinen Reiseplan zeigte.«

Ich hielt Steven an der Schulter und drückte ihn fest an mich.

»Was habt ihr studiert?«, fragte Elsa interessiert und nachdem Steven seinen Blick von ihrem Ausschnitt abgewandt hatte und etwas benommen zum Leben erwacht war, antwortete er: »Wir haben Betriebswirtschaft studiert.

Claire mit dem Schwerpunkt New Economy und ich mit der Vertiefung Sportmanagement. Aber mein Traum ist es, in der NFL, der National Football League, zu spielen. Ich spiele derzeit in der Collegemannschaft unserer Universität, den Houston Cougars.«

»Wow«, bemerkte Elsa und warf Steven einen bewundernden Blick zu, den er nur allzu gern auffing.

»Du spielst im Houston-Cougars-Footballteam?«, fragte Karim nach und ergänzte: »Ist jetzt nicht die Hauptspielzeit für Football?«

»Ja, wir sind mitten in der Saison«, sagte Steven, »aber ich habe mich im Trainingslager am Knie verletzt und mir das Kreuzband gerissen. Der Arzt hat mir ein Jahr strikte Ruhe verordnet. So habe ich wenige Wochen nach der Operation die Reise für mich und Claire geplant, um in der heißen Phase gar nicht erst in Versuchung zu geraten und doch zu spielen.«

Steven zog sein Hosenbein hoch und zeigte Karim und vor allem Elsa die Operationsnarben am Knie.

»Wart ihr schon einmal in Paris?«, erkundigte Karim sich auffallend besonnen und ruhig.

»Nein, leider noch nie. Aber wir Amerikaner lieben Paris und alles, was französisch ist«, schmunzelte ich.

»French Kiss«, ergänzte Steven und schürzte seine Lippen in Richtung Elsa.

Ich hasste Stevens peinliches und anzügliches Verhalten ihr gegenüber und zu Hause wäre ich sicher ausgeflippt, aber im Urlaub dachte ich mir, soll er doch auch seine Freiheiten haben.

Den Rest des Abends versanken wir in Small Talk über Amerika, Europa, den Aufschwung Asiens und im Speziellen den Aufschwung Chinas. Steven war wie ausgewechselt und ich hatte gelegentlich die Vermutung, dass er Elsa anmachte. Er starrte der Blondine unaufhörlich in den Ausschnitt und war wie paralysiert von ihrem relativ kräftigen Busen. Meine Brüste sind zwar nicht klein, kamen mir aber durch Stevens Verhalten winzig vor.

»Steven, wenn du Elsa weiterhin so den Hof machst, erinnert mich die Situation an den Film von Roman Polanski. Wie hieß er noch gleich?«, fragte ich angewidert.

»Du meinst sicherlich *Bitter Moon*, Fräulein Claire«, bemerkte Karim höflich. »Jedoch muss ich Einspruch erheben, da wir uns hier weder auf einem Schiff befinden noch ich körperlich behindert bin.«

Mir wurde erst jetzt bewusst, dass Karim auf einem ganz normalen Stuhl saß.

»Tut mir leid, Herr Karim, ich zielte auch mehr auf das Anbiedern meines Freundes bei Ihrer Begleitung ab«, sagte ich schnell in Richtung Steven.

»Ich biedere mich doch nicht an, ich unterhalte mich nur, Claire«, bemerkte er kleinlaut.

»Wie dem auch sei, ich bin müde und empfehle mich«, entgegnete ich und verließ den Tisch. »Igor, darf ich auf Ihr Angebot mit dem Bad zurückkommen? Es wäre jetzt der perfekte Augenblick dafür«, bat ich den riesigen Kellner, sodass alle Anwesenden mich gut hören konnten.

Ich ging in mein Zimmer, zog meine Kleider bis auf die Unterwäsche aus und hüllte mich in einen der flauschigen Bademäntel, während Igor das Wasser für mich einlaufen ließ. Er tropfte etwas Aroma-Öl mit Lavendelduft hinein, entzündete eine Kerze, schaltete die Musik ein und stellte mir ein Glas Champagner auf einen Beistelltisch, den er am Wannenrand platzierte, bevor er das Badezimmer verließ.

›Alles ist wie im Märchen‹, dachte ich bei mir, als ich mich komplett auszog und in dem großen Spiegel betrachtete. Alles in allem gefiel ich mir sehr gut. Ich war zwar kein Riese, aber hatte eine ansehnliche Figur. Okay, meine Brüste waren etwas klein, da half es auch nicht, dass ich sie mit beiden Händen nach oben drückte.

›Was soll's‹, dachte ich mir und stieg in die Wanne. Die Temperatur des Wassers und der Lavendelduft waren herrlich. Ich legte mich auf den Rücken, streckte mich aus, schloss die Augen und tauchte mit angehaltener Luft unter die Wasseroberfläche. Alle Geräusche wurden augenblicklich dumpf und nur ein ruhiges, rhythmisches Brummen umgab mich. Ich lächelte und war glücklich, während ich mir, schwebend im Wasser, vorstellte, dass ich fliegen würde, und sich in der Sekunde das Brummen des Zuges in das Geknatter eines Flugzeugmotors wandelte. Als ich wieder auftauchte und meine Augen öffnete, spielten die Lichter der Dörfer wie Sternschnuppen in meinen vom Wasser befeuchteten Augen.

Angenehm in das heiße Wasser und das Schwanken des Zuges gebettet, fühlte ich mich wie ein Baby, das in den Schlaf geschaukelt wurde. All mein Fühlen und Empfinden war überwältigend und ich konnte mein Hochgefühl immer noch nicht fassen. Igor hatte für mich den *Winter* von Vivaldi als Musik gewählt und meine Stimmung überschritt die Grenze zum Kitsch.

›Wie kann dies alles nur wahr sein? Wie konnte mich die lächerliche Summe von dreihundertfünfzig Dollar ins Glück katapultieren?‹, dachte ich noch kurz, bevor ich mich der Müdigkeit und der Stimmung ergab.

Als eine gute Stunde später Steven leicht betrunken in das Bad polterte und mich wegen Elsa zur Rede stellen wollte, stieg ich langsam aus der Wanne und zwang ihn, für eine lange Sekunde meinen nackten Körper zu betrachten, um ihn dann wortlos im Badezimmer stehen zu lassen.

Die Nachtruhe und mein Schlaf erlagen schnell dem Rhythmus der Räder, dem Schlagen der Weichen und dem Heulen des Windes. Es war kein Geräusch zu viel und keines zu wenig, alle Töne stimmten in das Orchester der Transsib ein. In der Bewegung verloren, wäre ich in der Tat bis zum Morgen nicht erwacht, hätte Steven mich nicht geweckt.

»Hörst du das?«, fragte er mich und ich brauchte Minuten, bis ich seine Frage verstand und begriff, was er meinte.

Aus der Kabine von Elsa und Karim drangen laute Rufe und einen Moment lang dachte ich, dass Elsa um Hilfe schrie. Ich klammerte mich ängstlich an meinen Freund. Als Steven jedoch zu lachen begann, erkannte ich, dass es mehr Lustschreie waren als ein Rufen nach Beistand.

»Das glaube ich jetzt nicht«, flüsterte ich, obwohl uns in der Kabine niemand hätte hören können. »Was macht der Inder mit ihr? Der Mann ist über neunzig Jahre alt. Hört das denn nie auf bei euch Männern?«, fragte ich Steven vorwurfsvoll. Er antwortete jedoch nicht.

Steven war sichtlich und spürbar erregt durch die Laute und drückte seine Lust eng an mich. Die Dunkelheit und die Stimmung in der Kabine schlugen so plötzlich und vehement um, dass ich mich auch nicht mehr zurückhalten konnte und Steven zurück ins Bett drängte.

Am nächsten Morgen, Steven und ich waren schon lange mit dem Frühstück fertig, kamen Elsa und Karim aus ihrer Kabine und gesellten sich zu uns. Beide waren tief in ihre Bademäntel gehüllt und zumindest Elsa kam geradewegs aus der Dusche, da sie sogar noch die Kapuze ihres Bademantels über ihre feuchten Haare gezogen hatte. Karims Gesicht lächelte und er strahlte eine ansteckende Fröhlichkeit aus.

»Ich hoffe, wir waren gestern Nacht nicht zu laut«, sagte Elsa ohne eine Regung von Scham oder gar Reue in ihrer Stimme.

»Ich weiß nicht, was Sie meinen, Elsa«, sagte ich distanziert und verlegen zu der strohblonden Schwedin, als Karim mir ins Wort fiel und bemerkte: »Ich glaube schon, dass du genau weißt, wovon Elsa spricht, Fräulein Claire, aber deine Höflichkeit verbietet es dir, die Geräusche zu kommentieren.« Er machte eine Pause und sagte dann sehr bestimmt: »Ihr Amerikaner seid doch immerzu anständig, ehrenhaft und nett.«

»Sie sind doch ebenso aus Amerika! Ich erkenne es an Ihrem Dialekt. Los Angeles oder San Francisco?«, blaffte ich ihn an, da ich seine herablassende Art nicht einfach so hinnehmen wollte.

»Las Vegas«, erwiderte er und schaute mir lange und tief in die Augen. »Tut mir leid, Claire, ich wollte dich nicht in

Verlegenheit bringen. Ich kann nur nicht mit Lügen und Unwahrheiten umgehen«, bemerkte er leise und ließ sich von Igor zu seinem Platz führen.

Ich schnappte mir meine Tasse Kaffee und wandte mich mit einer theatralischen Geste von ihm ab.

Der weitere Vormittag verlief unterkühlt und gespenstisch ruhig. Elsa war in eines der Modemagazine vertieft und Steven versuchte, auf seinem iPhone die letzten Ergebnisse der Regular Season im American Football zu erhalten. Karim und ich saßen wortlos nebeneinander und schauten in die sich bewegende Landschaft.

Als ich kurz aufstand, um mir die Beine zu vertreten, bemerkte ich, dass es keine Verbindung zwischen unserem Waggon und dem restlichen Zug gab. Es gab in der Tat nur eine Tür nach draußen, die direkt auf den Bahnsteig führte. Ansonsten waren wir vollkommen abgeschnitten vom anderen Teil des Zuges.

»Igor, wie gelangen wir in den restlichen Zug?«, fragte ich etwas verdutzt.

»Gar nicht, Fräulein Claire«, antwortete er prompt. »Dies war früher der Zug des Zaren und niemand durfte ihn ungebeten oder gar zufällig betreten. Es ist somit eine Funktion der Sicherheit«, klärte er mich auf.

»Also sind wir nicht eingesperrt, sondern die anderen sind ausgesperrt?«, redete ich vor mich hin.

»Genau, Sie bringen es auf den Punkt, Madame«, lächelte Igor. »Aber keine Angst, wir haben alles, was wir an Essen und Trinken benötigen, in diesem Wagen. Wir sind vollkommen autonom und autark und es wird uns an nichts fehlen, Fräulein Claire.«

Ich setzte mich wieder, als Karim sich zu mir beugte und zu erzählen begann: »Dieser Salonwagen wurde drei Mal exakt in dieser Ausführung gebaut. Es wurden noch zwei identische Zwillinge von ihm erschaffen.«

»Wirklich?«, fragte ich erstaunt und erkundigte mich: »Fahren diese auch auf dieser Route?«

Karim schmunzelte und sagte: »Oh nein, die anderen beiden wurden nach Ende des Ersten Weltkrieges wahrscheinlich außer Betrieb gestellt, wobei dies mehr eine Vermutung als eine Tatsache ist. In Tat und Wahrheit wurden die anderen Garnituren nach dem Krieg nie wieder gesehen.« Nach einer Atempause ergänzte er: »Wenn es dich interessiert, Fräulein Claire, erzähle ich dir die ganze Geschichte dieser Waggons.«

»Oh ja, sehr gern, Herr Karim. Ich liebe Geschichten über antike Objekte«, sprudelte es aus mir heraus und mein eben noch verspürter Unmut wich meiner Neugierde.

Nachdem wir uns nochmals Kaffee und Kuchen bestellt und es uns vor dem riesigen Fenster gemütlich gemacht hatten, begann Karim, zu erzählen: »Königin Victoria von Großbritannien und Irland gab Richard Bore im Jahre 1893 den Auftrag, drei Salonwagen anzufertigen, die alle identisch aussehen sollten. Diese drei Waggons wollte sie ihren Enkeln schenken. So wirkte die Königin von Anbeginn des Entwurfs und der Konstruktion an mit. Sie war hauptverantwortlich für die prunkvolle Innenausstattung aus Ahorn sowie die Grundmuster aus der farbigen und goldenen Seide, die hier die meisten Wände ziert. All dies ist ihre Handschrift.«

›Also doch kein Mahagoni‹, dachte ich mir, während Karim weiter ausholte: »Die Wagen wurden schließlich von der Kompanie London and North Western Railways in Wolverton gebaut und nach drei Jahren Bauzeit im Jahre 1896 fertiggestellt. Königin Victoria ließ es sich nicht nehmen, die Garnituren persönlich ihren Enkeln zu übergeben. Es gab hierzu ein äußerst feines hochinoffizielles Treffen in Calais im Sommer 1896.«

»Calais in Frankreich? Wieso denn ausgerechnet dort?«, fragte ich ungläubig.

»In der Remise in Calais waren seit vielen Jahren alle Züge und Garnituren der königlichen Familie Großbritanniens untergebracht. Die meisten davon kamen auf der Insel nie zum Einsatz und waren ausschließlich für die Fahrten innerhalb des europäischen Kontinents vorgesehen«, erklärte Karim mir. »Der erste Wagen ging an den Lieblingsenkel der Königin, den deutschen Kaiser Wilhelm II., der den Waggon freudestrahlend entgegennahm. Den zweiten Salonwagen erhielt ihre Enkelin, Zarin Alexandra Fjodorowa, die zusammen mit ihrem Gemahl Zar Nikolaus II. in Calais anwesend war. Den dritten Salonwagen behielt Königin Victoria bis zu ihrem Tod selbst, obwohl sie ihn offiziell ihrem Enkel George schenkte. Dieses äußerst feine Familientreffen wurde nirgends protokolliert und ist nur in der Erzeugerschrift der Garnituren vermerkt. Auf dieser Urkunde haben alle drei Enkel der Königin und sie eigenhändig unterschrieben, in jenem Frühling 1896 in Calais.«

»Oh ja, Igor erwähnte bereits, dass es sich um den Zug der Zarenfamilie handelt«, merkte ich an.

»Das hast du dir gut gemerkt, Fräulein Claire, aber leider hat Igor unrecht«, sagte Karim gewohnt ruhig und langsam. »Wir sitzen im Salonwagen von Königin Victoria«, fuhr er nach einer Schweigeminute fort. »Die anderen beiden Garnituren sind, wie schon erwähnt, seit dem Ersten Weltkrieg verschollen und wurden wahrscheinlich vom Volk ausgeschlachtet, geplündert und zerstört. Nur dieses Exemplar ist noch in Betrieb und vollkommen erhalten, wenn auch nicht in der Originalausführung. Der Sohn von Victoria, König Edward VII., ließ den kompletten Wagen nach ihrem Tod umbauen. Er elektrifizierte den Salon und brachte all diese wundervollen Lampen an. Auch stattete er die Bäder mit richtigen Badewannen aus und modernisierte die Toilettenanlagen.«

»Das heißt, alles, was ich sehe, ist weit über einhundert Jahre alt und wurde auf Anordnung von König Edward VII. eingebaut? Cool, Herr Karim, das ist echt cool!«, sagte ich, setzte mich auf die Stuhlkante vor und fragte interessiert weiter: »Aber die ganze Elektronik, die Flachbildschirme, das Internet. Wer hat dieses Equipment eingebaut? Und dann noch die bodentiefen Fenster. Ich kann mir nicht vorstellen, dass dies bereits um 1900 so gebaut wurde!«

»Oh nein, da hast du recht, Claire«, bemerkte Karim. »Dies wurde alles in den letzten Jahren in Russland eingebaut. Die Garnitur steht normalerweise in der Nähe von Moskau und war von Anbeginn auf Wechselspurbreite ausgelegt. Die Drehgestelle können problemlos von Normalspur wie hier in China auf die russische Spurbreite umgebaut werden. Das russische Wartungspersonal trachtet also in jeder Hinsicht danach, dass die verwendete Technik immer modern und am Puls der Zeit ist«, lächelte er sehr zufrieden.

Ich blickte durch das Fenster auf die immer karger werdende Landschaft und mir wurden zwei Dinge schlagartig bewusst. Zum einen waren wir am Beginn der Wüste Gobi angelangt und zum anderen hatte ich die Durchfahrt unter der Chinesischen Mauer verpasst. Der Ärger gestern Abend musste mich davon abgelenkt haben.

Mein Verdruss, die Mauer verpasst zu haben, verflog schnell, da ich mich damit tröstete, dass wir sie bereits bei unserer Chinareise besucht und unzählige Bilder davon gemacht hatten.

Ich beobachtete eine Herde Wildpferde, die mit dem Zug um die Wette liefen, und nachdem ich etwas über die Geschichte von Karim nachgedacht hatte, hakte ich nochmals nach, da es mir keine Ruhe ließ, von der Außenwelt abgeschottet zu sein. Ich fragte Karim aufgeregt: »Karim, wie bemerkt der Zugführer, dass wir hier ein Problem haben? Ich sehe keine Notbremse oder ein Fenster, das ich öffnen könnte.«

»Das ist eine sehr gute Frage, mein Mädchen!«, sagte Karim und zeigte mit seiner Hand zur Bar. »Hinter der Bar und in jedem der Badezimmer gibt es einen Schalter für eine Signalhupe. Wenn man diesen betätigt, ertönt ein schriller Ton und der Lokführer weiß, dass etwas nicht in Ordnung ist. Nach einer gewissen Zeit, wenn das Signal nach wie vor ertönt, führt er eine Bremsung durch. Der Ausschaltknopf für die Hupe ist im Übrigen woanders angebracht und ist nicht derselbe wie der Schalter bei der Bar.«

Jetzt wurde auch Igor neugierig, der diskret im Hintergrund Karims Ausführungen gelauscht hatte. Er kannte zwar das eine oder andere, was Karim erzählt hatte, aber diese Detailtreue faszinierte ihn. Der alte Inder schien wahrlich alles an diesem Waggon zu kennen.

Karim bemerkte, dass Igor aufmerksam zuhörte, und sagte: »Was wahrscheinlich nicht mal Igor weiß, ist, dass es zwei Notausstiege gibt. Einen in der Decke des rechten Badezimmers und einen im Boden des linken Badezimmers. Diese wurden eingebaut, um in Notsituationen aus dem Salonwagen zu gelangen oder, wenn nötig, zu verschwinden, ohne entdeckt zu werden.«

Igor wurde blass. »Wo sollen denn diese Ausstiege sein und wie kann man sie öffnen?«, fragte er nervös, als Steven freudestrahlend in seine Frage platzte und mir zurief: »Claire, Houston ist in den Play-offs und spielt am Wochenende um ein Wildcardticket gegen Oakland.«

Football ... Alles in Stevens Leben drehte sich um American Football. Gut, ich war auch ein Fan der Houston Texans, aber doch nicht zu jedem Zeitpunkt und sicherlich nicht jetzt.

»Glaubst du, dass wir hier irgendwo das Spiel am Wochenende sehen können? Vielleicht übers Internet?«, zappelte Steven hin und her.

»Wir werden sehen, Schatz«, beruhigte ich ihn. »Wir haben ja noch drei Tage Zeit bis Samstag und bis dahin wird uns sicher etwas einfallen.«

Steven war überglücklich und zufrieden mit meiner Antwort, schnappte sich erneut sein iPhone und setzte sich an die Bar, wo Anna ihm erneut ein frisches Bier einschenkte.

Karim, immer noch auf die Frage von eben konzentriert, antwortete dem blonden Russen: »Igor, ich zeige dir die Notausstiege nachher, lass mich jetzt etwas ruhen. Das Erzählen hat mich müde gemacht, aber wenn ihr wollt, schildere ich euch später, was es mit den drei Waggons auf sich hat und wie diese von Königin Victoria, der Königin des Vereinigten Königreiches von Großbritannien und Irland sowie der Kaiserin von Indien, erschaffen und in Calais 1896 übergeben wurden.«

Karim war sichtlich gezeichnet von der Unterhaltung. Er schloss seine Augen, atmete tief und ruhig und nickte ein.

Calais

Wir schrieben das Jahr 1896 und der Nebel in Calais lag unbewegt wie ein ausladender weißer Teppich zwischen dem Hôtel Meurice de Calais und den spärlichen Bäumen, die den Kiesweg zu den Stallungen säumten. Der Frühlingstag war noch nicht erwacht und nur vereinzelt liefen die Kellner durch den noch menschenleeren Frühstückssalon, der größtenteils in Blau gehalten war. So zierte ein verschlungenes blau-weißes Muster den Teppichboden, das mit dem blauen Polster der weißen Stühle perfekt harmonierte. Sechs runde Tische flankierten zwei stattliche Tafeln, die in der Mitte des überhohen Raumes standen, von dessen Decke vier glitzernde gläserne Lüster hingen. Vor einem offenen Kamin stand eine rote Ledercouch, die zusammen mit zwei dunklen Ohrensesseln um einen kleinen Tisch angeordnet war.

Der Maître d'hôtel blickte nur kurz auf, als Hufgeräusche die Stille unterbrachen, und machte sich wieder an seine Arbeit, nachdem er die Königin auf dem Pferd erblickt hatte.

Königin Victoria von Großbritannien und Irland war bereits seit einer Woche Gast im Hôtel Meurice de Calais. Alle Hotelangestellten waren explizit darauf hingewiesen worden, dass sie nicht offiziell hier residierte und ausdrücklich wünschte, wie ein ganz normaler Gast behandelt zu werden. Gleichwohl erwartete sie vollkommenes Stillschweigen über ihre Anwesenheit und vor allem über die Anwesenheit ihrer Gäste, die sie im Laufe des Tages erwartete.

Die Königin stieg aus dem Damensattel ihres Pferdes und ihr langes schwarzes Kleid fiel tief in den weißen Bodennebel. Ohne den Stallburschen eines Blickes zu würdigen, schritt sie aufrecht und zielstrebig durch den Hintereingang bei den Stallungen durch den mit Blumenvasen geschmückten Quergang des Hotels bis zum Haupteingang und sprach zu dem Mädchen am Empfang: »Informieren Sie Herrn Bore, dass er mich in einer Stunde im Salon zu erwarten hat.«

»Selbstverständlich, Königliche Hoheit«, erwiderte die bleiche Hotelangestellte.

»Und servieren Sie das Frühstück in einer halben Stunde auf mein Zimmer.«

»Aber gewiss, Madame.«

Seit dem Tod ihres langjährigen Dieners und Freundes John Brown konnte die Königin keine männlichen Diener außer ihren indischen Lehrer Abdul Karim in ihrer Gegenwart ertragen. Abdul, den sie Munshi nannte, was auf Urdu, seiner indischen Geburtssprache, so viel wie Sekretär oder Lehrer hieß, war ihr einziger männlicher Vertrauter. Niemand konnte nachvollziehen, wieso sie dem Inder als einzigem Mann gewährte, ihr nahe zu sein. Durch die Vorzüge, die sie Abdul gewährte, zog er sich den Neid der höfischen Gesellschaft zu. Da die Königin die Missgunst und den Klatsch am Hofe nicht noch vergrößern wollte, hatte sie sich diesmal dazu entschlossen, ohne ihren indischen Munshi nach Calais zu reisen. So weilte Victoria gegen jede Etikette ohne Diener in der französischen Hafenstadt und wurde nur von ihrer Zofe begleitet.

Als die Monarchin den Salon betrat, saß Richard Bore bereits mit einigen Plänen an einem der runden Tische, direkt an der mittlerweile sonnendurchfluteten Fensterfront.

Richard war zeit seines Lebens Konstrukteur für Eisenbahnwaggons und arbeitete eng mit der London and North Western Railways in Wolverton zusammen. Und so kam es, dass er schon einige Zeit mit Königin Victoria zusammenarbeiten durfte, da Herr Bore bereits vor einigen Jahren Adaptierungen im Auftrag der Königin am Royal Train vornehmen musste.

Dieses neue Projekt sollte jedoch alles bislang Gebaute vollkommen in den Schatten stellen und fürwahr ein Meilenstein in der modernen Zugarchitektur werden. Dieser neue Salonwagen sollte luxuriöser, moderner und raffinierter als jedes andere Gefährt werden, das auf Eisenbahnschienen fahren konnte. Darin waren sich der Konstrukteur und auch die Geldgeberin zu jedem Zeitpunkt des Projektes einig.

»Mister Bore«, begrüßte die Königin den Architekten förmlich und hielt ihm die Hand entgegen.

Bore führte ihre Hand an seine Lippen und folgte mit seinem Blick dem Kellner, der Madame den Stuhl bot.

»Sind alle Waggons auf Schiene, Mister Bore?«

»Oh ja, Königliche Hoheit. Ich habe gestern persönlich alles nochmals kontrolliert. Alles wurde wie gewünscht geändert und fertiggestellt. Wir sind außerordentlich zufrieden mit allen Arbeitern. Die französische Mannschaft arbeitete wahrhaftig sehr genau und gewissenhaft.«

Richard reichte der Königin einen der Pläne und sagte: »Die Brokatstoffe wurden beidseitig zur Lounge eingearbeitet, wie von Ihnen gewünscht. Der halb durchlässige Spiegel bietet den gewünschten Überblick aus dem Badezimmer in den Salon. Der Frischwasserspeicher wurde auf einen Vorrat von zwei Wochen erhöht und der Parkettboden wurde nochmals versiegelt.«

Victoria inspizierte die Skizzen und bemerkte: »Dann steht der Feierlichkeit heute Abend nichts mehr im Wege.«

»Nein, Königliche Hoheit, alles wird nach Ihren Wünschen ablaufen.«

Nach einem kaum erkennbaren Nicken der Königin erhob sich Herr Bore und verließ den Raum samt seinen Unterlagen.

Victoria stand ebenfalls auf, verließ den Salon und ließ sich auf dem Balkon ihrer Suite nieder, um die Zufahrt zum Hotel im Auge zu behalten.

Nachdem Victoria als Erste der britischen Monarchen in den 1840er-Jahren zum ersten Mal in einem Zug mitgefahren war, ließ das Reisen auf Schienen sie fortan nicht mehr los. Sie trieb den Ausbau des britischen Eisenbahnnetzes voran und investierte beträchtliche Summen in ihre eigenen Salonwagen und in ihren eigenen Zug, den Royal Train.

Die Königin war, als sie in Calais weilte, auf dem Höhepunkt ihrer Popularität und ihr Volk liebte sie. Es war Ende Juni 1896, einen Monat nach ihrem 77. Geburtstag, und sie wollte diesen im kleinen, vertrauten Kreis mit ihren drei Lieblingsenkeln nachfeiern. Zum eigentlichen Geburtstag hatte Alix, ihre Enkelin, nicht kommen können, weil ihr Mann Nikolaus zum Zaren von Russland gekrönt worden war. So hatte man sich auf eine Verschiebung von einem Monat geeinigt.

Victoria liebte es, Dinge zu verschenken. Insbesondere solche, die sie durch ihr eigenes Zutun und ihre eigene Intention erschaffen und geformt hatte. So freute sie sich auf den Abend, an dem sie ihren nichts ahnenden Enkeln ihre Geschenke überreichen konnte.

Es war kurz nach Mittag und der Morgennebel hatte den Kampf gegen die Sonne schon lange verloren, als die erste Kutsche durch die schmale Einfahrt rumpelte. Es war das Gespann von Wilhelm.

Wilhelm war mit siebenunddreißig Jahren ihr ältester Enkel, der heute zu Besuch kam. Er hatte als deutscher Kaiser beileibe genug zu tun, hatte sich jedoch für diesen speziellen Tag frei gemacht und kam pünktlich, wie es von einem preußischen General erwartet wurde, nach Calais.

Der Kaiser war ein stattlicher, sehr gut aussehender Mann mit kurzen dunkeln Haaren, die straff zum Scheitel gekämmt waren, und einem sehr markanten Schnurrbart in seinem schmalen Gesicht. Wilhelm war stets akkurat gekleidet und an seiner Uniform steckten unzählige Orden.

Wilhelm war seit knapp acht Jahren Kaiser. Seit seiner Proklamation ›Ich will ein König der Bettler sein‹ und seiner Weigerung, Soldaten zur Zerschlagung des Bergarbeiterstreiks ins Ruhrgebiet zu schicken, war er mehr und mehr zur Zielscheibe der Preußen hinter Otto von

Bismarck geworden. Wilhelm war erwiesen ein Arbeiterkönig und er kämpfte an der vordersten Front für ein Sonntagsarbeitsverbot und für ein Verbot von Kinder- und Nachtarbeit. Dies jedoch zum Missfallen der Industriellen. So freute Wilhelm sich nicht nur, seine Großmutter zu besuchen, sondern auch darauf, einige Tage Ruhe und Entspannung am Meer zu finden.

Kurz danach kam ihre Enkelin Alix zusammen mit ihrem Gemahl Nikolaus II. und der sieben Monate alten Tochter Olga in einer offenen Droschke den Kiesweg entlanggefahren. Alix, die nach ihrer Eheschließung nun Alexandra Fjodorowna hieß und Kaiserin von Russland war, war eine der wenigen hochadligen Mütter, die es vorzogen, ihre Kinder persönlich zu stillen und dies nicht einer Amme zu übertragen. Alexandra genoss es sichtlich, in der sonnendurchfluteten Pferdedroschke zu sitzen. Auch wenn die Fahrt vom Bahnhof ins Hotel nur sehr kurz gewesen war, fühlten sich all ihre Gesichtszüge glücklich und entspannt an.

Alexandra war eine dunkelhaarige deutsche Schönheit und es war nicht verwunderlich, dass viele der Adligen um sie warben. Doch sie lehnte alle Anträge ab, oft gegen den Willen ihrer Familie. Als jedoch ihr späterer Mann Nikolaus, den sie seit Kindestagen kannte und den sie abgöttisch liebte, ihr einen Antrag machte, konnte und wollte sie nicht mehr Nein sagen, da sie ihn, nicht nur wegen des russischen Zarenhauses, aus tiefstem Herzen liebte.

Ihre letzten Tage und Wochen in Moskau waren getrieben gewesen von der Krönung ihres Mannes und ihr selbst zum Kaiserpaar und geprägt von den Bildern der Toten. Anlässlich der Zeremonie hatte es eine Gratisverköstigung und kleine Geschenke für das Volk gegeben. Die örtlichen Gegebenheiten hatten dem Ansturm aber nicht standgehalten und eine Massenpanik mit furchtbaren Folgen war ausgebrochen. Während sich in den frühen Morgenstunden, es war noch finster und dunkel gewesen, das Gerücht ausgebreitet hatte, dass längst mit dem Verteilen der Geschenke und des Essens begonnen worden war, hatten sich die Menschen in Bewegung gesetzt und waren auf die Ausgabestellen zugegangen. Quer über das Feld, auf dem die Feierlichkeit stattgefunden hatte, verlief jedoch ein langer, an die vier Meter tiefer Graben, der in der anhaltenden Dunkelheit nicht zu erkennen gewesen war. So hatten die aufrückenden Menschen nicht gemerkt, dass sie die voranstehenden Leute in die tiefe Furche gedrückt hatten, welche durch das Feld verlief. So waren immer mehr Personen in den Graben gefallen, auf die bereits unten liegenden Menschen, um kurz darauf von den nachfolgenden Leuten auch begraben zu werden.

Weit über tausend Personen waren an jenem Morgen des 18. Mai 1896 in Moskau regelrecht zu Tode getrampelt und zu Tode gedrückt worden. Alexandra und Nikolaus hatten die letzten Tage in den Krankenhäusern der Stadt verbracht und versucht, allerorts Trost zu spenden. So konnte die einst anders geplante Reise nach Frankreich nun sogar zu einem Kraftbrunnen für die beiden werden.

Wie zu erwarten gewesen war, kam George als Letzter hoch zu Ross die kleine Allee entlanggeritten. Er kam in einer eleganten Reiteruniform, die nebst der beigen Hose in einem eleganten Marineblau gehalten war. Er selbst trug wie sein Cousin Wilhelm auch einen Oberlippenbart, jedoch dazu einen Bart, der am Kinn spitz zulief.

George entdeckte seine Großmutter auf dem kleinen Balkon und zog für sie elegant seinen Hut.

»Hallo, Duke«, flüsterte Victoria, um seinen Gruß zu erwidern. Die Königin nannte ihn schon immer so.

George war der Dritte in der britischen Thronfolge und obwohl er weit über dreißig Jahre alt war, würde er noch lange warten müssen, bis er je König werden würde. Zum einen lebte seine Großmutter Victoria noch und erfreute sich bester Gesundheit, zum anderen würde sein Vater Edward noch vor ihm König werden. Der Duke of York war somit noch befreit von der schweren Bürde und Last des Regierens und konnte sich im eigentlich engen Korsett der Etikette frei entfalten. Seine Frau Mary ließ sich entschuldigen, nicht zuletzt deshalb, weil ihr zweiter Sohn Albert gerade erst ein halbes Jahr alt geworden war und sie ihm, obwohl sie die kürzeste Anreise hatte, die beschwerliche Reise ersparen wollte.

Die Sonne stand nun hoch über Calais und nur die kühle Meeresluft machte das Verweilen auf dem Balkon einigermaßen erträglich. Victoria war insgeheim sehr erfreut, dass ihre drei Enkelkinder ihrer Einladung gefolgt und allesamt pünktlich und gesund angekommen waren. Laut ihrer eigenen Einladung trafen sich alle um vier Uhr zum Tee in der Lounge des Hotels.

George kam wieder als Letzter in den Salon und begrüßte erst seine Großmutter, dann seine Cousine Alexandra und seine Cousins Nikolaus und Wilhelm.

Nikolaus war mütterlicherseits mit ihm verwandt, die anderen beiden väterlicherseits.

Nach kurzem Small Talk und der nachträglichen Gratulation zum Geburtstag und zur Kaiserkrönung tranken die Herrschaften genüsslich ihren Tee und aßen den äußerst wohlschmeckenden Kuchen dazu, der extra vom Patissier des Hauses gebacken worden war. Vor allem Wilhelm liebte jede Art von Kuchen sehr und so genoss er Stück um Stück des Gugelhupf-artigen Gebäcks, indem er reichlich Butter darauf gab.

Die Unterhaltung war freundlich und sehr redselig, zumal sich alle sehr lange nicht gesehen hatten und in der Zwischenzeit sehr viel passiert war. Hätte ein Diener die Königin nicht auf die fortgeschrittene Zeit hingewiesen, hätten die Königlichen wohl den Höhepunkt des Abends verpasst.

Fröhlich und zielstrebig stiegen die fünf Hoheiten nach der Aufforderung von Victoria in die bereits wartende Droschke, die sie nun zur Remise beim Bahnhof brachte. Die Eisenbahnkapelle begann zu spielen, als die Kutsche eintraf und die Herrschaften aus der Droschke stiegen.

Ganz zum Schluss stieg Königin Victoria an der Hand von Wilhelm aus dem Pferdewagen. Sie trug ein tiefschwarzes bodenlanges Samtkleid und ihre Krone über einem langen dunkelgrünen Schleier rundete das königliche Ensemble ab. Victoria ließ keinen Zweifel offen, dass sie die Königin von Großbritannien und Irland sowie die Kaiserin von Indien war, auch wenn dieser Moment ein ganz privater für sie und die Anwesenden sein sollte.

Wilhelm nahm die Möglichkeit wahr, als der Dirigent der Kapelle ihm den Taktstock reichte, und dirigierte voller Leidenschaft die französische Musikgruppe. Unter Applaus der Anwesenden verneigte sich der deutsche Kaiser zum Ende des Liedes und übergab den Dirigentenstock zum folgenden Marsch wieder in die professionellen Hände des Kapellmeisters. Die Musiker setzten sich in Bewegung und geleiteten die fünf Königlichen im Gefolge in den Innenraum der riesigen Zuggarage.

Es war alles auf Hochglanz poliert und allerorts standen voluminöse bunte Blumenarrangements. Vor einem etwas erhöhten Rednerpult stand ein üppiger runder Tisch, der aufwendig mit Porzellan eingedeckt war und von Blumen flankiert wurde.

Unter den Klängen des Kaisermarschs von Richard Wagner führte Kaiser Wilhelm den Stuhl, damit seine Großmutter Victoria Platz nehmen konnte. Die Herrschaften saßen nun mit Blick auf einen überdimensionalen, weiß schimmernden Vorhang, der ihnen die Sicht auf den hinteren Teil der Remise komplett verstellte.

Als alle Königlichen Platz genommen hatten und die Küche die ersten beiden Gänge des Essens serviert hatte, einen kleinen Salat und eine klare Gemüsesuppe mit Ei, kam Richard Bore unter einem kräftigen Tusch der Musik hinter dem weißen Vorhang hervor und betrat das Podium.

»Meine Königlichen Hoheiten«, begann er, zu reden, und blickte vom Podium hinab zu den königlichen Herrschaften am einzigen Tisch in der riesigen Halle.

Nach Abklingen der Musik hatte er nun die volle Aufmerksamkeit und so langsam wurde es den Enkeln der Königin doch etwas unheimlich, was dies alles zu bedeuten hatte.

»Mein Name ist Richard Bore und mein Beruf und meine Leidenschaft ist es, Züge und Waggons zu bauen. Unsere verehrte Königin Victoria gab mir vor drei Jahren den Auftrag, mit ihr zusammen einen neuen Salonwagen zu erschaffen. Wir sind nun alle hier zusammengekommen, um ein Stück der britischen und französischen Ingenieurskunst im Bau von Eisenbahnwaggons zu bewundern.«

Wilhelm reiste sehr gern und war ein wahrer Fanatiker, was Eisenbahnen anbelangte. Vor drei Jahren, im Jahre 1893, hatte er zusammen mit Italien, Österreich und anderen europäischen Ländern eine gemeinsame Zeitordnung eingeführt. Seit diesem Zeitpunkt mussten alle Uhren im Reich auf die mitteleuropäische Zeitzone eingestellt werden, denn vor allem im Zugverkehr war es davor zu vielen schrecklichen tödlichen Unfällen gekommen, da jeder Bahnhof die Zeit der jeweiligen Stadt oder Grafschaft hatte. Es war in jenen Tagen schier unmöglich gewesen, den gesamten Zugverkehr innerhalb Deutschlands zu synchronisieren. Da die größte Leidenschaft des Kaisers aber die Technik war, zwirbelte er nervös am Ende seines großen schwarzen Schnurrbarts und folgte nun noch aufmerksamer Herrn Bores Ausführungen.

»Meine Königlichen Hoheiten, darf ich Ihnen den Salonwagen 22 von Königin Victoria vorstellen?«

Er hob die rechte Hand und der Vorhang schwebte wie ein Herbstblatt lautlos zu Boden.

Da stand der neue Wagen, im wahrsten Sinne des Wortes majestätisch und hell von unzähligen Gaslampen erleuchtet, in der Halle. Der royalblaue Salonwagen wurde nur durch das goldene Wappen der Königin und durch die cremeweiße Einfassung der Fenster und Türen durchbrochen.

»Sie sehen hier den größten je gebauten Salonwagen. Er wurde unter meiner Leitung und nach den gemeinsamen Entwürfen Königin Victorias und mir von der London and North Western Railways Company in Wolverton erbaut, nach drei Jahren Bauzeit nach Calais gebracht und hier in Frankreich in Bezug auf die Innenausstattung und das Interieur fertiggestellt.«

Bore machte eine Pause, schaute auf den glänzenden Wagen und gab den Anwesenden den nötigen Raum, seine Leistung mit Stille zu würdigen.

»Der Salonwagen der Königin ist neunzehn Meter lang, steht auf zwei Mal vier Achsen, ist 2,80 Meter breit und 2,30 Meter hoch. Somit ist der Wagen eines der größten fahrenden Schienenfahrzeuge der Welt.«

Wilhelm drehte seinen Stuhl nun komplett in die Richtung des Salonwagens, als der Architekt weiter ausholte: »Das Innere des Wagens ist vorn vollkommen symmetrisch aufgebaut und an den Flanken links und rechts befindet sich je ein Schlafzimmer und ein Badezimmer. Zentral in der Mitte des Wagens flankiert eine halbrunde Bar den Empfangsraum. Der einzige Zugang von außen führt direkt in diesen Mittelteil.«

Richard machte eine ausladende Geste mit der Hand. »Links vom Eingang befindet sich nun der Speisesalon und rechts die Raucherlounge, die, wie alles, gespiegelt um die Mittelachse identisch groß sind. Im hinteren Teil des Salons befindet sich die Küche und gespiegelt im hinteren Teil der Lounge befindet sich der Heizraum mit einem Holzlager. Der Waggon hat zwei getrennte Heizkreise und es können der vordere und der hintere Fußboden unabhängig voneinander beheizt werden. Der Waggon hat zwei Bäder mit Wassertoilette und einen Neuntausend-Liter-Tank für Brauch- und Trinkwasser. Das Trinkwasser wurde raffiniert in das Heizsystem integriert und so ist es bei aktiver Heizung unmöglich, dass das Wasser, selbst bei extremen Minustemperaturen, gefriert. Der Waggon kann bei gefülltem Lager und Tank weit über einen Monat mit sechs Personen autark betrieben werden. Es ist genügend Platz für Lebensmittel und Holz zum Heizen. Zwischen der Küche beziehungsweise dem Heizraum und dem Schlafzimmer liegt jeweils ein Schlafraum für die Bediensteten mit einer kleinen Waschgelegenheit und einer kleinen Toilette. Es wurden fünfundzwanzig Fenster mit einer Gesamtfläche von über vierzig Quadratmetern Glas verbaut.«

Bore stoppte seinen Vortrag und atmete tief durch, bevor er vom Podium trat und sich den Herrschaften wieder zuwandte. »Ich darf Sie nun bitten, mir ins Innere des Wagens zu folgen. Die weiteren Speisen werden direkt in der Bordküche für uns zubereitet und wir werden diese im Speisesalon des Waggons zu uns nehmen.«

Die Musikkapelle begann wieder, dezent im Hintergrund zu spielen, und Wilhelm sprang hoch, um seiner Großmutter aus dem Stuhl zu helfen.

»Der Waggon ist unglaublich, meine Königin«, staunte er, als er Victoria am Arm eingehängt zum Salonwagen begleitete. Der Königin huschte ein stolzes Lächeln über die Lippen.

Mister Bore stand bereits hinter der Bar, als die anderen durch die mächtige Flügeltür in den Waggon eintraten, und er fuhr mit seinen Erläuterungen fort: »Alles Holz, das Sie sehen und betreten, wurde auf spezielle Anordnung Ihrer Majestät aus britischem Ahorn gefertigt, der in Kanada geschlagen und nach Großbritannien verschifft wurde. Die verwendeten Stoffe stammen allesamt aus englischen Produktionen in Leeds und Manchester. Der Marmor, welcher in den Badezimmern verbaut wurde, war ein Geschenk von König Umberto I. von Italien und wurde im Werk in Wolverton geschnitten und verarbeitet. Die Gaslampen, die Glasschirme und die komplette Technik dazu stammen von einer Firma in Birmingham. Die Spiegel und Gläser kommen von der Firma Pilkington in der Nähe von Liverpool. Es gibt nur zwei Türen im Waggon. Durch die doppelte Haupttür sind Sie in den Salon gelangt und hinter der Theke ist eine kleinere, nur von innen zu öffnende Tür für die Angestellten, welche auf die andere Seite des Bahnsteigs führt und vorwiegend für die Befüllung mit Vorräten gedacht ist.«

Richard Bore führte die Königlichen Hoheiten nun durch alle Räume und Gemächer. Das Badezimmer und die Größe der Fenster lösten ein wahres Entzücken bei Alexandra aus, die wie ein kleines Kind immerzu am Ärmel von Zar Nikolaus zog.

Bore entriegelte im Bad direkt neben dem Spiegel eine kleine, wie ein Fenster geschnittene Öffnung und man konnte nun durch diese in den Innenraum des Waggons blicken.

»Dieser halb durchlässige Spiegel ermöglicht Ihnen, unbemerkt den Salon auszuspionieren.« Er lächelte den Damen zu, bevor er sich bückte und den Blick der Anwesenden auf eine in den Boden eingelassene Falltür lenkte. »Es gibt zwei geheime Notausstiege im Waggon.« Er sah von unten zu den verwunderten Gästen hoch und fuhr fort: »Einen nach unten in diesem Badezimmer und einen nach oben«, er zeigte auf einen verdeckten Schacht in der Waggondecke, »in dem anderen Badezimmer. Diese Ausstiege sind rein für Notsituationen gedacht, wenn zum Beispiel der Waggon nach einem Aufprall auf der Seite zu liegen kommt und die anderen Ausgänge nicht zu benutzen oder nicht zu erreichen sind.«

Nikolaus nickte zustimmend, da er genau diese Situation bereits einmal erleben musste und er damals nicht in der Lage gewesen war, an die nach oben ragenden Fenster zu gelangen, um diese zu zerschlagen. Er hatte mehrere Stunden in dem Zug verharren müssen, ehe man ihn befreien konnte, und sein riesiges Glück war gewesen, dass der Zug damals nicht gebrannt hatte.

Im Speisesalon angekommen, bat Herr Bore die Gäste, an der wunderschön gedeckten Tafel Platz zu nehmen. Er fuhr mit seinen Beschreibungen fort und berichtete über die Herkunft des Bestecks, das aus Berndorf in Österreich kam.

Die Gläser hatte er in einer kleinen Manufaktur in der Nähe von Paris erworben und sein größter Stolz war das originale Porzellan aus Meißen in Deutschland. Bore zeigte den Anwesenden jedes noch so kleine Muster auf den Tellern und jeden winzigen Schliff in den Trinkgläsern, bevor er sichtlich nervös sagte: »Meine sehr geehrten Königlichen Hoheiten, ich darf nun mit Stolz vermelden, dass wir für diesen formidablen Akt und diesen außergewöhnlichen Abend den besten Koch der Gegenwart für das erste Dinner gewinnen konnten. Mesdames et Messieurs, bitte begrüßen Sie mit mir Monsieur Auguste Escoffier, Chef de Cuisine im Hotel Savoy in London.«

Escoffier war das Aushängeschild der Haute Cuisine. Er war ein wahrer Reformator der Kochkunst und seine Ansichten und Rezepte sowie sein unersättlicher Einsatz von Soßen revolutionierten und beeinflussten die ganze damalige Kochwelt. Somit war es nicht nur für ihn eine Ehre, für die Königlichen zu kochen, sondern auch eine Ehre, von ihm bekocht zu werden.

Nach einer sehr kurzen Unterbrechung und etwas Raunen unter den Anwesenden trat Herr Escoffier aus der Küche in den Salon ein. Er erklärte den weiteren Ablauf und fuhr mit einer detaillierten Beschreibung seines speziell für diesen Abend zusammengestellten Menüs fort. Zur Einstimmung und als leichte Vorspeise würde er eine Seezunge Coquelin kochen, danach flambierten Homard à l'américaine und zum abschließenden Dessert sein wohl bekanntestes Gericht, die Birne Helene.

Es war nicht verwunderlich, dass die drei folgenden Gänge allesamt seine ureigenen Kreationen waren und allesamt mit einer Soße vollendet wurden. Escoffier war der ungekrönte König der Soßen und dieses Menü wurde seinem Ruf gerecht.

Die Seezunge, von gedünsteten Kartoffeln umrandet, war goldbraun gebraten und wurde erst am Tisch von Escoffier persönlich mit einer Weißweinsoße übergossen.

Der Hummer, die Hauptspeise des Abends, war bereits aufgebrochen und lag in einer herrlich duftenden Schalotten-Tomaten-Soße, aus der die Scheren des Hummers ragten. Der Starkoch übergoss am Tisch alles mit Cognac, zündete diesen gekonnt an und flambierte damit die Speise zur Freude der Königlichen Hoheiten direkt vor ihren Augen.

Kurz vor dem letzten Gang wurden die Lichter verdunkelt und Escoffier ließ es sich nicht nehmen, die fünf Teller in Begleitung der Kerzen tragenden Belegschaft selbst zu servieren. Der Chef de Cuisine übergoss dann auch höchstpersönlich die Birne mit der Schokoladensoße, bevor er die Herrschaften mit einer tiefen Verbeugung beim Essen unter sich ließ.

Die wohlgeborenen Gäste waren begeistert und allen war nun klar, dass die Küche alle Möglichkeiten bieten musste, wenn ein Könner wie Escoffier sie mit solchen Delikatessen verwöhnen konnte. Das Abendessen hielt, was die Küche versprochen hatte, und alle applaudierten dem Chef de Cuisine, als er sich nach dem vorzüglichen Mahl nochmals vor den Hoheiten verneigte.

Nach dem Dinner zogen sich die Herrschaften in den Rauchersalon zurück und es wurde ihnen nebst kubanischen Zigarren auch ein achtzehnjähriger schottischer Malt-Whiskey serviert. Alle gratulierten Victoria zu ihrem wundervollen neuen Salonwagen und bekundeten, dass sie doch etwas neidisch auf sie waren, nicht auch so ein tolles Prunkstück ihr Eigen nennen zu dürfen.

Nach einigen weiteren Details von Herrn Bore über die Beschaffenheit und Besonderheiten der Federungen und Fahrwerke bat Victoria ihre Gäste, ihr wieder in die riesige Eisenbahnhalle zu folgen. Draußen angekommen, erstrahlte der Salonwagen immer noch im Licht der Gaslampen. Die größten Lichtquellen erhellten dabei den weißen Vorhang hinter dem Waggon, um somit ein angenehmes Raumklima zu schaffen.

Als die Königin einen der Arbeiter anwies, den Vorhang zu senken, und dieser zu Boden schwebte, wuchs die Neugier der Hoheiten ins Unermessliche. ›Was taucht nun hinter diesen Stoffbahnen auf?‹, war klar und deutlich in ihren Gesichtern zu lesen. ›Kommt nun noch ein anderer Waggon zum Vorschein?‹

Als die Hülle vollends den Boden berührte, war den Anwesenden eines klar: Den Salonwagen der Königin gab es drei Mal. Den der Königin, einen Wagen mit dem deutschen Emblem und daneben einen mit den russischen Symbolen.

»Diese Waggons sind mein Geschenk an euch. Ihr seid meine drei Lieblingsenkel und ich hatte euch immer schon tief in mein Herz geschlossen. Und so will ich euch und euren Ländern dieses Geschenk von mir persönlich überreichen. Alexandra, Wilhelm und Duke, ich liebe euch wie meine eigenen Kinder und ich will, dass ihr mich, auch wenn ich eines Tages gestorben bin, nie vergesst und mich in guter Erinnerung behaltet.«

Alle drei kamen auf die zu Tränen gerührte Monarchin zu und umarmten sie zur gleichen Zeit.

So innig wie in diesem Moment in der Remise in Calais haben sich die vier Königlichen Hoheiten zeitlebens nie wieder getroffen.

Jining I

Karim war eben mit der Erzählung fertig geworden, während wir in Jining einfuhren, einem Stadtbezirk der Industriestadt Ulanqab im Norden von China.

»Wer hat Ihnen diese Geschichte erzählt, Herr Karim?«, fragte ich unruhig.

»Edward VIII., als er noch der Prinz of Wales war.«

»Edward VIII.? Sie kannten den König von Großbritannien?«, fragte ich verdutzt und fast etwas ungläubig.

»Oh ja, Claire, ich war sein Diener, lange bevor er König wurde«, sagte Karim teilnahmslos, als wäre es das Gewöhnlichste auf der Welt.

Es wurde immer sonderbarer. Ich war so in meinen Gedanken verloren, dass ich dem Treiben auf dem Bahnsteig keine Aufmerksamkeit schenken konnte. Edward VIII., war das nicht der König gewesen, der nach einigen Monaten wieder abdanken musste, weil er eine geschiedene Amerikanerin heiraten wollte? Oder war das Edward VII. gewesen? Ich hatte doch *The King's Speech* gesehen, darin ging es um den Bruder von Edward, George V. oder George VI. Auf jeden Fall ging es um den Vater von Elisabeth II., der aktuellen Königin des Vereinigten Königreichs und Nordirland. Ich schämte mich ein wenig wegen meiner Unwissenheit, traute mich aber nicht, nachzufragen, da es mir peinlich gewesen wäre.

»Edward VIII., war das nicht der König, der nach einem Monat wieder abgedankt hat?«, fragte Steven ohne eine Regung.

»Nun ja, nicht gerade nach einem Monat, aber ja, er war der König vom Vereinigten Königreich und der Kaiser von Indien, der abgedankt hat. Oder besser gesagt, der abdanken musste«, sagte Karim noch immer völlig emotionslos.

»Warum genau musste er abdanken, Karim?«, fragte Steven interessiert nach.

»Weil er die amerikanische, bürgerliche und geschiedene Wallis Simpson heiraten wollte. Das britische Protokoll verbietet es jedoch, dass der König von Großbritannien und Nordirland eine bereits einmal verheiratete Frau heiratet. Der König des Vereinigten Königreiches ist ja auch das Oberhaupt der anglikanischen Kirche und somit war es unvorstellbar und auch undenkbar, dass der König eine Geschiedene heiraten durfte. Es wurde dem König von der konservativen Regierung und dem Erzbischof der anglikanischen Kirche nahegelegt, abzudanken, was er zehn Monate nach Amtsantritt auch tat.«

»Hat er die Simpson schlussendlich geheiratet?«, wollte Steven nun wissen.

»Ja, Steven«, sagte Karim, »Edward heiratete Wallis Simpson ein gutes halbes Jahr danach im Juni 1937 und blieb mit ihr bis zu seinem Lebensende zusammen.«

›Karim war der Diener des britischen Königs‹, dachte ich mir und hatte plötzlich tausend Fragen im Kopf, wollte Karim damit aber nicht auf die Nerven gehen.

Steven fragte mich, ob ich mir mit ihm ein letztes Mal auf chinesischem Boden die Beine vertreten wollte, und so floh ich zusammen mit meinen Fragen und folgte ihm gern hinaus auf die Straße vor dem Bahnhof von Jining.

Das Bahnhofsgebäude hatte nichts Freundliches und war nur ein Zweckbau ohne Seele oder einen erkennbaren Charakter. Zentral in der Mitte des weißen Gebäudes war ein Turm angeordnet, in den eine überdimensionale Uhr integriert worden war. Rechts und links war jeweils ein über vierzig Meter langes, zwei Stockwerke hohes Gebäude mit vier mal acht Sprossenfenstern gesetzt worden. Das Bahnhofsgebäude selbst war gar nicht hässlich, aber die überall angebrachten Werbetafeln verschandelten das Gebäude, wie ein falsches Kleid oder falsche Schuhe eine hübsche Frau entstellen konnten.

Wir liefen den Bahnsteig entlang, aber aufgrund der klirrenden Kälte drehten wir um, kauften bei einem fahrenden Stand einen Sack Äpfel und einige Süßigkeiten und gingen dann ohne weitere Umwege in unseren warmen Waggon. Zurück in der wohligen Wärme, reichten wir Karim einen Apfel, den er dankbar annahm.

Seine Reaktion ermutigte mich und ich fragte: »Herr Karim, wie kam es, dass Sie der Diener von Edward wurden?«

Karim lächelte, nicht zuletzt, weil er diese Frage schon lange erwartet hatte.

Er genoss nun die Beachtung aller und als auch Anna es sich an der Bar gemütlich gemacht hatte, um den Ausführungen zu lauschen, begann Karim, weiterzuerzählen.

London

Es war einer der vielen verregneten Nachmittage im Frühjahr des Jahres 1934. Prinzessin Elisabeth und Prinzessin Margaret waren zu Besuch bei ihrer Großmutter Königin Mary. Sie weilten im Musikzimmer des Buckingham-Palasts in London und spielten ihrer Großmutter anlässlich ihres bevorstehenden Geburtstages ein Lied vor. Prinzessin Elisabeth spielte Klavier und Prinzessin Margaret unterstützte sie lautstark beim Singen.

Karim stand zurückhaltend in seiner Pagenuniform draußen auf dem Gang zwischen dem Musikzimmer und dem Blauen Salon, da die Prinzessinnen nicht wollten, dass er zuhörte. So wartete er geduldig, dass die Königliche Hoheit etwas von ihm benötigte. Gelegentlich kamen Töne oder auch eine Art Melodie durch den Spalt der leicht geöffneten Tür des Musikzimmers.

»Karim«, rief seine Königin ihn, »so bringe er den Kindern eine Limonade.«

»Sehr wohl, Madame«, sagte er und war auch schon dabei, den beiden Prinzessinnen das kalte Getränk zu servieren. Danach stellte er sich wieder auf seinen Platz draußen vor der Tür und war insgeheim froh, dass er die musikalischen Gehversuche der Prinzessinnen nicht in der vollen Lautstärke hören musste.

Etwa eine halbe Stunde später, es war immer noch hell, kam zu seiner Verblüffung und Verwunderung Prinz Edward in den Flur. Der Prinz war elegant in einen braunen Tweed-Anzug gekleidet und hatte seine hellen Haare glatt in einen Seitenscheitel gekämmt, was sein schmales, glatt rasiertes Gesicht betonte. Er war in etwa gleich groß wie Karim, der gut eins siebzig maß. Karim verneigte sich höflich und Edward sagte: »Bitte melden Sie mich bei meiner Mutter an.«

Der Diener nickte abermals und unterrichtete die Königin, welche ihn sogleich anwies, den Prinzen in den Blauen Salon zu führen, wo er auf sie warten sollte. Karim informierte den Prinzen, der sich sofort im Blauen Salon niederließ, und wartete wieder auf dem Gang zwischen Musikzimmer und dem Blauen Salon, dass eine der Hoheiten etwas von ihm benötigte.

Als nach einer Viertelstunde die Königin erschien, öffnete Karim ihr die Tür. Er konnte erkennen, dass Edward sogleich aufsprang. Die Königin wies Karim an, die Tür des Blauen Salons offen zu lassen, damit sie die Prinzessinnen im Musikzimmer hören konnte.

Prinz Edward verneigte sich und küsste anschließend seine Mutter auf die Wange. »Mutter, ich wollte mich verabschieden, ich reise in zwei Tagen von Glasgow nach Bombay. Ich habe von Maharadscha Hari Singh eine Einladung zur Jagd erhalten, die ich nicht ablehnen kann.«

»Hari Singh, der Maharadscha von Jammu und Kashmir?«, fragte die Queen ins Leere. »Ich habe ihn kennengelernt, als ich in Indien war. Damals war er keine zwanzig Jahre alt und trug unsere Militäruniform derart voller Stolz, als wäre er längst der General der gesamten britischen Streitkräfte. Wieso will er seine Einladung annehmen?«

Edward löste den Blick von seiner Mutter und schaute in den Regen. »Ein Tiger, Mutter. Ich will einen Tiger erlegen. Ich habe in Afrika alles getötet, was man töten konnte, aber Tiger gibt es nur in Indien. Und Hari Singh hat mich dazu eingeladen.«

»Tiger? Du warst doch bereits vor einigen Jahren in Indien, bei Maharadscha Madhav Rao Sindia, um einen Tiger zu erlegen!«, bemerkte die Königin bestimmt.

»Frau Mutter, damals schossen wir aus einem offenen Rolls-Royce auf zusammengetriebene Tiere. Das war keine Jagd, das war ein Töten in einem Gehege. Es war wie das Jagen in einem Zoo«, erklärte der Prinz aufgeregt und ergänzte: »Es fühlte sich an, als würde ich einen Bären in einem Zirkus während seiner Vorstellung kaltblütig ermorden. Die Tiere hatten keinerlei Chance und es widersprach jeder Ethik der Jäger.«

»Ethik der Jäger!«, lachte die Königin auf.

»Ja, die Ethik spielt eine entscheidende Rolle beim Jagen, Mutter! Maharadscha Hari Singh hat einen freien wilden Tiger im Grenzgebiet von Kaschmir entdeckt«, erwiderte der Kronprinz nun wieder besonnen und ruhig und erläuterte weiter: »Kaschmir ist keine typische Gegend für Tiger. Diese Raubkatze muss also eines der ganz wenigen Exemplare sein, die Hunderte von Meilen außerhalb ihres angestammten Reviers jagen. Der Tiger hat vor zwei Wochen eine komplette Schafherde am Jhemann-Fluss in der Nähe von Muzaffargarh gerissen. Diese Wildkatze ist nach den vorliegenden Tatsachen wahrlich ein Prachtexemplar und kann keinesfalls mit den Getto-Tigern von Gwalior verglichen werden. Dieser Tiger ist einer der ganz großen Bengalen. Mutter, lasst mich bitte ziehen, ich muss diese eine Chance nutzen.«

Der Prinz machte eine Pause, um dann fast flehend zu sagen: »Mutter, ich muss diesen Tiger erlegen!«

»Er ist erst seit Stunden aus Afrika zurück und nun will er morgen nach Indien aufbrechen? Das kann ich nicht glauben! Das erlaube ich nicht!«, schrie Queen Mary ihn an.

»Frau Mutter, ich bin schon seit drei Monaten in England und ich habe Sie einige Male auf Ford Belvedere eingeladen, aber Sie haben es bis heute vorgezogen, meiner Einladung nicht zu folgen«, erwiderte Edward.

»Ford Belvedere ist eine Beleidigung für den Adel, mein Sohn. Nicht einmal das Personal ist imstande, eine Königin von einer Dirne zu unterscheiden. Das Schloss ist wahrlich eine Schande für das gesamte Königshaus geworden, seit du es bewohnst!«, schrie Queen Mary erneut.

»Frau Mutter, wie Sie wissen, schätze ich diese Grundsatzdiskussionen mit Ihnen sehr, jedoch läuft die Britannia III bereits übermorgen mit der Flut aus. Können Sie bitte den Schatzmeister anweisen, mir das nötige Geld für die Reise zu geben?«

»Geld, Geld, immer nur Geld!«, schrie die Königin nun vollkommen außer sich. »Sag er, wer reist mit ihm?«

Edward, nicht überrascht über die Frage, antwortete: »Niemand! Ich wollte ohne Protokoll und ohne Zeremoniell reisen.«

»Er will als Privatperson ohne Schutz und ohne Diener nach Indien? Auf gar keinen Fall, mein Sohn! Er ist der Kronprinz des Vereinigten Königreiches. Er ist der Prinz von Wales. Er reist mit jemandem zusammen oder er bleibt in Großbritannien. Das ist mein letztes Wort.«

Der Raum füllte sich so blitzartig mit Stille, dass sogar Queen Mary davon überrascht war.

Aus dem Musikzimmer drangen wieder die musikalischen Gehversuche der Prinzessinnen, als die Königin sich vorwurfsvoll an Karim wandte: »Karim, so komme er in den Salon. Ihr seid doch Inder! Sprecht Ihr auch Urdu?«

Der Diener trat vollkommen perplex in den Blauen Salon. Noch nie hatte die Königliche Hoheit eine Frage direkt an ihn gestellt. In all den Jahren seiner Dienste hatte sie sicherlich Tausende Befehle ausgesprochen, aber noch nie eine direkte Frage an ihn gerichtet. Sollte er jetzt antworten? Er wusste sichtlich nicht, was zu tun war, bis sie ihn erneut ansprach und drängte: »So rede er, spricht er Urdu?«

»Ich spreche Hindi, Urdu, Bengali, etwas Arabisch und habe Grundkenntnisse in Russisch und Chinesisch, Madame«, stotterte Karim.

»Er ist keine zwanzig und er soll mich nicht belügen. Wie kann er so viele Sprachen sprechen?«, fragte sie ungläubig nach.

»Hindi, Urdu und Bengali sind indoarische Sprachen und sich in Satzbau und Aussprache sehr ähnlich. Meine Großmutter spricht nur Arabisch und mein Vater hat lange in Russland und in China beim Bau der großen Eisenbahn gearbeitet. Die rudimentären Kenntnisse von Russisch und

Chinesisch, die mein Vater mir beibrachte, durfte ich in meinen Schuljahren auf dem Eton-College stark erweitern, das ich durch die Gunst Ihrer Majestät besuchen durfte. Auch bin ich erst mit zwölf Jahren nach Großbritannien gekommen, somit ist Indisch meine Geburtssprache«, stammelte er und wäre am liebsten im Boden versunken.

Die Königin schaute nun auch in den Regen des dunkler werdenden Tages. Ihre Augen blickten an den beiden vorbei in eine Ferne, die sie nicht sehen konnten.

Die Musik wurde wieder hörbar, als die Königin sich zu Edward drehte und sagte: »Wenn er einverstanden ist, dass Karim ihn begleiten wird, wird er das von ihm gewünschte Geld erhalten.«

Der Kronprinz schritt zu seiner Mutter, küsste sie abermals auf die Wange und sagte: »Danke, Mutter!«, bevor er sich verbeugte und rückwärts den Raum verließ. An der Tür wandte er seinen Kopf zu Karim und sprach vollkommen ohne jede Etikette: »Komm schon, Karim, ein Abenteuer wartet auf uns!«

So verneigte sich auch der Diener tief vor seiner Königin und folgte dem Prinzen.

Jining II

Als der Zug unter lautem Stöhnen das winterlich-kalte Jining verließ, servierte Anna nochmals Getränke und Igor machte sich bereits daran, das Abendessen vorzubereiten.

»Das klingt nach einem tollen Erlebnis, Herr Karim«, sagte ich etwas neidvoll, doch der Inder sah dies ein wenig anders.

»Nun ja«, begann er, »im eigentlichen Sinne schon. Aber sosehr ich meine Familie zu diesem Zeitpunkt auch vermisste, so wenig wollte ich in jenen Tagen zurück nach Indien. Das ganze Land war im Umbruch, überall wurde zu zivilem Ungehorsam aufgerufen und es gab unzählige gewaltfreie Aktionen und Demonstrationen. In Deutschland war Hitler seit über einem Jahr Reichskanzler und er errichtete Konzentrationslager in Oranienburg und Dachau, um politische Gegner zu inhaftieren. Hitler bezeichnete die indische Rasse als minderwertig und deren Unabhängigkeitsbestrebungen als Farce. Er sah die britische Herrschaft nicht in der Rolle der Unterdrücker, sondern in der Gestalt der wohlwollenden Gönner gegenüber Indien. Ganz Europa steckte in einer tiefen sozialen und wirtschaftlichen Krise und dunkle Mächte wollten in dieses Vakuum vordringen, um diesen Raum mit ihren Idealen zu füllen, um dann für einen Umbruch zu sorgen. Allerorts wurden Millionen in die militärische Aufrüstung gesteckt. In Europa roch längst alles nach Krieg und auf der anderen Seite des Planeten rief Indiens große Seele, ein gewisser Mahatma Gandhi, alle Inder zum friedlichen Boykott gegen Britannien auf. Er kämpfte aber nicht nur gegen die Briten, sondern vor allem für die Abschaffung des indischen Kastensystems und für die Gleichberechtigung der Frauen. Gandhi trat wie Jesus für eine gewaltlose Regelung der Konflikte ein und untermauerte seine Forderungen mit Hungerstreiks und seiner monatelangen Harijan-Tour quer durch das Land. Mit diesem Marsch setzte er sich für die unterste der damals vorherrschenden indischen Kasten ein. Gandhi kämpfte ohne Gewalt dafür, dass die Unberührbaren, wie die Menschen dieser sozialen Schicht auch genannt wurden, ihre jahrhundertelange Ausbeutung nicht mehr erdulden mussten. Gandhi nannte die Unberührbaren Harijan, was so viel wie ›Kinder Gottes‹ bedeutet, und er wollte durch seine Aufrufe und Märsche eine Gleichberechtigung für alle Menschen in Indien erreichen, vollkommen losgelöst und frei vom vorherrschenden Kastendenken.«

Karim stand auf, ging langsam zum Fenster und sprach gedankenverloren in die Weite der Landschaft: »Sosehr ich meine Heimat auch liebte, so wenig drängte ich mich beileibe auf, inmitten dieser sozialen Umbrüche in Indien und auf der ganzen Welt mit dem Thronfolger von Großbritannien eine Lustreise zum Maharadscha Hari Singh nach Kaschmir zu machen.«

Karim wirkte bedrückt und die Erinnerung an diesen Moment machte ihm sichtlich zu schaffen. Er brauchte einen Trost, den ich ihm nicht geben konnte.

»Lass die Vergangenheit sterben, Karim«, fiel Elsa in meine Gedanken und erhob ihr Glas in die Richtung ihres Freundes.

Der Inder blickte auf und mit einer Stimme so kalt wie der Winterwind erwiderte er: »Schaut alle aus diesem Zug. Das Leben fährt so schnell vorüber, wie die Landschaft an den Fenstern vorbeigleitet, und jeder von euch weiß, dass er das Ende der Reise, das Ende des Lebens, nicht erreichen wird. Niemand hat es je geschafft, lebendig aus diesem Zug des Lebens auszusteigen. So können und müssen wir weitergeben, was vergangen ist, damit die Vergangenheit nicht vom Vergessen verschluckt werden kann. Wenn man die Vergangenheit mit Schweigen erstickt, erstickt man das Leben selbst. Und glaubt mir, niemand, wirklich niemand, hört das Schweigen.«

»Man muss das Leben vorwärts leben, aber man kann es nur rückwärts verstehen«, platzte Steven in Karims Ausführungen.

Der Inder lächelte. »Schön, dass du während des Studiums Bekanntschaft mit den Zitaten von Sören Kierkegaard gemacht hast, Steven. Leider ist Zitieren viel einfacher als Verstehen. Aber in einem hast du sicherlich recht: Man glaubt, mit fortschreitendem Alter immer schlauer zu werden, aber in Tat und Wahrheit ist es meist nur die romantische Vorstellung, es bei einer zweiten Chance besser zu machen. Auch wenn das Versagen oft der größte Lehrer ist, so ist es dennoch keine Garantie und es gibt keine Gewissheit, dass man aus allen Fehlern klug wird.«

Steven wusste nun nicht, ob sein Hinweis richtig oder falsch gewesen war, er konnte Karim nicht einschätzen. Er nickte ihm jedenfalls bejahend und leicht verunsichert zu, während Karim sich drehte, mir direkt in die Augen sah und sagte: »Aber eigentlich hast du mit deiner Vermutung recht, Claire, dass ich drauf und dran war, ein Abenteuer zu erleben. Doch ehrlich gesagt hatte ich mehr als ein bisschen Angst und meine Freude hielt sich zu Beginn der Reise in Grenzen. Jedoch änderte sich meine Einstellung zu der Fahrt bereits auf dem Schiff gänzlich und ich durfte Edward von seiner privaten Seite kennenlernen. So behandelte er mich während der ganzen gemeinsamen Zeit mehr wie seinen Vertrauten und Freund als wie seinen Diener.«

Glasgow

Als Karim und der Prinz am Pier eintrafen und die Britannia III ruhig und majestätisch am Ankerplatz lag, waren alle Passagiere bereits an Bord. Das Schiff war weit über einhundert Meter lang und hatte in der Mitte einen großen Schornstein, der je von einem Mast links und rechts flankiert wurde. Der ganze Bereich um das Schiff war wie leer gefegt, nur vereinzelt standen Matrosen an den riesigen Eisenpilzen. Sie warteten auf das Signal des Kapitäns, die Leinen zu lösen.

Zwei Pagen halfen den beiden mit dem Gepäck, und ehe sie in ihrer Suite angekommen waren, hatte das Ungetüm auch schon abgelegt und bewegte sich schwerfällig durch den Hafen.

Karim stand auf dem Oberdeck und schaute sehnsüchtig auf das sich langsam entfernende Ufer. Es war schon einige Jahre her, als er von Indien aufgebrochen war und nach London durfte. Durch die Beziehungen seiner Familie zum britischen Königshaus war er einer der wenigen Inder, die auf eine britische Eliteschule in Kalkutta durften. Der Bruder seines Großvaters mütterlicherseits war Hafiz Abdul Karim und lange Zeit Diener, Lehrer und Vertrauter von Königin Victoria gewesen. Der Munshi, so wurde der stille Inder genannt, war zwar nach dem Ableben Königin

Victorias von ihrem Sohn König Edward VII. wieder nach Indien zurückgeschickt worden, jedoch genoss seine Familie auch nach seinem Tod noch großen Respekt und hatte sehr viel Einfluss in Indien und in Großbritannien. Somit war es überhaupt möglich und denkbar gewesen, dass Karim bereits im Alter von zwölf Jahren nach London gekonnt und eine Anstellung im Königshaus bekommen hatte.

Als Karim gedankenversunken mit hängenden Schultern an der Reling stand und die Küste kaum mehr erkennbar war, kam Prinz Edward auf ihn zu und sagte: »Karim, du wirst doch nicht jetzt schon Britannien vermissen. Freust du dich denn nicht auf deine Heimat?«

»Oh doch, mein Herr«, antwortete Karim, »aber ich bin etwas traurig, diese weite Reise auf mich zu nehmen und mein Heimatland zu durchreisen, ohne die Zeit und die Möglichkeit zu finden, meine Eltern zu besuchen.«

Der Prinz verharrte, wandte seinen Blick aufs offene Meer und fragte: »Wo bist du aufgewachsen, Karim? Wo wohnt deine Familie?«

Karim, immer noch verlegen, wenn die Hoheiten persönliche Dinge von ihm wissen wollten, sagte: »Aufgewachsen bin ich in Agra, Herr, und nach Abschluss der Primary-School im Alter von sieben Jahren durfte ich die Junior-School und die High-School in Kalkutta an der Royal School of India besuchen. Mit zwölf Jahren kam ich nach London und ich besuchte als Gaststudent des Königshauses das Eton-College, welches ich letztes Jahr abgeschlossen habe.«

»Agra, Kalkutta und dann Berkshire«, schmunzelte der Prinz. »Was hältst du davon, wenn wir einen Abstecher nach Agra machen und deine Familie besuchen, Karim?«

Der Diener war überrascht über die Spontaneität des Prinzen und glaubte kurz an einen Spaß. Jedoch scherzte der Prinz nie und Karim fragte nach: »Tatsächlich, mein Herr? Oh, das wäre wunderbar!«

»Wir machen diesen Umweg jedoch nur unter zwei Bedingungen. Erstens, du nennst mich von nun an David, wie es meine Freunde tun, und zweitens bekomme ich eine Sonderführung von dir in Agra durch das Taj Mahal.«

Karim strahlte nun über das ganze Gesicht und versprach dem Prinzen, beides zu erfüllen.

»Herr David«, brach es aus ihm heraus, während er sich aufrichtete, und sein Gesicht strahlte, »ich habe als Kind sehr oft im Taj Mahal gespielt und ich kenne diesen Ort besser als jeder andere auf dieser Welt. Sie werden begeistert sein von Agra, dem Mausoleum und von meiner Familie. Ich werde ihnen heute noch telegrafieren, dass wir sie besuchen werden. Danke, mein Herr David.«

»Wenn du noch einmal Herr sagst, schmeiße ich dich über Bord und du kannst nach Schottland zurückschwimmen«, lachte der Prinz und ließ den nun fröhlichen Karim an der Reling zurück.

Nachdem Karim das Gepäck des Prinzen fein säuberlich eingeordnet und alles für die vierwöchige Überfahrt verstaut hatte, packte er seine Sachen in der ihm zugeteilten Kabine aus. Vor der überstürzten Abreise aus London hatte er sich zusammen mit dem Prinzen einkleiden dürfen. So war seine neue Garderobe der eines englischen Gentlemans vollkommen ebenbürtig.

Karim probierte sogleich einen der neuen Anzüge an und betrachtete sich vor dem breiten Spiegel im Ankleidezimmer. Er fühlte sich wundervoll und stolzierte wie ein König durch die riesige Suite. Er setzte sich auf das Sofa im Salon und machte herrschaftliche Gesten mit einem der Weingläser, bevor er aufsprang und sich in das großzügige Doppelbett im Schlafzimmer fallen ließ.

›Das Leben ist doch herrlich‹, dachte er, als er an die verzierte Holzdecke blickte. Er hatte dieses Schiff auf den ersten Blick geliebt, da es nur aus knapp einhundert Suiten bestand und somit seine Kajüte fast baugleich wie die des Prinzen war.

Karim lag wie ein Schmetterling auf dem komfortablen Doppelbett und dachte an die Schiffsreise von Indien nach Großbritannien, dachte an den Schlafraum mit zwanzig anderen Passagieren und dachte an die einzige Toilette für fünfzig Männer. Der Unterschied hätte größer nicht sein können.

Irgendwie fühlte er sich wie Passepartout auf der Reise in achtzig Tagen um die Welt mit Phileas Fogg. Das Buch von Jules Verne hatte sein Vater ihm vor der Abreise aus Indien geschenkt und er hatte es auf der Überfahrt dreimal gelesen.

Bei dem Gedanken, Passepartout zu sein, musste er laut lachen. Er hüpfte aus dem Bett, rannte zum Fenster, riss die Balkontür auf und schrie auf dem kleinen Vorsprung, so laut er nur konnte, seine Freude gegen den Wind.

Als er den Prinzen zum Dinner aus seiner Kabine abholte, musterte Edward Karim von oben bis unten und bemerkte mit einem Schmunzeln: »Jetzt stellt sich bald die Frage, wer hier wessen Diener ist, Karim.«

Das Abendbrot war exzellent und die beiden genossen das Essen und Trinken sichtlich inmitten der anderen vornehmen Gäste. Der Prinz reiste als David zwar nicht völlig anonym, doch vermied er es, als Kronprinz aufzutreten. Natürlich gab es das eine oder andere Getuschel an den anderen Tischen, aber auf direktes Nachfragen beim Personal verneinten die Kellner stets, dass es sich um den Prinzen handelte, und so verstummte das Gerede so schnell, wie es entstanden war. Es blieb nur das Gerücht, dass er der Prinz war, aber es gab eben keine Bestätigung dazu.

Als sie zum Dessert vom Oberkellner an den Tisch zweier sehr vornehmer Damen gebeten wurden, ahnte Karim bereits, dass dies nichts Gutes zu verheißen hatte. Nachdem sich herausstellte, dass die Ladys die Frau und Tochter von Baron Irwin waren, musste sich David zu erkennen geben. Nicht zuletzt, weil sein Vater König George V. Edward Wood zum Vizekönig von Indien vorgeschlagen und ihn zum Baron Irwin erhoben hatte.

»Was machen die Damen in Indien?«, fragte der Prinz verdutzt, zumal der Baron bereits vor drei Jahren abgedankt hatte und nun im britischen Kabinett beschäftigt war.

»Nach dem Tod meines Schwiegervaters, des Viscount Halifax«, erhob Frau Dorothy Wood ihre Stimme, »müssen wir private Dinge für meinen Mann in Bombay regeln«, sagte Madame vollends höflich und nett, »und meine Tochter Anne begleitet mich auf dieser Reise.«

Der Prinz fragte nicht nach und lenkte geschickt das Gespräch weg von den privaten Angelegenheiten hin zu allgemeinen Themen. »Wir waren beeindruckt von dem Verhandlungsgeschick Ihres Mannes mit Gandhi«, lobte David Dorothys Mann und erntete die Zustimmung von Anne.

Karim hatte durchaus das eine oder andere über Edwards Charme gehört, aber hautnah mitzuerleben, wie Anne Wood bei jedem Wort des Prinzen immer tiefer und tiefer in Hingabe und Leidenschaft versank, war außerordentlich für ihn.

Karim war den ganzen Abend zum Zuhörer abgestellt und bis auf ein knappes »Mein Mann war auch auf dem Eton-College« von Dorothy richtete niemand auch nur ein einziges Wort an ihn.

Der Abend endete an der Bar, und das nur, weil es auf Deck zu kalt war, um dort unter dem Sternenhimmel den Champagner zu trinken. Alle waren fraglos etwas beschwipst. Außer Karim natürlich, der weder Alkohol trinken durfte noch je welchen getrunken hatte.

Karim war es als Diener strengstens untersagt, den Prinzen außerhalb der Schlafgemächer ohne Begleitung zu lassen, und so blieb er stehen und war gezwungen, den immer obszöner werdenden Annäherungen des Prinzen zuzuhören. Was ihn jedoch verwirrte, war, dass die Zuneigung Annes mit der Derbheit im Vokabular des Prinzen stieg, anstatt zu fallen. Er verstand die Frauen wahrhaftig nicht. Dorothy hingegen fand schlichtweg alles lustig und Karim musste sie einige Male halten und stützen, da sie in der Zwischenzeit nicht mehr nur beschwipst, sondern regelrecht betrunken war und sich eigenständig nicht mehr auf den Beinen halten konnte.

Als die Uhr bereits weit nach Mitternacht zeigte, brachte Karim Frau Wood auf ausdrückliches Geheiß des Prinzen zusammen mit einem Pagen auf ihr Zimmer. Für sie wäre es unmöglich gewesen, ohne fremde Hilfe ihr Gemach zu finden geschweige denn in ihrem Zustand selbst dorthin zu gelangen. Als Karim sich zusammen mit dem Pagen nach einer Viertelstunde um Fräulein Anne kümmern wollte, um die junge Frau ebenfalls in ihre Suite zu begleiten, war diese beileibe wie vom Erdboden verschwunden. Und der Prinz auch.

Karim entdeckte die beiden, wenn auch nicht physisch, so jedoch derart lautstark in der Suite des Prinzen, die sich Tür an Tür mit der seinen befand, dass er die Motorengeräusche in seiner eigenen Kabine nicht mehr wahrnahm.

Am nächsten Morgen und wieder nüchtern sah die Lage schon wieder vollkommen seriös und geradezu englisch aus. Madame Anne hatte längst in der Nacht ihr eigentliches Bett im Zimmer ihrer Mutter gefunden und der Prinz of Wales war frisch rasiert und perfekt gekleidet, als Karim ihn zum Frühstück begleitete. Auf Anweisung der Ladys war ihnen in der Zwischenzeit ein gemeinsamer Tisch für vier Personen zugewiesen worden und die offensichtliche Liebelei zwischen David und Anne störte allem Anschein nach niemanden an Bord. Zwar war Anne nicht verheiratet, aber es war allseits bekannt, dass sie mit dem Earl of Feversham liiert war. Doch jedermann auf dem Schiff, inklusive der Besatzung, war erwiesenermaßen geübt im

Wegschauen und die Diskretion an Bord stand derer der Bank of England in nichts nach.

So wurden nicht nur die Nächte an der Bar länger, sondern auch die Aufenthalte Lady Annes am Morgen im Zimmer des Prinzen.

Lady Dorothy und Karim hatten sich am dritten Tag schon längst daran gewöhnt, unter sich zu frühstücken, und wahrscheinlich wäre dies bis Bombay so geblieben, wäre da nicht dieser außerplanmäßige Zwischenstopp in Gibraltar gewesen.

Als die Britannia III am Morgen des fünften Tages Kurs auf Gibraltar nahm, stand Karim bereits mit einigen anderen verwunderten Passagieren auf dem Oberdeck und verfolgte gespannt das Anlegen im Hafen. Als das Schiff dem Ufer näher kam und die Menschen am Pier langsam erkennbar wurden, zauderte Karim kurz, aber er sah richtig. Auf dem Pier erkannte er unter den vielen staunenden Gesichtern das wunderschöne Antlitz von Thelma Furness, der Freundin des Prinzen. Ohne Umwege rannte er zu Davids Kabine und hämmerte wie ein Verrückter gegen die Zimmertür des Prinzen. Dieser öffnete nach einer gefühlten Ewigkeit die Kabinentür einen Spalt und flüsternd schoss es aus Karim heraus: »Madame Thelma steht am Pier in Gibraltar. Sie wird in wenigen Minuten an Bord kommen, Hoheit!«

Nach einer Minute öffnete der Prinz in eine Decke um seinen Körper gehüllt die Tür ganz und fragte: »Bist du dir sicher, Karim?«

»Oh ja, mein Herr«, stotterte der Diener. »Sie befindet sich auf dem Landungssteg, zusammen mit einer anderen Dame, die ich nicht kenne.«

»Danke, Karim. Besorge Blumen, gib sie ihr und sage ihr, dass ich sie«, er blickte auf seine Uhr, »um zehn Uhr im Salon erwarte.«

Der Prinz schloss die Tür und ließ den verdutzten Diener auf dem Flur zurück.

Karim konnte zu seiner Verwunderung wahrnehmen, dass es in der Kabine ruhig blieb, als wäre nichts geschehen. Aber der Diener war so sehr mit sich selbst beschäftigt, dass er die Stille zwar wahrnahm, diese jedoch nicht hinterfragen konnte.

Frau Furness und David waren bereits seit einigen Jahren ein Paar, aber erst nach ihrer Scheidung vor einigen Monaten hatte ihre Beziehung richtig Fahrt aufgenommen. Sie feierten unentwegt und auf ihrem Wohnsitz, dem Ford Belvedere, flossen zu jedem Zeitpunkt Honig und Wein. Ob Thelma Davids Lebenswandel positiv bereicherte, wagte Karim weder auszuschließen noch zu bestätigen, aber eines war gewiss: Sie brachte das pure Leben in die verstaubten Gemächer des königlichen Schlosses.

Dieses Treiben und diese ausschweifende Lebensweise waren auch hauptverantwortlich dafür, dass Königin Mary ihren Sohn nie auf Ford Belvedere besuchte. Die Königin konnte die geschiedene Amerikanerin nicht als Freundin ihres Sohnes akzeptieren. Thelma und der Prinz hingegen lebten frei nach dem Motto, dass die Liebe alle Regeln brechen dürfe, mit einer derartigen Geschwindigkeit und

Obsession, dass ihr üppiger Lebenshunger vor allem das Herz Davids Stück für Stück aushöhlte.

Thelma war neben der Jagdleidenschaft des Prinzen mit ein Grund, warum er kurzerhand nach Indien wollte. Er wollte ihrem Gefängnis aus Lust und Begierde zumindest für einige Wochen entfliehen. Sie wiederum sah dies vollkommen anders und wollte ihn nicht ohne Gesellschaft ziehen lassen. Thelma hatte kurzerhand ihre Freundin kontaktiert und zusammen mit ihr die Überraschung für David geplant, dass sie gemeinsam mit ihm nach Indien fahren würden. Ein guter Bekannter Thelmas, den sie durch David kennengelernt hatte, war Oliver Stanley, der seines Zeichens kein Geringerer war als der Minister für Transport des Vereinigten Königreiches. Es packte ihn an seiner Ehre, der Freundin des zukünftigen Königs von Großbritannien und Irland diesen Wunsch erfüllen zu können, und so setzte er alle Hebel in Bewegung und organisierte die fast fluchtartige Reise von Thelma und ihrer Freundin von London nach Gibraltar. Auf diese Idee hatte ihn sein Sekretär gebracht, denn anfänglich wollte er die beiden nach Schottland nachreisen lassen. Das wäre sich jedoch zeitlich nicht ausgegangen und so hatte er dem Kapitän der Britannia III telegrafiert, dass er Gibraltar anlaufen musste, um zwei Passagiere aufzunehmen. Stanley war es weiter gelungen, die beiden Damen schon einen Tag vor der Ankunft des Dampfschiffes nach Gibraltar zu transportieren. Thelma war Oliver sehr dankbar, da ihr Anliegen ihr äußerst wichtig war. Sie hoffte, dass David ihr den längst überfälligen Heiratsantrag machen würde, wenn sie ihm in Indien und vor allem bei der Tigerjagd zur Seite stand.

Voller Hoffnung und voller Liebe kam sie nun über die Gangway auf das Schiff.

Karim rannte wieder hoch, entwendete einen Strauß Blumen aus der Vase im Foyer und eilte weiter zur Eingangstür vis-a-vis der Rezeption.

»Madame Furness, so wundervoll, Sie hier zu sehen«, begrüßte er Thelma und reichte ihr die Blumen. »Mein Name ist Karim und ich bin der Diener Seiner Hoheit. Der Prinz bat mich, Sie zu begrüßen und Ihnen auszurichten, er würde Sie gern in zwei Stunden gegen zehn Uhr im Salon treffen.«

»Wieso kommt David nicht persönlich, um mich zu begrüßen, Herr Karim?«, fragte Frau Thelma etwas enttäuscht.

»Madame, der Prinz ist seit zwei Tagen etwas kränklich und ich habe ihm eben das Frühstück aufs Zimmer serviert. Aber er fühlt sich heute schon etwas besser und freut sich sehr, dass Sie gekommen sind«, log Karim, um die Stimmung etwas zu heben.

»Er ist krank?«, fragte Thelma und war nun nicht mehr zu halten. Sie stürmte mit kleinen Schritten und einem ausgeprägten Hüftschwung zu den Kabinen und als Karim ihr die Zimmernummer nicht nennen wollte, wandte sie sich an den ersten Offizier, der ihr über den Weg lief, und eilte dann geradewegs der Kabine des Prinzen entgegen, ihre noch unbekannte Freundin und Karim immerzu im Schlepptau.

Als der Kronprinz nach dem Klopfen die Tür abermals öffnete, war das Chaos perfekt. Anne lag tief versunken unter der Bettdecke im Schlafzimmer und der Prinz stand halb nackt und nicht im Geringsten aus dem Gleichgewicht gebracht im Salon.

»Hallo, Thelma«, sagte er souverän, »wollt ihr denn nicht eintreten?«

Madame Furness, die nach einer Sekunde die Situation vollends erfasst hatte, brauste ins Zimmer, stellte ihre Füße weit auseinander, schrie den Prinzen an und schlug ihm mit voller Wucht ihre flache Hand ins Gesicht. Während Karim reflexartig seinen Herrn beschützte, rannte Thelma tobend ins Schlafzimmer und riss die Decke von der sich immer noch in Schockstarre befindenden Madame Anne, die sogleich auch zu schreien begann. Anne lag mit zusammengepressten Beinen wie gefesselt auf der Matratze und versuchte, mit ihren Händen zugleich sowohl ihren nackten Busen als auch ihre Scham zu bedecken. Nachdem sich zu der Anzahl der Menschen, die bereits in der Suite waren, auch noch das Kabinenpersonal und der Deckoffizier gesellt hatten, wurde es dem Prinzen zu bunt und er verwies, ohne lange zu überlegen, alle aus seinem Zimmer, bis auf Karim und die unbekannte Dame. Anne rannte nur mit einem Kissen bedeckt in ihre Kabine und das Personal versuchte, Madame Furness zu beruhigen, und führte diese in die Bar, um ihr einen Whiskey zu reichen.

»Darf ich mich vorstellen«, sagte der Prinz immer noch vollkommen unbeeindruckt. »Edward Albert Christian George Andrew Patrick David Prince of Wales. Aber nennen Sie mich bitte David. Und mit wem habe ich das Vergnügen?«

Die wunderschöne Dame zögerte nur kurz und erwiderte: »Wallis Simpson, David. Mein Name ist Wallis Simpson.«

Der Prinz schenkte ihnen einen Drink ein, während er sich bekleidete, und fragte: »Was führt Sie auf dieses Schiff, Madame Simpson?«

»Oh David, bitte nennen Sie mich Walli. Aber ja, ich entschloss mich kurzerhand, meine Freundin Thelma zu begleiten und mit ihr einige Wochen in Indien mit Ihnen zusammen zu verbringen.«

Der Prinz schickte Karim mit der Bitte, nach Madame Thelma zu sehen, aus dem Zimmer und fragte weiter: »Sind Sie auch Schauspielerin, Walli?«

»Ja. Ich kenne Thelma aus dem Theater«, sagte Frau Simpson knapp, blickte aus dem Fenster und seufzte. »Aus der entspannten Reise nach Indien wird nun wohl leider nichts.«

Der Prinz nippte an seinem Glas und bestätigte: »Nein, daraus wird nichts, Walli. Tut mir leid, aber ich glaube nicht, dass Thelma sich wieder beruhigen wird. Das liegt nicht in ihrer Natur.«

Die beiden sahen minutenlang betrübt durch das Fenster auf die offene See.

Als der Prinz aufstand, hielt er Wallis' Hand, küsste erst diese und anschließend ihren Mund für den Bruchteil einer Sekunde, bevor er sagte: »Schauen wir besser mal nach unserer Freundin Fräulein Simpson.«

Die Herrschaften mussten Frau Furness nicht lange suchen. Sie schrie lauthals den Kapitän an und ihre Stimme hallte durch alle Flure.

»Drehen Sie auf der Stelle um und fahren Sie zurück nach Gibraltar«, brüllte sie den Schiffsführer mit ihrem amerikanischen Akzent an.

»Madame Furness, ich sage es Ihnen jetzt zum letzten Mal. Wir werden nicht umdrehen! Ich habe wegen Ihnen überhaupt erst in Gibraltar angelegt und deshalb schon einige Stunden verloren. Ich habe noch andere Gäste und wir werden bis Suez keinen Umweg oder Halt mehr machen! Und wenn der König persönlich mir den Befehl geben würde, könnte und würde ich es nicht tun«, erklärte der hünenhafte, ruhige schottische Kapitän der amerikanischen Lady.

»Mister McGregor«, schaltete Thelma blitzartig auf sanft um, »bitte, ich muss runter von diesem Schiff. Helfen Sie mir, ich flehe Sie an, Kapitän.«

»Madame, nein, es geht nicht. Wir sind nun auf der Route eingeschifft und jede Abweichung würde uns Tausende Pfund kosten, da wir eine klare Regelung mit der Durchfahrt durch den Suezkanal haben. Für jede verpasste halbe Stunde müssen wir bezahlen. Verstehen Sie bitte, Miss, ich kann nicht umdrehen!«

Resigniert und verbittert wandte sie sich vom Kapitän ab, packte Wallis am Arm und ging geradewegs in ihre Kabine, die sie bis zum Abend nicht verließ.

Beim Dinner waren alle Tische wieder getrennt und so saßen Anne mit ihrer Mutter und Thelma mit Wallis jeweils unter sich an einem Tisch. Der Tisch des Prinzen wurde auf seinen ausdrücklichen Wunsch an das andere Ende des Speisesaals verlegt und so konnte keiner der Gäste sich über die Anwesenheit des jeweils anderen beschweren.

Als das zweite Aufeinandertreffen der Beteiligten sehr unterkühlt und vollkommen ruhig verlief, waren alle Dämme und Mauern so weit wieder errichtet, dass man es eine weitere Woche problemlos aushalten konnte.

Die nächsten Tage boten somit keine Abwechslung und waren von Essen und Trinken geprägt. Einzig Karim freute sich über die Ruhe in der Nacht. Er konnte nun wieder mit dem monotonen Geräusch der Dampfmaschine seelenruhig einschlafen.

Zumindest die ersten zwei Nächte, danach fing das Spiel mit den Lauten und Geräuschen aus dem Zimmer des Prinzen von vorn an. Karim brauchte nicht lange, um eins und eins zusammenzuzählen. Wallis Simpson war auch dem Charme des Kronprinzen verfallen.

Karim war noch nie mit einer Frau intim gewesen. Zum einen war es durch den Glauben und die Religion strikt verboten, zum anderen hatte sich bislang noch nie die Möglichkeit ergeben. So war er über das Handeln des Prinzen begeistert und fassungslos zugleich. Obwohl er bemerkte, wie gut es dem Prinzen mit dieser nächtlichen Beziehung auch tagsüber ging, war er dennoch froh, dass Frau Simpson nie länger als zwei Stunden in Davids Zimmer blieb. Dies war jedoch nicht Karims Schlaf geschuldet, sondern nur, um das Misstrauen und das Missfallen ihrer Freundin nicht auf sich zu ziehen.

So verliefen die Tage und in Summe auch die Nächte ohne große Aufregung und in der Tat wäre es auch so geblieben, hätte nicht am letzten Abend vor der Ankunft in Suez das erste Kapitänsdinner stattgefunden. Kapitän McGregor konnte sich nicht über das Protokoll hinwegsetzen und so kam es, dass sich die fünf ranghöchsten Personen mit Begleitung an seinem Tisch einfanden. Dies waren nebst dem Prinzen und Karim natürlich Dorothy mit Anne und Thelma mit Wallis, die der Kapitän als kleine Wiedergutmachung und Wertschätzung auch zum Dinner an seinen Tisch einlud.

Mit am Tisch waren zwei Offiziere der britischen Armee und zwei Neulinge vom ICS, dem Indian Civil Service. Die Leute vom ICS waren die angesehensten Beamten in ganz Indien. Es gab nur etwa eintausend von ihnen und eigentlich kontrollierten und verwalteten sie das ganze Land. Auf die Rekrutierung und die Auswahl wurde somit größten Wert gelegt.

Paul, einer der beiden vom ICS, erzählte den beeindruckten Gästen am Tisch, welche Prüfungen er bestehen musste, um überhaupt in die engere Auswahl zu kommen.

»Von den zweihundert Bewerbern meines Jahrgangs wurden die ersten einhundertfünfzig bereits nach den Prüfungen in englischer Literatur, europäischer Geschichte, Mathematik, Logik und Philosophie ausgemustert. Auch Naturwissenschaften und Sprachen wie Sanskrit und Arabisch wurden getestet«, sagte er stolz, ließ seinen Blick ruhig über den Tisch wandern, blickte jedem Einzelnen ins Gesicht und fuhr fort: »Nach einer medizinischen Untersuchung fielen abermals zwanzig Prozent aus dem Programm. Für die restlichen vierzig Teilnehmer hieß es nun, ein Jahr lang indisches Recht, indische Geschichte und indische Sprachen zu lernen, und dies alles«, lachte er, »neben den täglichen Fecht- und Reitübungen.«

Nach einer Pause und einem Schluck Champagner ergänzte er: »Bei der Abschlussprüfung gab es einen neuerlichen Ausfall von fünfzig Prozent und somit blieben exakt zwanzig Personen, also zehn Prozent der anfangs zweihundert Bewerber, im Programm, die nun sukzessive nach Indien entsandt werden.«

»Sehr interessant, Paul«, sagte der Prinz, welcher als David vorgestellt worden war, und fuhr fort: »Aber ist es nicht so, dass diese Ausbildung sehr theoretisch ist und keinerlei Praxisbezug hat?«

»Da muss ich Ihnen zustimmen, David, aber es steht ja noch der letzte Teil der Ausbildung direkt in Indien an. Hier werden wir auf die tatsächlichen Aufgaben nochmals eingehend geschult und anhand der täglichen Arbeit ausgebildet, bevor uns größere Herausforderungen zugeteilt werden.«

Paul wirkte sehr integer, intelligent und aufgeschlossen. Somit ließ er sich auch auf keine weitläufige Diskussion ein und wirkte während der ganzen Konversation sehr souverän.

Als Pauls Partner Wayne jedoch, sicherlich schon etwas mutig vom Alkohol, aufstand, seine Stimme gegen den Prinzen erhob und harsch bemerkte: »Wenn wir in unserer Ausbildung auch vieles nur theoretisch erlernt haben, so haben wir uns dennoch sehr intensiv mit den Rassenunterschieden beschäftigt«, wurde es schlagartig still an der vornehmen Tafel. Wayne genoss die Aufmerksamkeit, die er im Moment missinterpretierte, und nahm einen weiteren Schluck aus seinem Bierglas. Er zeigte mit dem Finger auf Karim und fuhr merklich aggressiv fort: »Es wäre für einen echten Briten ein unentschuldbarer Fauxpas, dieses indische Pack mit an den Tisch des Kapitäns zu bringen.«

Alle Anwesenden sahen dem Betrunkenen fassungslos ins Gesicht und Paul versuchte, ihn zu beruhigen. Zu allem Übel hielt der Mann vom ICS nicht inne, sondern wandte seinen Blick zu David und fuhr fort: »Sie glauben wohl, dass Sie sich als neureicher Kaufmann alles herausnehmen können. Diener sind Diener, und nach den wissenschaftlichen Erkenntnissen der Rassenlehre sollte der indische Abschaum nicht mit unsereins an einer Tafel sitzen und dinieren.«

Wayne blaffte David dermaßen an, dass allen Anwesenden sofort klar war, dass er nicht den blassesten Schimmer hatte, wen er physisch vor sich hatte.

Die ohnehin etwas angespannte Stimmung zwischen den Gästen schien nun buchstäblich zu gefrieren und alle blickten gespannt auf den Kronprinzen. Doch bevor dieser etwas entgegnen konnte, ergriff Karim das Wort und fragte: »Herr Wayne, können Sie mir bitte erklären, wie diese minderwertige Rasse erkennbar wird? Gibt es spezielle Merkmale? Meinen Sie vielleicht, dass wir Inder wie Schimpansen sind, weil wir die Mathematik zu einer Zeit erfunden haben, während die meisten Engländer und Schotten noch in Höhlen oder auf Bäumen wohnten? Oder sind Sie der Meinung, dass unser Nobelpreisträger Herr Rabindranath Tagore bei Ihnen Nachhilfe in Literatur nehmen sollte?«

Karim stand nun auch auf, machte eine Pause und schaute dem Mann vom Indian Civil Service direkt in die Augen. »Herr Wayne, glauben Sie nicht, dass das persönliche Glück Ihres Geburtsortes auch nur im

Entferntesten etwas mit einem Vorzug Gottes zu tun hat. Und wenn Sie annehmen, dass Sie dank Ihrer Bildung auch nur ein bisschen schlauer sind als ein indisches Armenkind, muss ich Sie leider enttäuschen. Intelligenz und Wissen sind keine Brüder. Ja, sie sind nicht einmal verwandt. Aber Sie können Ihre Überlegenheit gern bei einer Partie Schach gegen mich unter Beweis stellen. Wenn Sie auf der gesamten Reise auch nur eine Partie gegen mich gewinnen, werde ich für den Rest der Fahrt den buckligen Diener für Sie spielen.«

Wallis nutzte die kaum merkliche Unterbrechung, die Karim machte, und schrie: »Bombe! Eisbombe!«

Als alle in Richtung Nachtisch schauten, der mit einem kleinen Feuerwerk serviert wurde, beruhigten sich die Gemüter und alles verlief wieder friedlich.

Wallis zwinkerte Karim zu und er war in der Tat sehr dankbar über ihr Verhalten. Karim hatte schon beim Vorfall in der Kabine des Prinzen bemerkt, dass Wallis ein außerordentlich gutes Gespür dafür hatte, wie sie Emotionen forcieren oder abschwächen konnte. So wurden nach dem Vorfall die Blicke zwischen ihr und dem Prinzen noch sanfter, als sie ohnehin schon den ganzen Abend gewesen waren. Sie gab damit David das Gefühl, richtig gehandelt zu haben, indem er sich nicht in diese Unterhaltung eingebracht hatte. Er musste als Thronfolger eine klare Position vertreten, was den Rassismus anbelangte, und eigentlich hätte er Wayne noch vor Tagen vollkommen recht gegeben. Aber eben zweifelte er zum ersten Mal, ob die vorgelebte weltweite Politik substanziell richtig war. Hatten die Amerikaner oder die Südafrikaner wahrhaftig das Recht, die Rassen zu trennen?

David war spürbar verunsichert und tief in seinen Gedanken, als Wallis vorschlug, die Nachspeise mit Champagner auf dem Oberdeck einzunehmen. Alle folgten dankbar und freudig ihrem Vorschlag, nur Wayne zögerte. Doch nachdem Paul ihm auffordernd auf die Schultern geklopft hatte, folgte er ihm ohne weitere Überredung nach.

Die Temperaturen in Ägypten waren auch in der Nacht herrlich und so fanden alle Gäste Gefallen an Deck bei der nächtlichen Flussfahrt durch den Suezkanal. Zum Leidwesen Thelmas flirteten Wallis und David nun frei und offensichtlich miteinander. Die beiden standen fast einsam am Heck des Schiffes und der Prinz zeigte ihr einige Sternbilder, die in der Neumondnacht besonders klar und deutlich zu erkennen waren.

Karim unterhielt sich mit Paul, der noch mehr über Indien in Erfahrung bringen wollte. Wayne indes bemerkte Thelmas Betrübtheit und nutzte seine Chance. Nach einem sehr kurzen Gespräch waren die beiden für den Rest des Abends nicht mehr zu sehen.

So tuckerte das Dampfschiff in dieser lauen Nacht langsam und gemächlich dem Roten Meer entgegen.

Als am nächsten Morgen Thelma und Wallis in Suez das Schiff verließen, stand der Prinz mit Karim an der Reling und winkte den beiden zu. Den Verabschiedungsgruß erwiderte jedoch nur Wallis, die, wie David auch, Tränen in den Augen hatte.

»Karim, halt dich fern von Frauen. Und wenn es denn schon sein muss, dann konzentriere dich auf eine«, sagte der Prinz nachdenklich und Karim nickte dazu.

Die nächsten Tage verliefen vergleichsweise ereignislos. Anne und Dorothy gingen dem Prinzen und Karim aus dem Weg und auch die beiden ICS-Leute waren wie ausgewechselt, nachdem man sie aufgeklärt hatte, mit wem sie am Tisch gesessen hatten. Wayne nahm sogar täglich Karims Einladung zum Schachspiel an, jedoch hatte er, wie prophezeit, keine Chance gegen den Diener, der das Spiel des Schahs von klein auf mit seinem Großvater gespielt hatte.

Täglich in den Morgenstunden stand Karim einsam an der Reling und sah erwartungsvoll in den Sonnenaufgang, da seine Vorfreude auf Indien und seine Familie mit jeder Meile wuchs, die sie Bombay näher kamen.

Eren Hot

Als kurz vor Mittag der Zug seine Fahrt verlangsamte und die Häuser und Hütten wie aus dem Nichts häufiger und größer wurden, erkannte ich zahlreiche militärische Einrichtungen und konnte die eine oder andere Außenmauer einer Kaserne erkennen, welche nach oben meterhoch mit Stacheldraht umsäumt war. Ich dachte mir sofort, dass wir nun die chinesisch-mongolische Grenze in Eren Hot erreicht hatten, was schlussendlich auch der Fall war.

Stöhnend und ächzend kam der Zug an seinem angestammten Platz inmitten eines gigantischen Gebäudes zum Stehen, das sicherlich einige Hundert Meter lang und vierzig, vielleicht auch fünfzig Meter hoch war. Der Bahnsteig war gesäumt von ganzen Heerscharen asiatischen Eisenbahnpersonals, das just in der ersten Sekunde des Stillstands, bewaffnet mit Maschinen und Werkzeug, anfing, den Zug zu demontieren und zu zerlegen. Zirkusreif, wie trainierte Hochseilakrobaten, tanzten die Arbeiter unter, um und über den Waggons herum, jeder Handgriff war zeitlich abgestimmt und wirkte tausendmal geübt. Man bekam das ehrfürchtige Gefühl, dass das Ensemble die Tätigkeiten blind ausführen könnte.

Erst verstand ich nicht und konnte nicht erfassen, dass nahezu alle Arbeiter gleichzeitig an sämtlichen Waggons tätig waren, doch Karim klärte mich auf, dass wir allesamt aus dem Zug aussteigen mussten, damit die Waggons auf ein neues Schienengestell gehievt werden konnten.

»Ah ja, das habe ich im Reiseführer gelesen, wegen der russischen Schienen- und Spurbreite«, bemerkte ich, klug auf den zweiten Blick.

Als wir das Schauspiel von außerhalb des Zuges betrachteten, wirkte es noch imposanter und noch wesentlich besser organisiert. Die Waggons schwebten nun wie riesige Vögel durch die Lüfte der schier endlos wirkenden Halle. Jede Nut, jeder Bolzen und jede noch so kleine Schraube fand nahezu lautlos ihre angestammte Position.

Während des Treibens wurden wir angewiesen, uns hinter einer gelben Linie am Bahnsteig in die Reihe zu stellen und unsere Pässe kontrollieren zu lassen. Karim deutete uns jedoch, ihm zu folgen. Er rollte von Elsa im Rollstuhl geschoben mit uns im Gefolge an der Schlange vorbei, direkt auf den Diplomatenschalter zu. Als er kurz mit dem zuständigen Beamten in Chinesisch oder Mongolisch gesprochen hatte, war für uns die Passkontrolle nur noch ein monotones, harmloses Abstempeln. Es gab keine Überprüfung, keine Fragen, kein Einsammeln der Pässe. Wir liefen einfach durch alle Kontrollen hindurch.

»Das ging aber schnell«, lächelte ich Karim zu, der nach wie vor stoisch im Rollstuhl saß und von der stolzen Schwedin geschoben wurde. Ich wusste zu diesem Zeitpunkt nicht, ob er wirklich einen Diplomatenpass besaß, aber jedes Bild von ihm zusammen mit Elsa hätte diesen Eindruck unterstrichen und bestätigt.

Eren Hot war ein belebter Ort, obwohl er faktisch nur aus einem riesigen Bahnhof bestand. Die meisten Reisenden mussten noch auf die abgegebenen Pässe warten und nutzten wie wir die Zeit, in der Bar einen Kaffee aus frisch gemahlenen Bohnen zu trinken. Igor holte für uns zusätzlich sechs alkoholische Getränke, die ich weder farblich noch dem Geschmack nach einordnen konnte.

»Sa ljubof«, sagte Igor mit einem Blick zu Anna und alle hoben wir unsere Gläser.

Karim nickte und flüsterte: »Ja, trinken wir auf die Liebe.«

Igor erklärte uns, dass es Dutzende russische Trinksprüche gäbe und dass man in Russland nie ohne einen Trinkspruch trinken sollte, weil Trinken ohne Trinkspruch Sauferei sei.

»Na sdorowje«, krächzte Steven und prostete Elsa zu.

Anna schmunzelte und sagte: »Steven, das ist der einzige bekannte Trinkspruch, der leider kein Trinkspruch ist.«

Igor machte eine ausladende Armbewegung und bemerkte: »Wir Russen sagen das, um uns zu bedanken, fürs Essen oder fürs Trinken. Aber Steven, dennoch toll, dass du etwas Russisch sprichst. Spasibo.«

Eine Durchsage, die lautstark durch die ganze Halle und über das ganze Gelände dröhnte, unterbrach unsere Gespräche. Für mich waren die mongolische wie auch die folgende russische und chinesische Ansage vollkommen unverständlich. Man konnte keine Silbe, kein einziges Wort aus dem Englischen oder dem Spanischen, das ich etwas sprach, ab- oder herleiten.

Während der Sprecher noch dabei war, den Text in alle Sprachen zu übersetzen, wurden die meisten Passagiere unruhig und alle diskutierten und gestikulierten wild durcheinander.

»Was ist denn los?«, fragte ich Igor und er informierte mich und Steven, dass es zu erheblichen Verspätungen kommen werde, da nach wie vor viel zu viel Schnee auf der Strecke durch Sibirien auf den Gleisen lag. Einer der Angestellten sagte ihm, dass eine komplette chinesische Garnitur zwischen Ulan Bator und der Grenze im Schnee stecken geblieben war und nun Rettungszüge verzweifelt versuchten, die Schienen wieder frei zu bekommen, damit der Zug weiterfahren konnte. Igor beruhigte uns jedoch, dass dies nichts Außergewöhnliches im Winter in Sibirien sei und dass alles in Ordnung war, solange die Transsib binnen achtundvierzig Stunden die Fahrt wieder aufnehmen konnte. Erst wenn es länger dauerte, würde es an die Reserven des Diesels gehen. Dies sei jedoch nur ein Problem auf unserer derzeitigen Route durch die Mongolei, aber seines Wissens bislang noch nie vorgekommen. Auf der Hauptstrecke zwischen Wladiwostok und Moskau spielte der Diesel keine Rolle mehr, da die Transsibirische Eisenbahn seit Anfang des neuen Jahrtausends auf der kompletten Strecke vollständig elektrifiziert war.

Ich sah uns schon zwei Tage in Eren Hot an dieser Bar sitzen, aber der Alkohol tat längst seine Wirkung und es war mir zu diesem Zeitpunkt zunehmend egal.

»Ich habe genug verstanden. Auf Eren Hot«, prostete Steven, holte eine weitere Runde des undefinierbaren starken alkoholischen Getränks und wir wurden noch gelöster und lustiger.

Zwischen zwei weiteren Getränken beobachtete ich Karim, wie er inmitten der Menge ruhig wie in Trance in seinem Rollstuhl saß und so glücklich aussah. Trotz oder vielleicht wegen seines hohen Alters spürte man, dass er nicht genug vom Leben bekommen konnte. Er lächelte, als würde er alle Worte in dem Sprachengewirr verstehen, alle Bilder aufsaugen und alle Gefühle erkennen. Phasenweise wirkte er wie ein Teenager auf dem Abschlussball.

»Herr Karim«, fragte ich ihn, »was ist mit dem Prinzen und Ihnen in Bombay passiert?«

»Bombay?«, erschrak Karim und meine Frage riss ihn aus seinen Träumen, wie ein Lichtstrahl den Schatten aus der Dunkelheit reißt. »Lass uns morgen darüber sprechen, Claire. Heute feiern wir den Beginn der Reise. Heute heißen wir die Mongolei willkommen, so ist es Sitte und Brauch. Und da wir ohnehin die nächsten Stunden nicht weiterkommen, ist es sogar unsere Pflicht, auf das Wohl der Eingesperrten und Verzweifelten in der stecken gebliebenen Eisenbahn zu trinken.«

Igor und Anna nickten und brachten die nächste Runde.

Es war schon weit nach Mitternacht und wir hatten bereits über vierzehn Stunden Verspätung, als die Passagiere des verlorenen Zuges in der kleinen Bar in Eren Hot vollkommen erschöpft ankamen. Die Hunderte Fahrgäste, die auf dem Weg von Moskau nach Peking den

Schneemassen entfliehen konnten und nun auf ihre Rettung trinken wollten, drängten auch noch in den viel zu kleinen Raum.

Zur Begrüßung für die Russen unter ihnen stimmten die anwesenden Landsleute die russische Hymne an. Ich hatte bis zu diesem Zeitpunkt geglaubt, dass ich schon viel erlebt hatte und mich nichts so schnell verwundern oder gar begeistern konnte, aber dieser Gesang und die Bilder der weinenden Männer gingen mir sehr nahe und brannten sich tief in mein Gedächtnis. Sogar Karim stand aus seinem Rollstuhl auf und sang zu meiner Verwunderung aus Leibeskräften die russische Hymne mit. Dabei rannen ihm die Tränen wie silbern glänzende Bäche aus seinen fröhlichen Augen.

Als ich am Morgen im fahrenden Zug erwachte, konnte ich mich weder erinnern, wie ich ins Abteil gekommen war, noch, wann und wie ich mich ausgezogen hatte. Ich lag splitternackt neben Steven und es war offensichtlich, dass wir Sex gehabt hatten. Als ich aufstand und ins Bad gehen wollte, bemerkte ich, dass Igor und Anna auf dem Fußboden lagen, ebenso nackt, nur spärlich mit ihren eigenen Kleidern bedeckt.

Als Anna durch meine Geräusche erwachte, weckte sie Igor und die beiden waren nicht mehr im Zimmer, als ich aus dem Bad zurückkkam.

Beim Frühstück war die angebrachte Distanz wieder hergestellt und alles schien so, wie es am Morgen davor gewesen war. Anna und Igor verloren keinen Satz über die Vorfälle in der Nacht und bedienten uns, als wäre nichts Sonderliches geschehen. Einzig, dass ich keinerlei

Erinnerungen an jene Nacht hatte, störte mich, jedoch nicht so sehr, dass ich Steven danach gefragt hätte. Da auch er schwieg, nahmen wir inmitten der Stille, die nur durch das Ächzen und Stöhnen des Zuges durchzogen war, unser Frühstück lautlos in Gedanken versunken zu uns.

Karim und Elsa erschienen nicht zur gemeinsamen Mahlzeit im Salon. Sie ließen sich das Essen sowie den Kaffee in ihr Abteil servieren. Ich wusste nicht, welche Rolle die beiden in der Nacht gespielt hatten und ob sie auch Teilnehmer am Alkoholexzess gewesen waren.

Steven und mir war der Umstand jedoch egal, weil wir nun, ohne Ablenkung, ein Highlight unserer Reise vollkommen ungestört genießen konnten. Die Wüste Gobi.

Nun ja, es war etwas verrückt, dass gerade wir beide, die wir ja auch aus einem Land mit einer Wüste kommen, uns so auf diesen Teil der Reise freuten. Vielleicht war es, weil wir von klein auf viel über die Wüsten, deren Entstehung, deren Unterschiede und Ausbreitung gelernt hatten. Oder es war einfach nur, um sich für einen kurzen Moment in der Fremde heimisch zu fühlen.

Man konnte unsere texanische Chihuahua-Wüste zwar nicht im Geringsten mit der Wüste Gobi vergleichen, aber die Dimension, die Weite und die Kargheit als solche waren sich schon sehr ähnlich.

Wir fuhren durch Steppen, durch steinige Passagen und durch sandiges Terrain. Obwohl es draußen sehr sonnig war, lagen die Temperaturen, zumindest laut Reiseführer, in dieser Jahreszeit um die minus fünf Grad. Allerorts war es trocken und es war kaum zu glauben, dass wir in wenigen Stunden durch tief verschneite Landschaften fahren würden.

Leider sahen wir keine Tiere. Wir richteten unsere Blicke bis zu den entfernten Sanddünen, aber so weit wir unsere Blicke auch schweifen ließen, war weder ein Schaf, ein Pferd, ein Kamel noch ein Kojote zu sehen. Zumindest einen Kojoten hätte ich gern erblickt, wie einst Bick Benedict alias Rock Hudson im Film *Giganten*, in dem er Leslie, die von Elisabeth Taylor gespielt wurde, zu sich nach Texas holte und die beiden im Liegewagen tief in der Nacht durch das Zugfenster einen Kojoten erblickten. Dieser Film ist nicht zuletzt wegen James Dean, der den aufstrebenden Jett Rink spielte, ein Nationalheiligtum in Texas.

Nachdem wir am späteren Nachmittag schon weit in die Mongolei eingedrungen waren und die Wüste Gobi längst wieder verlassen hatten, schlug das Wetter um. Der Winter brach mit seiner bitterlichen Kälte herein und überzog die spärlichen Blätter der kahlen Bäume mit einer Hülle aus Eis und Schnee.

Karim kam aus eigener Kraft mit dem Rollstuhl in den Salon gefahren. »Elsa möchte sich für heute entschuldigen«, sagte er und bestellte bei Anna einen Kaffee mit einem Stück Kuchen.

Da Steven so oder so mit seinem Handy beschäftigt war und seit Stunden versuchte, ein Netz zu bekommen, nutzte ich die Gelegenheit und fragte Karim erneut wegen Bombay.

Agra

Als die Britannia III einen Tag früher als geplant nach knapp vier Wochen Bombay erreichte, waren alle erleichtert, das Schiff verlassen zu können und wieder festen Boden unter den Füßen zu spüren.

Als Karim und der Prinz von Bord gingen, wurden sie von den beiden Chauffeuren des Maharadschas empfangen. Direkt am Pier stand ein auf Hochglanz polierter tiefschwarzer Rolls-Royce Phantom II.

Der Prinz unterrichtete die Fahrer sogleich, dass sie zuerst nach Agra fahren würden, um Karims Familie zu besuchen. Etwas verwirrt über die Planänderung, waren sie dennoch froh, nicht die komplette Distanz von zweitausend Kilometern fahren zu müssen, sondern eine längere Pause in Agra einlegen zu können.

Jay und Hari, so hießen die beiden Fahrer, waren bereits vor über einer Woche aufgebrochen, um pünktlich in Bombay einzutreffen, und obwohl sie sich abwechseln konnten, war an richtiges Schlafen auf den holprigen Straßen nicht zu denken gewesen. So beflügelte sie die Aussicht sehr, sich in zwei Tagen in Agra erholen und ausschlafen zu können.

Nachdem alles Gepäck verstaut worden war, machte sich das Quartett auf den Weg.

Bombay glich einem Bienenstock und für Außenstehende wie David war es unvorstellbar, wie in diesem Gewirr und Gewimmel jeder wusste, was er zu tun hatte. Es war nicht erkennbar, worin das Ziel lag oder der Ursprung des Treibens kam. Alle schienen wie unter Drogeneinfluss durcheinander zu rennen. In der einen Ecke zog ein Elefant Bäume quer über die Straße, auf der anderen Seite graste eine Kuh unbeeindruckt von der Hektik gemütlich mitten auf dem Weg. Alles folgte einer unsichtbaren Logik, sofern es eine solche überhaupt gab. Für David war nicht wahrnehmbar, welches System dahintersteckte, und er fragte sich, wie einfache Dinge wie Versorgung und Verkehr hier funktionieren konnten.

Der Prinz dachte daran, wie er vor zwölf Jahren Bombay bereist und damals in menschenleere Straßen geblickt hatte. Nur eine Handvoll Politiker und deren Bedienstete hatten ihn begrüßt und hofiert. Alle anderen Einwohner Bombays waren aus Protest dem feierlichen Empfang ferngeblieben.

In der Tat waren es nicht die ersten Zeichen zivilen Ungehorsams und nicht die ersten des stillen gewaltlosen Widerstands gegen das Empire und gegen die Vorherrschaft der Briten gewesen, aber es waren die ersten, die David am eigenen Leib erfuhr. Gandhi, Roy und Tagore hatten schon längst ihre Ideale und Ideen in das indische Volk gesät und dies waren die ersten Früchte, die der nahende Umbruch trug. Die indischen Gelehrten versuchten gewaltlos, ihre Idee einer eigenen indischen Identität jenseits der europäischen Modernität und Nation zu entwickeln. Am 13. April 1919, also drei Jahre vor seiner Reise nach Indien, waren beim Massaker von Amritsar

Hunderte Menschen getötet und Tausende verletzt worden. Einhundertfünfzig britische Soldaten unter dem Befehl von General Reginald Dyer hatten blind mit ihren Schusswaffen und Maschinengewehren auf die von Mauern eingekesselte gewaltlos demonstrierende Menge von über zwanzigtausend Menschen geschossen. Unter den 379 Toten und über tausend Verletzten waren auch zahlreiche Frauen und Kinder gewesen. Nach diesem Tag war allen bewusst gewesen, dass der Glaube in die britische Gerechtigkeit eine zu mächtige Wunde war, als dass sie je wieder hätte heilen können. Niemand konnte in einen Krieg ziehen, ohne früher oder später dafür Rechenschaft abzulegen oder zur Rechenschaft gezogen zu werden. Das Massaker von Amritsar war der Anfang des Endes der britischen Herrschaft über Indien gewesen.

David war 1922 nach Indien gefahren und war damals zu Gast bei Maharadscha Madhav Rao Sindia in Gwalior gewesen. Der Prinz war gerade einmal achtundzwanzig Jahre alt und nicht interessiert gewesen an den Anliegen der Inder und auch nicht daran, Gandhi oder einen anderen Führer zu treffen oder mit ihm zu sprechen. Er hatte nur sein Vergnügen gewollt und war im Grunde vollkommen unpolitisch gewesen. Er hatte sich vor der Konfrontation gedrückt. Sein einziges Anliegen und sein einziges Begehr war die Tigerjagd gewesen.

Von der Jagd an sich wurde er jedoch bitter enttäuscht. Die Jagdgesellschaft war in einem offenen, umgebauten Rolls-Royce zusammen mit dem Maharadscha in ein umzäuntes Gehege gefahren und hatte mit der Flinte im Anschlag gewartet, bis die Gehilfen des Maharadschas die

Tiger auf ein offenes Feld zwischen Wald und Zaun getrieben hatten. Weit mehr als ein Dutzend Tiger hatten in der Falle gesessen und gefaucht und fast flehend gebrüllt, da sie weder vor noch zurück konnten. Der Maharadscha hatte das Feuer eröffnet und so waren im Morgengrauen fünf Tiger sinnlos gemordet worden, eingekesselt zwischen den Treibern und dem Zaun.

Für David hatte dies nichts mit Jagen zu tun und er schämte sich, ein Teil dieser Tigerjagd gewesen zu sein. So fühlte er sich, wie die Tiger, als Opfer dieses abscheulichen Akts. Er war noch am selben Tag abgereist, nachdem er Hals über Kopf das Galadinner am Abend verlassen hatte. Er hatte es nicht ertragen, dass diese Schande und dieses Morden auch noch gefeiert wurden.

Als der Prinz in Bombay eingeschifft hatte, hatte er weder die Trophäe eines Tigers noch den Wunsch, je wieder nach Indien zurückzukehren, in seinem Gepäck gehabt.

Aus dem Fenster des fahrenden Phantoms auf das Treiben Bombays blickend, versuchte der Thronfolger, die Eindrücke jener Tage zu verdrängen. Er wollte die Bilder der schutzlosen Tiger und die der wehrlosen Demonstranten ein für alle Mal aus seinen Gedanken bannen. Die Schande dieses Jahrmarktschießens verfolgte ihn schon viel zu lange und er sah die Einladung des Maharadschas Hari Singh als Gelegenheit an, dieses Dämons endlich Herr zu werden.

Die Fahrt von Bombay durch das Land gestaltete sich überraschend gut. Der Rolls-Royce kam mit den Unebenheiten der Straßen sehr gut zurecht und es war kein

Wunder, dass die meisten Maharadschas ein solches Auto fuhren. Die Fahrt in dem Phantom war mehr ein Schweben als ein Fahren.

So wurde die geplante Reisezeit nach Agra problemlos eingehalten und Karim und der Prinz kamen zwar etwas erschöpft, aber wohlbehalten nach zwei Tagen in der Heimatstadt des Dieners an.

Der Empfang zu Hause hätte herzlicher und freundlicher nicht sein können. Karims ganze Familie war anwesend. Alle Onkel und Tanten, Cousinen und Cousins, teils aus den entlegensten Teilen des Landes, waren angereist. Alle wollten etwas königliche Luft schnuppern und David war mehr ein Zirkusclown als ein Dompteur. Er wurde herumgereicht wie ein dressiertes Äffchen, jeder wollte ihn halten, ihm über seine Haare streicheln und sich mit ihm auf einem Foto verewigen.

Das Anwesen von Karims Familie war auch nach europäischen Verhältnissen sehr luxuriös und äußerst stattlich. Es war ein großräumiges, umfangreiches Herrenhaus, das um die Jahrhundertwende erbaut worden war. Großflächige Teile des Hauses waren dicht vor den Außenwänden mit Palmen bewachsen. Auf der Rückseite des Hauses öffnete sich das weitläufige Gelände in einen englischen Garten. Dieser Park war durchzogen von kleinen Wegen und verschlungenen Pfaden, die beidseitig umrahmt waren von Sträuchern und Palmen. Auf den ersten Blick sah alles wild aus, als wäre der ganze Park nicht angepflanzt worden, sondern natürlich gewachsen, aber wenn man genau hinsah, sah man die Eleganz und die Ästhetik, die sich wie ein natürliches Kunstwerk dem

Betrachter offenbarten. Der Park war wie ein Gemälde, das von einem Landschaftsmaler mit Pflanzen und Sträuchern Stück für Stück bemalt wurde. Um einen See in der Mitte des Gartens war eine weitläufige Freifläche mit englischem Rasen angelegt, auf dem die Kinder Krocket spielten und unverkennbar Spaß dabei hatten.

Man merkte, wie wohl Karim sich zu Hause fühlte und wie sehr er es genoss, neben dem Prinzen im Mittelpunkt zu stehen. Trotz der Müdigkeit und der Erschöpfung feierte und zelebrierte er sein Wiedersehen mit seinen ihm teils unbekannten Verwandten bis tief in die Nacht. Am Ende blieben nur Karim und sein Vater am großen Feuer sitzen. Karims Vater war ein ranghoher Beamter in der Stadtverwaltung von Agra und somit Mitglied der zweithöchsten indischen Kaste, den Kshatriyas.

»Karim, ich kann deine Zukunft nicht sehen, aber deine Gegenwart strahlt glücklich«, sagte er und nahm dabei die Hände seines Sohnes in die seinen.

Karim schaute in den Himmel und erwiderte mit feuchten Augen: »Vater, auch wenn ich durch eure Hilfe gelernt habe, aufrecht und voller Stolz zu gehen, wohin auch immer ich will, auch wenn ihr mir ermöglicht habt, in Großbritannien zu leben und zu studieren, und viele mich für diese Freiheit beneiden, so ist es für mich eine tiefe Ehre und Liebe, zu wissen, an welchen Ort ich tief im Herzen gehöre.«

Der Wind verwehte ihre letzten Worte und sie fielen sich in die Arme, um sich ihre gegenseitige Wertschätzung auszudrücken. Zwischen Vater und Sohn brauchte es keine weiteren Gespräche oder Erklärungen und so verharrten sie lange in der innigen Umarmung.

Nach einem zusätzlichen Tag Wiedersehensfreude mit Karims Familie und reichlichem Ausruhen löste Karim sein Versprechen ein und zeigte dem Prinzen Agra. Sie fuhren Stunde um Stunde mit einem Mazda-Go, einer Art motorisierter Rikscha, die Karims Vater anlässlich seines sechzigsten Geburtstages von seinem besten Freund geschenkt bekommen hatte, quer durch die Stadt. Karim saß und stand teilweise hinten auf der Ladefläche und David kurvte das Fahrzeug schnell und gekonnt durch die teils sehr engen Gassen. Karim lotste den Prinzen zu jedem noch so kleinen oder unwichtigen Platz, nicht zuletzt da den beiden das Fahren mit dem wendigen Gefährt sichtlich Spaß machte. Er erklärte ihm viel über den Ursprung der Stadt, über die Mogulkaiser und deren überall sichtbare vergangene Herrschaft. Sie verbrachten einige Zeit im Roten Fort, dessen über zwanzig Meter hohe Befestigungsmauer, verkleidet mit roten Sandsteinplatten, bereits im 16. Jahrhundert zum Schutz vor Feinden errichtet worden war. Damals war Agra die Hauptstadt Indiens gewesen. David wollte alles über diese Anlage wissen, welche einen Steinwurf entfernt vom Taj Mahal auch direkt am Yamuna-Fluss lag, da er vollkommen beeindruckt von der Größe und dem Alter des Bauwerkes war.

Als sie nach der Besichtigung des Roten Forts endlich an der bekanntesten Sehenswürdigkeit von Agra, dem Taj Mahal, ankamen, war es längst finster und alle Eingänge waren verschlossen. Der Prinz bedauerte dies sehr und fragte Karim, ob sie morgen vor der Abreise nochmals herkommen könnten. Karim lächelte, warf dem Prinzen eine Decke von der Ladefläche der Rikscha zu und rief: »Ziehen Sie das an, David. Sie müssen sich mit der Decke einhüllen, sodass Sie wie ein echter Inder aussehen. Wenn wir bei den Wachen vorbeikommen, sprechen Sie kein einziges Wort und lassen nur mich reden.«

Karim wartete, bis der Prinz den provisorischen Umhang übergezogen hatte, und gab David eine der Angeln, welche er ebenso von der Ladefläche holte. Die beiden liefen dann geradewegs zum Fluss und folgten dem Uferweg, der an die Rückseite des Taj Mahal führte. Auf halbem Weg begrüßte Karim die beiden Wachen am Wasserlauf und David blieb im Hintergrund, ohne einen Laut von sich zu geben. Sie sahen wie zwei harmlose Fischer aus, welche die Ruhe der Nacht nutzen wollten, um ihr Glück zu versuchen und einige Fische zu angeln.

Als sie jedoch an der Rückseite des Taj Mahals angekommen waren, rannte Karim auf das Gebäude zu und schlüpfte blitzschnell durch einen mannbreiten Spalt einer Schattenmauer. Alles ging so schnell, dass David erst gar nicht bemerkte, wohin Karim genau lief. Erst als der Prinz der Mauer ganz nah war, erkannte er die Raffinesse des vorgesetzten Mauerwerks, das einen Durchgang verbarg.

Als David ihm folgte, standen die beiden vor einem von außen nicht sichtbaren Eingang in das Kellergewölbe des Gebäudes. Karim entzündete eine Fackel, die in einer Halterung an der Steinwand beim Eingang steckte, und lief in das nun erhellte, wunderschöne labyrinthartige Untergeschoss.

Der Diener lotste seinen Prinzen durch das verwinkelte Kellergewölbe des Taj Mahal. David staunte mit offenem Mund und während sein Diener den Schlüssel zur Treppe in das Obergeschoss aus einer Öffnung fischte, wusste er, dass Karim die Wahrheit gesprochen hatte, als er behauptet hatte, hier aufgewachsen zu sein und dass sich hier niemand besser auskannte als er.

Minuten später standen beide auf dem Dach des Taj Mahal und blickten gegen den wolkenverhangenen Horizont. Nachdem beide die Stimmung vollends aufgesogen und aufgenommen hatten, sagte Karim ruhig: »Ich stand vor zwölf Jahren genau hier, während ich Sie zum ersten Mal gesehen habe, Hoheit.« Er drehte sich vom Park weg, machte einen Schritt auf den Prinzen zu, schaute ihn stumm aus seinen großen dunklen Augen an und fuhr fort: »Sie waren hier in Begleitung von Maharadscha Madhav Rao Sindia und dessen Gefolge.«

»Du warst damals hier auf dem Dach des Taj Mahal und hast mich gesehen?«, fragte David erstaunt.

»Ja, mein Prinz. Ich war hier und habe mit angesehen, wie sich das ganze Land in Luft aufgelöst hat. Überall, wo Sie waren, verschwanden auf der Stelle alle Inder. Wir wurden zum stillen Widerstand gegen Sie und das Empire aufgefordert und jeder außerhalb des Einflussbereichs des Maharadschas ist dieser Aufforderung nachgekommen. Ich selbst hatte mich hier oben versteckt, weil ich den Prinzen von Wales, den Thronfolger des Königreichs, persönlich sehen wollte. Und nun, Jahre danach, stehe ich gemeinsam mit ihm genau hier«, lachte Karim auf.

Der Prinz, etwas verwundert und doch sehr beeindruckt, sagte: »Ich denke ohne jede Freude an diese Reise zurück. Eigentlich wollte ich danach nie wieder nach Indien kommen. Die Ablehnung der Menschen und der Hass gegen das Empire haben mich sehr getroffen und ich dachte im Anschluss viel darüber nach, ob ich den Anforderungen, ein guter König für alle zu sein, je gerecht werden könnte. Auch war der ganze Aufenthalt in Gwalior schrecklich. Ich konnte mit der Dekadenz des Maharadschas nicht umgehen. Ich, der Prinz of Wales, hatte Probleme mit der Dekadenz!«, lachte es nun auch lauthals aus dem Prinzen heraus. »Ich schlief in einem Bett, das vollkommen mit 24 Karat Gold überzogen war. Das Badezimmer war aus reinem Sterlingsilber. Der Maharadscha verschwendete sein Geld in einem derart überschwänglichen Maß, dass mir schlecht davon wurde. Und nach der Tigerjagd, die ein Abschlachten und keine Jagd war, musste ich sofort abreisen, weil ich diesen Pomp nicht mehr ertrug. Ich hasste meine Funktion, ich hasste die Etikette, ich hasste die Ablehnung der Menschen. Ich sehnte mich danach, ein anderer David zu sein – einer, den ich aufgrund des königlichen Korsetts nie kennenlernen durfte. Mir wurde zum ersten Mal bewusst, welches Marionettendasein ich fristete und immer fristen würde. König zu sein oder zu werden, hatte auch seine Schattenseiten, und in dieser Dunkelheit hatte ich mich in jenen Tagen vollkommen verirrt. Mein heutiger Besuch in Indien soll ganz anders werden und meine Dämonen von damals ein für alle Mal vertreiben. Ich möchte auf dieser Reise nur David sein und nicht der Prince of Wales.«

Karim legte seine Hand um die Schulter des Prinzen und sagte: »David, Sie müssen das Böse aus Ihrem Herzen vertreiben, sonst wird das Böse Ihr Herz vertreiben.«

Die beiden verharrten lange in der entstandenen Stille und ihre Blicke verloren sich in den endlosen Gärten des Mausoleums, während die dunkle Nacht um sie herabsank.

»Sehen Sie das Wasserbassin?«, unterbrach Karim nach einer Weile das Schweigen und zeigte auf das stattliche Wasserbecken in der Mitte des Gartens, das mit weißen Marmorplatten umrahmt war. »Der Park ist ein Sinnbild des Garten Eden und die vier Wasserläufe repräsentieren die vier Hauptflüsse des Korans, die hier symbolisch in das himmlische Becken fließen. Der Pischon, der Gihon, der Eufrat und der Tigris fließen ins göttliche Becken und mit diesem Wasser können die Gläubigen ihren Durst stillen, wenn sie ins Paradies einziehen.«

Karim hielt kurz inne und führte weiter aus: »Das Taj Mahal baute Kaiser Shah Jahan als Mausoleum für seine verstorbene Frau und es ist zum einen, wie schon erwähnt, ein Abbild des Paradieses, aber zum anderen auch ein Monument der Liebe. Übersetzt bedeutet Taj Mahal ›Träne auf der Wange der Ewigkeit‹. Eine Legende besagt, dass Liebende, die sich hier in einer Vollmondnacht küssen, für immer zusammenbleiben werden, bis dass der Tod sie scheidet.«

»Glaubst du an die große Liebe, Karim?«, fragte der Prinz, die Erzählung seines Dieners reflektierend.

»Oh ja, mein Herr! Ich glaube sehr an die Liebe, aber ich bin noch viel zu jung dafür«, schoss es aus Karim.

»Du bist nicht jung, Karim, du bist nur noch nicht alt«, lachte der Prinz und fragte: »Karim, du bist doch Hindu und nahezu alle Ehen werden von euren Eltern arrangiert, ohne dass man den Partner zuvor kennenlernt. Wie kannst du unter diesen Umständen denken, dass du an die Liebe glaubst?«

»Mein Prinz«, erwiderte Karim und drehte seine Hände flach nach oben wie zum Gebet, »die Liebe ist im Hinduismus der einzige Weg zur Erlösung, und so ist unsere Liebe immerzu einer Entwicklung unterworfen. Die Liebe zwischen den Ehepartnern wächst nicht nur unter den beiden Vermählten, sondern wächst auch in der Mitte der beiden Familien. In Indien und in unserer Religion geht es wiederholt um die Reinheit der Kaste und die Familienehre. Wir verstehen die Liebe nicht einzig als Verbindung zwischen zwei Individuen, sondern als Vereinigung zweier Familien.«

David dachte über Karims Worte nach und fragte: »Wie kann es sein, dass ihr Inder der Religion so viel Macht und Platz einräumt und ihr eurem Glauben erlaubt, derart tief in eure Privatsphäre einzudringen?«

»Herr«, entgegnete Karim, »wir geben der Religion keine Macht. Die Religion ist unsere Macht. Und hier geht es nicht um eine einzelne Religion, sondern um alle Varianten davon. Mein Vater und dessen Mutter zum Beispiel glauben an den Islam, hingegen sind meine Mutter und deren Mutter sehr gläubige Hindus. Mein Großvater mütterlicherseits wiederum war ein gottesfürchtiger Sikh und sein Bruder Abdul Karim war fast zwanzig Jahre der Diener Ihrer Urgroßmutter Königin Victoria. Nur seinen

Kontakten und seiner Gunst habe ich es zu verdanken, dass ich es überhaupt bis ins britische Königshaus geschafft habe.«

»Munshi war der Bruder deines Großvaters?«, fragte David perplex. »Ich kannte ihn sehr gut. Er war sehr nett zu uns Kindern und hat immerzu mit uns gespielt, wenn Zeit dafür war«, strahlte der Prinz.

»Ja, mein Herr! Ich durfte ihn leider nicht kennenlernen. Er starb hier in Agra einige Jahre vor meiner Geburt. Aber was ich eigentlich sagen wollte: Wenn Sie nur meinen Stammbaum betrachten und hier die Vielfalt der verschiedenen Religionen innerhalb einer Familie bewerten, werden Sie erkennen, dass die Einheit Indiens genau in diesem Spektrum der Religionen liegt. Ihr Briten könnt uns vielleicht regieren und beherrschen, aber ihr werdet nie unsere Anführer sein und ihr werdet nie unsere Vision, unser Glück und unsere Liebe sein«, sagte Karim und senkte sein Haupt, während er sich von David abwandte.

»Karim, erkläre mir bitte noch eines. Wie können Sikhs Muslime, Hindus in Indien, einfach so ohne Probleme heiraten?«

»Wie schon gesagt, mein Herr, nur die Liebe bringt die Erlösung, und diese Wege können die Menschen nicht kontrollieren, sondern sich ihnen nur fügen. Ein indisches Sprichwort sagt, wenn jemand in dein Herz fällt, so versuche, auch das seine festzuhalten.«

Die beiden blickten gedankenverloren in den Park und verfielen in ein gemeinsames Schweigen.

Ulan Bator

Unser Zug fuhr mit lauten Pfeifgeräuschen und Hupen im Bahnhof in Ulan Bator, der Hauptstadt der Mongolei, ein. Aufgrund des dreistündigen Aufenthalts beschlossen Steven und ich, uns die Stadt anzusehen. Als Elsa uns fragte, ob sie auch mitkommen dürfe, willigten wir gern ein.

Wir stiegen aus dem Zug aus und binnen einer Sekunde wieder ein. Igor und Karim lachten aus Leibeskräften, da sie im Gegensatz zu uns wussten, dass wir in dieser Gegend mit einer Außentemperatur von minus zwanzig Grad rechnen mussten. Wir zogen uns also um und versuchten einen zweiten Anlauf, tief vermummt und eingehüllt in die wärmste Kleidung, die wir in unseren Rucksäcken finden konnten.

Ich hatte in meinem ganzen Leben noch nie so gefroren wie an jenem Tag. Ich konnte mich keinen Moment auf den kurzen Ausflug konzentrieren, da bereits nach einhundert Metern all meine Gedanken bei einem heißen Bad waren, das ich mir nach dieser Tortur bestimmt gönnen würde.

Ich sah Eis und Schnee und ich dachte an heißes Wasser und Dampf. Ich sah Eiszapfen an allen Häusern und ich dachte an meine langen Beine, die ich weit aus der Wanne gestreckt waschen würde. Wir stolperten von einem

Geschäft ins nächste, nur um phasenweise etwas Wärme zu spüren und nicht in der Mongolei zu erfrieren.

Nach einer knappen Stunde hatten wir es zumindest geschafft, das Rathaus, die Oper und einige moderne Gebäude von außen und teils von innen zu betrachten, und waren nun auf dem monumentalen Platz vor dem Parlamentsgebäude angekommen. Der wegen der Kälte fast menschenleere Platz wirkte noch monumentaler, als er ohnehin schon war. Wir schritten frierend und so schnell wir konnten auf die immense Treppe zu und erreichten fast atemlos die oberste Stufe. Wir standen nun zu Füßen einer imposanten Statue Dschingis Khans. Der Gründer des mongolischen Reiches und Herrscher über den größten Teil der damals bekannten Welt saß ruhig und stolz auf seinem Thron und trotzte stoisch der Kälte.

Wir wollten uns kurz im Inneren wärmen, jedoch wurde uns der Zugang in das Gebäude verwehrt. Aufgrund einer politischen Veranstaltung war das Parlament an jenem Tag für Besucher ausnahmslos gesperrt und so machten wir uns, nicht zuletzt, weil für mehr Sightseeing unsere Energie und unsere innere Wärme nicht mehr reichten, auf den Rückweg zur Bahnstation. Elsa bestimmte nun das Tempo und rannte fast zum Bahnhof und so schafften wir es mit kleinen Erfrierungen wohlbehalten in den Zug zurück.

Als wir tiefgefroren unsere Kleider auszogen, stellten wir fest, dass beide Badewannen längst badefertig mit heißem Wasser eingelassen worden waren. Igor und Anna waren zwei Engel, die in der Tat Gedanken lesen konnten. Elsa und ich waren sogleich über eine Stunde verschwunden und tauchten in dieses lebenbringende und vitalisierende heiße Nass.

»Herr Karim«, fragte ich später, »sind Sie ungelogen in Agra aufgewachsen und das Taj Mahal war im Ernst Ihr Spielplatz?«

»Oh ja, Claire«, erwiderte der Inder und ergänzte: »Das Taj Mahal meiner Kindheit war emsig wie ein Bienenstock. Tausende, vorwiegend Briten kamen tagtäglich zu dem Mausoleum und für uns Kinder waren die leichtgläubigen Besucher ein gefundenes Fressen. Mein Freund Amir zum Beispiel kam auf die Idee, Eintrittskarten zu verkaufen, obwohl der Zugang für jedermann gratis war, und so fertigten wir in tagelanger Kleinarbeit aus Kartonresten der Teehändler Tickets an. Zu Beginn schrieben wir noch brav ›Berechtigung für einen Eintritt‹ auf die Karten, jedoch wandelten sich diese Formulierungen nach einigen Wochen und wir schrieben ›Ich bin ein haariger Affe‹ oder ›Nur der Dumme bezahlt‹ auf den Pappkarton. Da wir alles auf Indisch beschrifteten, konnten die Briten dies so oder so nicht lesen und wir hatten wahrlich unseren Spaß damit. Mein Lieblingsspruch war ›Briten raus aus Indien‹, weil es die damalige Stimmung am besten widerspiegelte. Die gefälschten Eintrittskarten verkauften wir bereits am Parkplatz für fünf Rupien pro Person, was in etwa einem halben britischen Pfund entsprach. Somit gaben uns die meisten Briten, die zusammen mit ihrer Frau ankamen, ein Pfund für beide Karten. Da der durchschnittliche Aufenthalt im Park zwei Stunden dauerte, konnten wir jeden Tag eine Stunde lang Eintrittskarten verkaufen, bevor die Käufer bemerkten, dass es sich um einen Schwindel handelte, und nach uns zu suchen begannen. Kurzzeitig waren wir die reichsten Kinder von ganz Agra. Als jedoch die Wärter des Taj Mahal auch ein Stück von unserem Kuchen wollten und wir sogar für die Kartonreste bei den Teehändlern bezahlen mussten, war das Geschäft nicht mehr lukrativ und wir spielten lieber ›Räuber und Gendarm‹, um uns die Zeit zu vertreiben. Wie im echten Spiel war einer von uns der Räuber und der andere war der Gendarm. Damit der ganze Spaß profitabel wurde, ließen wir die Touristen mitspielen, ohne ihnen jedoch zu sagen, dass sie ein Teil unseres Spiels waren. Ich war meist der Räuber, entriss den Fremden eine Jacke oder eine Handtasche und rannte, so schnell ich konnte, in Richtung Ausgang. Amir lauerte auf einem Vorsprung und verfolgte mich, um das vermeintliche Diebesgut sicherzustellen und den rechtmäßigen Besitzern zurückzubringen. Der Trick dabei war, dass Amir immer eine kleine Belohnung von den erleichterten Besuchern erhielt. Häufig war es ein Pfund, doch hie und da gab es einen Hundert-Rupien-Schein, was fast zehn Pfund entsprach. Die Tage damals waren herrlich und während des Monsuns, wenn die Touristen ausblieben, gaben wir unser Geld aus. Wir kauften uns jeder ein Fahrrad und ein Paar *Converse All Star*-Sneaker. Das Geld reichte nur für ein Paar und sogar dieses war viel zu groß für uns, was uns jedoch nicht davon abhielt, die Sneakers täglich zu tragen. Abwechselnd, versteht sich. Jeden Tag am Morgen wechselten wir die Schuhe und einer von uns war immer der Coole des Tages. Diese Jahre waren die unbeschwertesten meines ganzen Lebens! Amir war mein bester Freund und er hatte nachweislich die besten Ideen, wie man an Geld kommen konnte. Seine Kreativität kannte keine Grenzen, im Gegensatz zu unserer Freundschaft. Ich musste im darauffolgenden Jahr auf die Schule nach Kalkutta und unsere Brüderschaft löste sich Stück für Stück im Meer zwischen den unterschiedlichen Lebenswelten auf. Zwar schrieben wir uns anfangs regelmäßig Briefe, aber auch dies flachte vollkommen ab, als er erfuhr, dass ich nach London ans Königshaus durfte. Zu unterschiedlich waren unsere Leben geworden. Er warf mir vor, zu einem Briten zu werden, bestürmte mich mit Anschuldigungen und beschuldigte mich, so zu werden, wie wir nie werden wollten. Wir wussten beide, dass er auf der einen Seite neidisch auf meine familiären Möglichkeiten war, auf der anderen Seite aber mit seiner Aussage recht hatte. Er war der viel Versiertere und Talentiertere von uns beiden, aber er bekam ungeachtet dessen keine realistische Möglichkeit, je aus seinem Umfeld herauszuwachsen und seinen eigenen Träumen eine echte Chance zu geben. Mir hingegen, dem weniger Begnadeten, wurde die große weite Welt zu Füßen gelegt. Es war nicht gerecht, aber wir waren auch nicht in der Lage, es zu ändern.«

Steven stand von der Theke auf, lief Richtung Schlafzimmer und rief im Vorbeigehen der Gesellschaft zu: »He, Karim, diese Geschichte kenne ich bereits vom Film *Slumdog Millionär*, aber ja, haben Sie sich schön ausgedacht.«

Der Inder lachte laut auf und erwiderte: »Steven, es gab damals keine Slums in Indien, auch zählte Mumbai noch nicht einmal eine Million Einwohner. Aber in einem gebe ich dir recht: Am Taj Mahal wurde über alle Jahrhunderte den Touristen Geld aus der Tasche gezogen.«

Claire schmunzelte, wollte aber mehr über die Prinzengeschichte wissen und hakte nach: »Herr Karim, was hat es mit dem Bruder Ihres Großvaters auf sich? Wer war dieser Mushi?«

Karim sah aus dem Fenster auf die vorbeifliegende Landschaft und es wirkte, als würde es schneien, obwohl der Fahrtwind nur Schneekristalle durch die Luft wirbelte. Er drehte sich wieder zu Claire und lachte: »Nicht Mushi, Claire. Es heißt Munshi, was in Indien so etwas wie ein Lehrer ist. Er war zeitlebens Diener und Privatlehrer von Königin Victoria. Die Königin war sehr interessiert an Indien, um nicht zu sagen, besessen von dem Land, der Sprache und den unzählbaren Bräuchen. Dies alles brachte ihr der Bruder meines Großvaters bei, der berüchtigte Abdul Karim. Er wurde lange vor der Jahrhundertwende nach Großbritannien an den Hof geholt und reiste erst nach dem Tod Victorias 1901 zurück nach Agra. Viele meiner Verwandten lebten damals in London und alle mussten nach dem Tod der Königin auf Geheiß von Edward VII. zurück in ihr Heimatland. Jahre darauf bekam ich die Chance, selbst ans Königshaus zu gehen. Nicht zuletzt durch die guten Beziehungen und Kontakte, die Jahre zuvor durch den Munshi entstanden waren.«

Steven kam mit einem Handtuch bedeckt aus dem Badezimmer und fuhr Igor verzweifelt an: »Gibt es in diesem verdammten Land nirgends Handyempfang?«

Igor schüttelte den Kopf und bemerkte kurz: »Nein, aber in Russland sollte es besser werden.«

Steven setzte sich halb nackt an seinen Lieblingsplatz an der Bar und bestellte ein Bier. Er warf mir einen kurzen, traurigen Blick zu, den ich gleichgültig auffing, da mich die Geschichte von Karim und seiner Reise quer durch Indien mehr interessierte als die aktuellen Ergebnisse der amerikanischen Football-Liga.

Kaschmir

Die Abfahrt aus Agra war äußerst tränenreich. Alle Verwandten und Freunde von Karim standen auf der Straße. Sie schrien, weinten und winkten mit den Händen oder mit weißen Tüchern. Sein Vater musste inmitten der Menschenansammlung seine schluchzende Mutter halten. Auch Karim war sehr emotional und traurig, doch in erster Linie froh darüber, seine Familie nach Jahren wieder gesehen und gesprochen zu haben.

Auf der Fahrt von Agra durch Delhi nach Srinagar, der Hauptstadt von Kaschmir, war Karim ebenso wie David gedankenversunken mit sich selbst beschäftigt und so rannen Meter um Meter der prächtigen Landschaft unbeachtet an ihnen vorbei. Die Straßen waren in einem ungewöhnlich guten Zustand, was der Jahreszeit geschuldet war. In einigen Monaten, sobald der Monsunregen einsetzen würde, würden viele Streckenabschnitte für Wochen unpassierbar werden und auf den provisorischen Brücken und Übergängen würde sich der Verkehr stunden-, wenn nicht tagelang stauen.

Karim kannte dies nur allzu gut. Auf seiner Reise 1923 von Agra nach Kalkutta in die neue Schule hatte er einen weiten Teil der Strecke mit dem Bus reisen müssen, da wegen eines Murenabgangs ein immenser Abschnitt der

Zugstrecke unpassierbar gewesen war. Aufgrund des starken Regens waren sie auf einer steilen Bergstraße inmitten eines Megastaus zum Erliegen gekommen und sie hatten vier Tage stillgestanden, ohne einen Meter vorwärtszukommen. Zu allem Unglück gab es auf dem steilen Weg keine natürlichen Möglichkeiten, seine Notdurft zu verrichten. Auf der einen Seite ragte eine Felswand steil nach oben, auf der anderen Seite steil nach unten. Hunderte, wenn nicht Tausende Reisende hatten einhundert Stunden auf der schroffen Rampe ausharren müssen, inmitten ihrer Exkremente und Fäkalien. Der Gestank nach zwei Tagen war unglaublich und nur der Regen, der die Ausscheidungen in tiefbraunen Bächen vom Berg gespült hatte, hatte die Situation einigermaßen erträglich gemacht.

Dieser Vorfall hatte landesweit für Schlagzeilen gesorgt und so war Karims Reise, als er zu spät in Kalkutta angekommen war, längst in aller Munde gewesen. Seine Mitschüler hatten ihn deshalb in den ersten Wochen gemieden und ihn ›stinkender Affe‹ genannt, was ihn anfangs sehr gestört hatte. Mit der Zeit jedoch erkannte er, dass Worte ihn nur verletzen konnten, wenn er es zuließ, und so war der Nutzen aus dieser Lektion sein lebenslanger Begleiter, hingegen der Schmerz nur wenige Tage lang.

Als der Rolls-Royce Phantom II mit den Gästen im Park vorfuhr, wartete die komplette Belegschaft angeführt von Maharadscha Hari Singh im Spalier auf der ausladenden feudalen Treppe des schlossartigen Anwesens.

Den Prinzen mit einem Gebäude zu beeindrucken, war eigentlich unmöglich, aber während sie anrollten, sagte er voller Staunen: »Oh meine Güte, dagegen wirkt Ford Belvedere ja wie ein Pferdestall.«

Das Ford, das der Prinz von seinem Vater George V. geschenkt bekommen und renoviert hatte, diente ihm seit fünf Jahren als Wohnsitz. Im Gegensatz zu dem Schloss von Hari Singh war es mit verschieden hohen Türmen im Dreieck angeordnet und gut zweihundert Jahre älter als das sichelförmige und symmetrisch hochgezogene Schloss des Maharadschas.

Der Empfang von Hari Singh war sehr freundschaftlich und fast schon familiär, jedoch nur, was den Prinzen anbelangte. Bei Karim war die Lage vollkommen anders. Obwohl der Maharadscha etwas kleiner als Karim war, blickte er auf ihn herab und ließ ihn ohne Umschweife spüren, wo sein Platz in diesem Hause war. Karim wurde nun wieder wie ein Diener behandelt und er musste zusammen mit dem anderen Personal den Dienstboteneingang benutzen. Da Hari Singh perfektes Englisch sprach, waren Karims Übersetzungen nicht gefragt. So durfte er auch nicht an der Tafel im Salon Platz nehmen, sondern speiste zusammen mit den Dienstboten in der Küche im Untergeschoss. Karim war dies nicht so wichtig und er erkannte auch, dass der Prinz nicht die Möglichkeit hatte, sich als Gast in Indien über das Protokoll hinwegzusetzen. Er freute sich nach der langen Fahrt nur auf eine gemütliche Schlafstelle und er schlummerte in jener Nacht friedlich und ruhig.

Als der Prinz ihn am nächsten Tag rufen ließ und ihm mitteilte, dass sie zum Wular-See weiterreisen würden, sagte Karim: »Warum? Wir sind doch eben erst angekommen. Können wir uns nicht ein paar Tage ausruhen und uns Srinagar anschauen?«

»Nein, Karim«, antwortete der Prinz, »wir fahren in die Jagdresidenz des Maharadschas am Ostufer des Wular-See. Diese liegt etwa dreißig Kilometer nordwestlich von hier.«

Karim drehte sich um, ohne darauf zu antworten, und packte abermals seine Sachen in den Koffer, den er Stunden zuvor ausgepackt hatte.

Gegen Mittag fuhren sie mit zwei Autos zum Wular-See, der Prinz zusammen mit Hari Singh und seinem Chauffeur und die restlichen acht Bediensteten im zweiten Auto. Zumindest ging die Fahrt schnell und bereits nach einer guten Stunde querfeldein durch Wiesen und Wald erreichten sie das Jagdschloss des Maharadschas. Das Wasserschloss war schneeweiß und respektvoll zwischen das Ufer des Sees und den dahinter liegenden Wald gebettet. Es war ein wunderschöner klassischer, geradliniger Bau, ohne einen Bogen und ohne eine Rundung. Das Schloss ragte wie ein regelmäßiger, solider Quader aus dem Boden, in welchen elf überdimensionale Fenster geschnitten worden waren, die sich auf eine grandiose Terrasse zum Seeufer öffneten.

Der Maharadscha zog sich sofort in seinen Gemächern um und kam in einer eleganten roten englischen Jagduniform zu den anderen auf die Veranda zurück. Er stolzierte regelrecht wie ein Pfau über die Terrasse und hielt seinen schwarzen Reiterhelm lässig in seiner rechten Hand. Seine dunklen Lederstiefel, die ihm bis zu den Kien reichten, schmiegten sich eng an die hautenge beige Reiterhose.

Von da an behandelte er Karim wie einen Kadetten und er durfte als Inder an seinem Tisch sitzen. Karim verstand die Logik des Herrschers nicht, aber er beugte sich wiederum dem Protokoll. Die einzige Erklärung, die Karim für sich fand, war, dass Hari Singh stets der beste Inder am Tisch sein wollte, nun jedoch machte ihn die englische Uniform zum Briten und er musste sich nicht mehr um die anderen Inder kümmern.

Karim war es so oder so egal. Er genoss es einfach, wieder wie ein normaler Mensch behandelt zu werden. Die Gespräche, denen er nun lauschen durfte, waren zudem äußerst interessant, zumal der Maharadscha ein guter Geschichtenerzähler war und Karim ihm gern zuhörte. Hari Singh war außerdem sehr belesen und wusste unendlich viel über Land und Leute.

Beim Vier-Uhr-Tee scherzte Hari, dass die britische Teetradition in Tat und Wahrheit eine indische Tradition sei und dass die Briten ohne die indischen Kräuter nicht einmal den Tee dazu hätten und nur heißes Wasser mit Milch trinken würden. Hari Singh rührte wie ein englischer Gentleman seinen Löffel in der Porzellanschale, als er zu erzählen begann: »Ich habe dieses Anwesen vor zehn Jahren erworben und aus der kleinen Jagdhütte diesen Seepalast errichten lassen. Es ist zum einen meine Sommerresidenz, zum anderen meine Basis für Jagdausflüge. In den Stallungen halten wir sieben Elefanten, mit denen wir zur Jagd reiten werden. Da unser Ziel jedoch gut zweihundert Kilometer den Jemen flussabwärts liegt, habe ich extra ein größeres Schiff anfertigen lassen, um zumindest vier Elefanten zu transportieren.«

»Wir fahren mit dem Schiff zur Jagd? Wie aufregend«, sagte der Prinz.

»Aber nein, mein Herr. Wir beide fliegen zur Jagdgesell-schaft.«

»Fliegen? Von hier? Sagen Sie nur, Sie haben ein Wasser-flugzeug?«, fragte David erstaunt.

»Ja, Eure Hoheit, ich habe eine umgebaute Curtiss N-9«, lächelte Hari Singh stolz.

»Eine N-9? Ich habe selbst in einer N-9 fliegen gelernt. Ein wundervolles Wasserflugzeug, aber eine kleine Reich-weite. Die Reisehöhe finde ich für Kaschmir auch etwas ge-ring. Zumindest wenn ich an den Himalaya denke«, lachte der Prinz und Karim war sichtlich erstaunt, was David alles wusste.

Der Maharadscha nickte und sagte: »Diese Probleme habe ich auch sofort erkannt, deshalb habe ich Glen Curtiss, den Erfinder und Konstrukteur der N-9, vor sechs Jahren, also zwei Jahre vor seinem Tod, hierher eingeladen. Er war im Sommer 1928 über drei Wochen hier und veränderte al-les an der Maschine, was man nur ändern konnte. Mithilfe der besten Mechaniker in Indien hat er den Motor verstärkt, den Tank vergrößert und die Flügel so angepasst, dass das Flugzeug nun eine Dienstgipfelhöhe von über 5000 Meter aufweist.«

»5000 Meter? Das ist ja fast Weltrekord. Und wie weit ist die Reichweite mit dem größeren Tank?«, fragte der Prinz nun sichtlich interessiert.

»Über 2000 Kilometer mit einer Höchstgeschwindigkeit von 240 Kilometern pro Stunde«, sagte Hari Singh stolz.

Der Prinz wurde still. Er war sichtlich beeindruckt von den Zahlen, die Karim überhaupt nichts sagten. Er lang-weilte sich fast bei diesem technischen Austausch.

»5000 Meter Flughöhe für ein Wasserflugzeug? Sind Sie sich da sicher, Maharadscha?«, fragte David noch einmal ungläubig nach.

»Ja, Sir, ganz sicher. Ein Jahr nach Curtiss' Tod kam Hamilton Douglas zu mir, um die Konstruktionsänderungen zu studieren. Er wollte damals mit seinem Team als erster Mensch den Mount Everest überfliegen und so hörte er von den Anpassungen, die Glen Curtiss persönlich vorgenommen hatte. Er war zwei Monate hier und zerlegte das Flugzeug fast in seine Einzelteile, damit er auch alle Ideen von Curtiss verstand und an seinem Flugzeug umsetzen konnte. Ihm gelang es bereits damals, mit meinem Flugzeug den Mount Everest in einer Flughöhe von 5200 Meter zu umrunden und ohne nachzutanken wieder hierher zurückzufliegen.«

»Der Duke of Hamilton war auch hier? Sehr imposant, Maharadscha! Ich habe Douglas letztes Jahr im Zuge der Ehrungen für den ersten Überflug des Mount Everest in London persönlich kennengelernt. Ein sehr aufgeschlossener, energischer junger Mann und ein äußerst talentierter Flieger.«

»Und sehr nett obendrein«, erwiderte Hari Singh. »Er ließ mir eine der Fotografien des Mount Everest mit seiner persönlichen Signierung zukommen. Das Bild hängt in meinem Arbeitszimmer.«

»Darf ich die Maschine sehen, Maharadscha?«, platzte es aus dem unruhigen Prinzen heraus.

»Aber liebend gern, Sir! Und da es noch hell genug ist, können Sie auch sofort eine Runde damit fliegen«, bot der Maharadscha dem nun strahlenden Prinzen an.

Karim besorgte noch einige Dinge wie Kappe und Schal für den Prinzen und als er zum Steg kam, saßen David und Hari Singh bereits bei laufendem Motor im Flugzeug. David saß hinten auf dem Pilotensitz des offenen Flugzeugs und Hari direkt vor ihm.

Der Prinz zog Flugmütze und Schal über, drückte den Gashebel sanft nach vorn und wendete die Maschine geschickt. David war ein ausgezeichneter Flieger und es war ein Leichtes für ihn, das Flugzeug auf dem spiegelglatten See in die Lüfte zu bringen.

»Ich liebe es! Ich liebe es so sehr, in der Luft zu sein«, schrie er dem Maharadscha nach vorn zu, nachdem er die Maschine hoch in die Lüfte gezogen hatte und kopfüber wieder auf das Jagdschloss steuerte.

Karim erschrak, als der Prinz mit dröhnendem Geräusch über seinen Kopf flog. Noch nie war er einem fliegenden Flugzeug so nah gewesen.

Der Maharadscha drehte den Kopf zu David und erklärte dem Prinzen: »Der Wular-See ist das größte Süßwasserreservoir von Indien. Unzählige Vogelarten und Dutzende Fischarten sind hier beheimatet. Hunderte von Fischern und Jägern sind hier tagtäglich im Einsatz und verdienen sich durch den See ihren täglichen Lebensunterhalt.«

»Wie hoch liegt der See?«, fragte David.

»Wir liegen hier etwa auf 1500 Meter Meereshöhe, Sir«, sagte der Maharadscha.

»Es ist so wunderbar!«, schrie der Prinz glücklich gegen den Wind. Er drehte die Maschine aufs offene Wasser hinaus und flog, als jage der Wahnsinn auf Pferden hinter ihm her.

Beim Abendessen erkundigte David sich über den Tiger. Wo dieser gesichtet worden war und wie es sein konnte, dass sich ein großer bengalischer Tiger überhaupt in diese Gegend verirren konnte.

»Kaschmir ist nicht gerade berühmt für seine Tiger«, lachte Hari Singh und ergänzte: »Tatsächlich verläuft sich nur alle paar Jahre ein Tiger in unsere Gegend. Aber wenn, war es bislang immer ein mächtiger, starker Bengale. So auch diesmal. Ein normaler Tiger könnte die Strapazen der langen Strecke nicht überstehen. Einem meiner Jagdaufseher ist vor drei Monaten zu Ohren gekommen, dass am Jhelma-Fluss in der Nähe von Muzaffarabad ein Tiger gesichtet wurde. Ich schickte den Mann umgehend in diese Region, die etwa, wie schon erwähnt, zweihundert Kilometer von hier entfernt ist, um sich zu vergewissern, ob die Leute recht hatten. Als er dort ankam, hatte der Tiger bereits Dutzende Schafe und Ziegen gerissen und ganze Landstriche verwüstet. Mein Aufseher folgte seiner Spur und sah ihn. Den größten und stärksten bengalischen Tiger, den er je gesehen hatte. Er berichtete mir, dass es sich um ein außergewöhnliches Tier handelt. Noch am selben Abend telegrafierte ich Ihnen, Hoheit«, erklärte der Maharadscha.

»Wissen Sie, wo sich der Tiger aktuell befindet, Hari?«, fragte der Prinz nach und tippte mit seinen Fingern auf dem Tisch.

»Aber natürlich, mein Herr. Ich habe vom Tag der ersten Sichtung bis zum heutigen Tag meine Leute im Gebiet postiert, um zu verhindern, dass er von einem anderen Jäger verletzt oder gar getötet wird«, sagte Hari Singh, um zu ergänzen: »Wir kennen den exakten Aufenthaltsort der Wildkatze nicht, aber wir können diesen sehr einschränken, da wir über die Region sehr gut Bescheid wissen.«

»Wann legen wir los?«, wollte der Prinz nun wissen.

»Morgen, Sir, schicken wir die Elefanten, die Treiber und die Reiter mit dem Schiff flussabwärts. Wir werden ihnen in zwei Tagen mit dem Flugzeug folgen«, sagte der Maharadscha, bevor er die Herrschaften in die Raucherlounge bat, um gemeinsam Brandy zu trinken und Zigarren zu rauchen.

Karim, der weder Alkohol noch Tabak ausstehen konnte, verabschiedete sich und ließ die Herren allein.

Der nächste Tag begann für Karim bereits im Morgengrauen. Er half den Treibern, die Elefanten und die Pferde aus dem Gehege aufs Schiff zu bringen. Und da er schon seit Kindertagen auf Elefanten geritten war, war er den Leuten eine wahrhaft große Hilfe.

»Karim, wo hast du so gut reiten gelernt?«, fragte einer der Pfleger und Karim antwortete trocken unter dem Gelächter der anderen: »In Indien!«

Kurz vor Mittag war so weit alles verstaut und die Schiffsfahrt über den See begann. Karim verbrachte die erste Zeit teils auf Deck und teils unter Deck bei den Elefanten. Sie waren es nicht gewohnt, auf einem Schiff zu reisen. So waren die Tiere sichtlich nervös und wurden zudem etwas seekrank. Die Pferde blieben von der Fahrt unbeeindruckt, sie konnten aber ihre Gelassenheit leider nicht auf die Elefanten übertragen. Erst als Karim vorschlug, den

Elefanten Alkohol zum Trinken zu geben, wurden die Tiere zunehmend ruhiger und der Weinvorrat des Maharadschas kleiner.

Über den Jhelma-Fluss war die Schiffsfahrt phasenweise sehr gefährlich. Das Flussschiff hatte einen sehr geringen Tiefgang, damit es in dem flachen Gewässer überhaupt fahren konnte und nicht auf Grund aufzulaufen drohte. Es war somit aber unverhältnismäßig schwer zu steuern, da es immerzu zur Seite wegdriftete. Durch das Taumeln wurden die Tiere trotz des Alkohols wieder unruhig und nervös. Als einer der Elefantenbullen zu brüllen begann, stimmten die drei anderen Elefanten und auch die Pferde mit ein und man konnte sein eigenes Wort nicht mehr verstehen. Auch dem einen oder anderen Passagier war die Fahrt zu wild und sie fanden sich zunehmend an der Reling wieder. Letztlich verlief die Reise aber ohne weitere Zwischenfälle, da der Fluss gegen Ende breiter und somit das Wasser ruhiger wurde.

Als das Schiff am nächsten Tag in der Abenddämmerung am Ufer in der Nähe von Muzaffarabad anlegte, hatten die Jagdaufseher längst einige kleine Zelte und ein provisorisches Lager errichtet. Die Feuerstelle und die Fackeln leuchteten das Gelände aus und die geradlinig angeordneten hell erleuchteten Stoffzelte wirkten freundlich und einladend. Die Gegend war atemberaubend schön inmitten eines Waldes am Fluss gelegen und auf den ersten Blick war klar, dass der Tiger grenzenlos viele Möglichkeiten hatte, hier abzutauchen und sich zu verstecken.

Die Elefanten waren sichtlich froh, wieder festen Boden unter ihren breiten Füßen zu spüren, und so halfen sie liebend gern, Bäume und Steine zu transportieren, um aus dem kleinen Lager eine königliche Jagdbasis zu machen.

Am späteren Abend versammelte sich die Jagdgesellschaft am Lagerfeuer. Die Jäger ließen es sich nicht nehmen, einen Reiseintopf zuzubereiten, um Ganesha, den hinduistischen Gott mit dem Elefantenkopf, um einen guten Beginn der Jagd zu bitten. Als alle ihren Hunger gestillt hatten, begannen die jüngeren Jäger, über ihre unzähligen Erlebnisse zu erzählen. Je länger der Abend ging, umso größer wurden die erlegten Tiere und umso unglaublicher ihre Geschichten.

Als zu nächtlicher Stunde Varun, der Späher des Maharadschas, von seinem Rundgang durch den Wald am Lagerfeuer eintraf, setzte er mit einer schnellen, abwertenden Handbewegung den Fabelgeschichten der Jäger ein abruptes Ende. Es wurde blitzartig still und alle am Lagerfeuer verstummten, da Varun großen Respekt genoss und die meisten jungen Jäger regelrecht Angst vor ihm hatten.

Der spindeldürre Kundschafter stand aufrecht und breitbeinig hell erleuchtet mit einem langen Stock in seiner rechten Hand vor dem Lagerfeuer. Alle Augen waren auf ihn gerichtet und er hatte nun die volle Aufmerksamkeit der Anwesenden, als er begann, den bengalischen Tiger in allen Einzelheiten und mit größtem Respekt zu beschreiben.

»Dieser Tiger vereint die Größe, die Stärke und die Schönheit Indiens«, erklärte er ruhig, doch bestimmt. Mit seinem Stock zeigte er auf einen der jüngeren Jäger und fuhr fort: »Ich habe diese Wildkatze nun fast zwei Monate durch die Wälder verfolgt und beobachtet. Noch nie habe ich einen besseren Jäger betrachtet, noch nie mehr Kraft und Eleganz in einem Körper vereint gesehen. Dieser bengalische Tiger hat die Größe einer Kuh, ist so schnell wie ein Pferd und so stark wie ein Elefant. Bei diesem Tier geht es nicht um die Ammenmärchen, die ihr eben erzählt habt. Hier geht es um eine reale, wahrhaftige Bestie, die ich mit eigenen Augen tagelang beobachtet habe.«

Der Späher drehte sich um die eigene Achse und führte den Stock wie ein Schwert an seinem ausgestreckten Arm, sodass jeder für den Bruchteil einer Sekunde die Spitze des Stocks direkt vor dem eigenen Gesicht hatte.

»Glaubt ihr, dass dies morgen ein Kinderspiel wird? Glaubt ihr allen Ernstes, dass es ein Leichtes wird, diesen Tiger zu erlegen, oder dass er uns Respekt vor dem Prinzen zollt?«, fragte er sehr bestimmt, als er seinen Stock in den Boden rammte und zu schreien begann: »Dann seid ihr alle Narren! Wenn wir auch nur eine Sekunde zögern, wird der Tiger uns zerfleischen und uns alle töten.«

Der Späher riss den Stock aus dem feuchten Untergrund und hieb ihn wutentbrannt in das Feuer. Die hellroten Funken der gleißenden Glut schossen unter lautem Zischen explosionsartig in die schwarze Nacht und es wurde für einen kurzen Moment taghell. Als die Hitze der aufgewirbelten Glut wuchtig die Gesichter aller am Lagerfeuer Sitzenden traf, schreckten die meisten zurück, um dem Hitzeschwall auszuweichen.

Nachdem sich der erste Schock und die kurz entstandene Aufregung wieder gelegt hatten, war Varun so plötzlich wieder in der Dunkelheit entschwunden, wie er aufgetaucht war.

Als am nächsten Tag bereits in den frühen Morgenstunden die Motorengeräusche des Wasserflugzeugs zu hören waren, war alles einsatzbereit, um die Jagd zu beginnen. Die Elefanten waren gesattelt und die Gewehre geölt und poliert. Alles wartete nur noch auf den Startschuss des Prinzen und des Maharadschas.

Nachdem Hari Singh als Letzter auf seinen Elefanten aufgestiegen war und allen anderen Anwesenden eine gute und faire Jagd gewünscht hatte, setzte sich die Jagdgesellschaft in Bewegung und nebst den Treibern trotteten die vier Elefanten eingehüllt in einen Schutzpanzer langsam in den Wald. Die Elefanten hatten ein Geflecht aus getrocknetem Bambus als Rüstung umgehängt bekommen, damit ihre Haut im Notfall nicht ungeschützt den Krallen des Raubtiers ausgesetzt war.

Auf dem ersten Elefanten ritt der Maharadscha mit dem Oberaufseher, auf dem zweiten seine beiden anderen Jagdaufseher und auf dem dritten Elefanten ritt der Prinz mit Karim, der den Elefanten auf Geheiß und mit der Erlaubnis des Pflegers selbstständig reiten durfte. Der vierte Elefant war nur für den Proviant und die Verpflegung. Vor der Karawane ging Varun, der dürre Fährtensucher, begleitet von zwei Reitern hoch zu Ross. Die anderen zwei Pferde wurden am Ende der Gruppe an einer Leine an dem letzten Elefanten geführt. Sie waren für den Maharadscha und den Prinzen, damit diese nach der Jagd, auf den schnelleren Pferden zurückreiten konnten und nicht die ganze Zeit auf den behäbigen Elefanten verloren.

Gegen Mittag, nach gut fünf Stunden Marsch durch das Dickicht und den Buschwald, öffnete sich das Tal und gab einen Pfad den Fluss entlang frei. Am Beginn dieses schmalen Weges machte der Tross auf einem kleinen Plateau halt und ließ sich zwischen dem Fluss und dem Wald nieder. Die Diener richteten in Windeseile die Tafel für die Gäste, um das Mittagessen standesgemäß zu sich zu nehmen.

Die vom Maharadscha zelebrierte Etikette mit Tischen, Stühlen, feinstem Porzellan und den erlesensten Köstlichkeiten war dem Prinzen an dieser Stelle etwas zu viel und unangenehm. Schon einmal hatte er miterleben müssen, dass eine Jagd in Indien zur Farce wurde, und schon einmal war er Opfer des Prestigedenkens eines indischen Fürsten geworden. Er machte jedoch gute Miene zum bösen Spiel, um den Maharadscha nicht zu beleidigen und dessen Gastfreundschaft nicht infrage zu stellen. Dennoch bat er ihn, nachdem er etwas gegessen hatte, schon früher zusammen mit Karim aufbrechen zu dürfen. Er würde entlang des nun sichtbaren Weges reiten und weiter vorn auf die anderen warten. Hari Singh, der eine Unpässlichkeit des Prinzen vermutete, gewährte ihm gern eine halbe Stunde Vorsprung, bestand aber darauf, dass Varun ihn begleiten müsse.

Gesagt, getan, ging der Sucher langsam den Flusslauf entlang und Karim ritt mit David auf dem Elefanten gemächlich hinterher. Hinter einem Felsen, als sich der Weg in einen zweiten Pfad direkt in den Wald gabelte, hielt der Späher abrupt und gab Karim ein Handzeichen, still zu sein und den Elefanten zu stoppen. Der Fährtensucher bückte sich auf den Boden und kroch auf allen vieren den Weg entlang.

»Er war hier«, sagte er leise auf Indisch zu Karim. »Es kann keine Stunde her sein. Der Tiger war ganz sicher hier, um Wasser zu trinken. Wir müssen an Ort und Stelle auf die anderen warten. Im Alleingang weiterzugehen, wäre viel zu gefährlich«, flüsterte er immer noch, während er langsam wieder aufstand.

Als Karim dem Prinzen alles geschildert hatte, dachte dieser kurz nach und befahl dann Karim, loszureiten. Er sollte, so schnell er konnte, den Weg entlangreiten. Er wollte nicht auf die anderen warten, er hatte keine Angst vor dem Tiger. Und er wollte den Tiger ohne das Zutun der anderen erlegen. Dies war sein größter Wunsch. Er wollte am nächsten Tag in den Spiegel sehen und zu sich selbst sagen: »David, das hast du ganz allein ohne fremde Hilfe geschafft, das hast du gut gemacht.«

Karim hielt sein Messer griffbereit. Er hatte ebenso keine Angst und er trieb den Elefanten an Varun vorbei, der sich mit seinen Armen fuchtelnd und schreiend in den Weg stellte, tiefer in den Wald. Sie verließen den Weg am Fluss entlang und folgten nun einer gut sichtbaren Schneise, die der Tiger zwischen den Gräsern geschlagen hatte. Gelegentlich war ein Abdruck einer riesigen Tigerpranke im feuchten Boden zu sehen und Karim sagte: »Mein Prinz, das ist ein wahrhaftig monströses Tier. Wir müssen sehr wachsam sein!«

»Hab keine Angst, Karim, ich bin ein guter Schütze. Führe mich nur zu der Wildkatze, alles andere wird kurz und schmerzlos sein. Hier oben auf dem Elefanten sind wir sicher.«

Karim schaute wieder nach vorn und hielt den Elefanten furchtlos auf der Spur.

Sie ritten weit über eine Stunde immer tiefer in den Wald und das Gelände wurde zunehmend steiler, sodass Karim spürbar Mühe hatte, den Elefanten im Gleichgewicht zu halten. Er war so angespannt und auf den Boden konzentriert, dass er den Felsvorsprung zwischen den Bäumen übersah. Bevor er die Gefahr erkannte, sah er den Tiger bereits von dem Felsen springen. Alles ging derart schnell, dass auch der schnellste Gedanke keine Zeit zum Handeln gelassen hätte. Der Tiger sprang mit offenen Vorderpfoten von dem Felsgestein direkt auf den Prinzen zu. Dieser riss sein Gewehr nach links zu der fliegenden Raubkatze. Aber bevor er den Lauf seiner Flinte auch nur in die Richtung des Tigers bringen konnte, hatte dieser ihn schon mit voller Wucht an Bauch und Rücken gepackt und vom Elefanten gerissen. Beide flogen in hohem Bogen durch die Luft und krachten hart auf dem feuchten Waldboden auf. David verlor sofort sein Bewusstsein. Der Tiger rammte mit dem Kopf in den Boden und schlug mit seinem Körper ein Rad quer in den Wald über die Böschung in Richtung des Flusses. Die Krallen der Wildkatze rissen an Bauch und Rücken die Haut des Prinzen in tiefen Furchen auf.

Karim sprang reflexartig im Schock vom Elefanten und versuchte, mit seinem Messer seinen Herrn zu beschützen. Als der Tiger benommen, doch fauchend und wild auf Karim zukam, stellte dieser sich mutig und mit seinem Messer fuchtelnd dem Raubtier entgegen. Der Tiger schlug mit seiner Pranke nach Karim und erwischte ihn am rechten Unterarm. Er bohrte seine Krallen tief in das Fleisch und das Blut spritzte auf. Karim schaffte es, das Messer in seine linke Hand zu geben, und er stach mit voller Wucht den kleinen Dolch durch die Pfote des Tieres. Der Tiger brüllte auf, ließ von Karim ab und verschwand, mit dem Messer in der rechten Vorderpfote, im Unterholz. Karim erfasste die Situation nun blitzschnell und schnappte sich das Gewehr des Prinzen. Er feuerte Schuss um Schuss in das Gebüsch, in das der Tiger entschwunden war.

Keine zehn Minuten nach dem Angriff traf Varun ein, fast zeitgleich mit dem Maharadscha, der, ebenso von den anderen Reitern begleitet, wie der Teufel angaloppierte. Der Prinz lag blutüberströmt auf dem Boden und Karim saß verwirrt und desorientiert, das Gewehr des Prinzen geschultert, auf einem Stein und hielt seine blutende Wunde mit der unverletzten Hand zu.

Der Maharadscha wies seine Jagdaufseher an, sich um die Verletzten zu kümmern. Er persönlich ritt umgehend ins Lager zurück, um das Flugzeug so nah wie möglich an den Ort des Geschehens zu steuern. Als er eine gute Stunde darauf das Flugzeug wasserte, war bereits das gesamte Gefolge an der Unglücksstelle eingetroffen und die beiden Verletzten waren ans Ufer gebracht worden. Man hievte den immer noch leblosen Körper des Prinzen ins Flugzeug und Hari Singh flog ihn zurück ins Schloss.

Da in der Flugmaschine nur zwei Personen Platz fanden, musste Karim zwei weitere Stunden ausharren, bevor der Maharadscha ihn abtransportierte. Karim fantasierte aufgrund des hohen Blutverlustes etwas und er war der Ohnmacht nahe. Im Flugzeug begann er dann, zu singen, und er wollte immerzu wieder aussteigen. Erst als man ihn zusätzlich zu den Gurten mit Seilen fixiert hatte, konnte der Maharadscha losfliegen, um auch ihn in das Jagdschloss zu bringen.

Drachan

Gut einhundert Kilometer vor der russisch-mongolischen Grenze hatten wir einen längeren Aufenthalt in Drachan. Ich las im Reiseführer, dass diese Stadt einst, von der Sowjetunion finanziell unterstützt, als Industriestandort gegründet worden war. Die wichtigste Einnahmequelle waren der Kupferabbau und der Verkauf des Erzes, das aus der nahe gelegenen Stadt Erdenet stammte. Steven und ich entschlossen uns, diesmal richtig gekleidet, uns in dieser Stadt die Beine zu vertreten und den mehrstündigen Aufenthalt außerhalb des Zuges zu nutzen.

Es war schon früher Abend, als wir aus dem warmen Waggon in die Dunkelheit der Stadt traten, und wenn wir bereits in Ulan Bator gedacht hatten, es wäre dort bitterkalt, so wurden wir hier eines Besseren belehrt. Das überdimensionale, kyrillisch angeschriebene Thermometer auf der Außenseite des Bahnhofsgebäudes zeigte minus 32 Grad Celsius an. Steven rechnete es in Fahrenheit um und kam auf minus 25,6 Grad Fahrenheit. Ehrlich gesagt wusste ich gar nicht, dass es Temperaturen unter null Grad Fahrenheit überhaupt gab. Null Grad Fahrenheit entspricht circa minus 20 Grad Celsius. Temperaturen unter minus 25 Grad Fahrenheit konnten sogar in Kanada und Alaska nicht alltäglich sein.

So schön der Spaziergang und das Laufen im Schnee auch waren, so schmucklos war leider Drachan. Die Stadt war geprägt von großflächigen Plattenbausiedlungen, die allesamt verlassen und unbewohnt schienen. Igor erzählte mir im Anschluss an unseren Ausflug, dass nach dem Zusammenbruch der Sowjetunion im Dezember 1991 viele Russen die Stadt und die ganze Gegend verlassen hatten und zurück in ihre Heimat gegangen oder komplett ausgewandert waren. Über eine halbe Million jüdischer Bürger der ehemaligen Sowjetstaaten waren zwischen 1989 und 1995 nach Israel emigriert und einige wenige auch in die USA.

»In der Kälte sterben die Träume schneller«, äußerte Igor knapp.

Als wir zurück in unserem behaglichen und beheizten Salonwagen waren, lief ich geradewegs auf Karim zu, der an der Bar saß, und fragte ihn, bevor ich mich der tiefgefrorenen Kleider entledigte, was mich während des ganzen Spaziergangs schon beschäftigt hatte: »Darf ich Ihre Wunde sehen, Herr Karim, die der Tiger Ihnen zugefügt hat?«

Karim, der meine Frage sofort als mein Misstrauen seiner Geschichte gegenüber entlarvte, schmunzelte. Er entfernte in Zeitlupe den Manschettenknopf seines rechten Hemdärmels und krempelte diesen theatralisch und langsam hoch. Da sah ich die Narbe, zwar stark verblasst wie eine abgeblühte Blume, aber unverkennbar groß. Sie zog sich über die komplette Innenseite des Unterarms fast bis zum Handgelenk. Als ich in Karims Gesicht schaute und er mit seinem Blick meine Ungläubigkeit vertrieb, schämte ich mich und verschwand in meinem Abteil.

Steven war längst ausgezogen und stieg eben in die Wanne. »Schon schräg, der Typ«, bemerkte er und tauchte mit seinem Kopf unter.

Bevor ich zu ihm ins Wasser stieg, war er immer noch mit angehaltener Luft unter der Wasseroberfläche und ich betrachtete kurz seinen athletischen Körper. Sein ganzes Leben war er sehr sportlich gewesen und wenn er sich nicht so furchtbar am Knie verletzt hätte, wäre er jetzt sicherlich in einem der unzähligen Stadien und würde American Football spielen und nicht mit mir quer durch China, die Mongolei und Russland reisen. Die Verletzung vor sieben Monaten hatte ihn vollkommen aus der Bahn geworfen und all seine Träume schienen verloren und zu Ende geträumt. Es war eine sehr schwierige Zeit für ihn und uns beide gewesen und es hatte Wochen gedauert, bis wir uns an die Situation gewöhnt hatten und bereit gewesen waren, nach etwas Positivem darin zu suchen. Das offensichtlich Gute dabei war, dass er sich danach ganz auf sein Studium konzentrieren konnte, das er vor einigen Wochen erfolgreich abgeschlossen hatte. Obwohl er sich vor knapp zwei Jahren noch nicht ganz im Klaren darüber gewesen war, welchen Beruf er nach seiner aktiven Footballkarriere ausüben wollte, hatte er stets an diese Zeit danach gedacht. American Football konnte man nicht wie Golf oder Baseball bis weit in die Dreißiger oder Vierziger spielen. Dieser Sport verlangte einem alles ab und wenn man nicht gerade auf der Position des Quarterbacks spielte, war die Sportkarriere auf dem höchsten Niveau der NFL in der Regel vor dem dreißigsten Lebensjahr vorüber. Er jedoch war kein Quarterback, sondern spielte auf der Position des Wide

Receivers. Das heißt, er musste rennen wie ein Wiesel und versuchen, den Ball, der vom Quarterback geworfen wurde, zu fangen und in die Endzone zu tragen. Das wäre an sich sehr einfach, wären da nicht die Gegenspieler, die mit dem balltragenden Mann machen durften, was immer sie wollten, und nur im Sinn hatten, ihn zu stoppen. Auf dieser kräfteraubendsten Position des ganzen Spiels hatte man höchstens eine Handvoll guter Saisons, danach war es endgültig vorbei mit dem Profifootball in der NFL. Dann konnte, oder besser gesagt musste man, in Rente gehen, mit gerade mal dreißig Jahren, oder den Beruf wechseln.

Erst seitdem Steven, mehr oder weniger zufällig, den Film *Jerry Maguire, Spiel des Lebens* an einem ›Football Special Day‹ im Fernsehen im Zuge der Vorberichterstattung auf den Super Bowl gesehen hatte, wusste er punktgenau, wohin er nach seiner aktiven Zeit steuern wollte. Er wollte so werden wie Jerry Maguire, der von Tom Cruise gespielt wurde, und sein Glück im Sportmanagement suchen und sicherlich auch finden. Darin war er sich absolut gewiss und er verfolgte dieses Ziel seit Monaten ebenso ehrgeizig wie die Regeneration seines lädierten Knies. Aus ihm sollte langfristig ein Sportagent werden.

Stevens kurzfristiger Plan war es jedoch, nach dem Urlaub weiter zu trainieren und einige Testspiele zu absolvieren, damit er zum NFL Draft im April wieder fit und zugelassen war. Der jährlich stattfindende Draft war das Rekrutierungs- und Auswahlverfahren der National Football League. Im Prinzip war die Prozedur so wie in der Grundschule beim Völkerball. Die Teamleader wählten abwechselnd die Spieler, die in ihrem Team mitspielen durften. Vielleicht mit dem Unterschied, dass jeder Sportler, der in die National Football League gewählt wurde, bereits durch seine Wahl einen Millionenvertrag in der Tasche hatte.

Steven hatte sehr gute Chancen, ein gutes Team zu erwischen. Er würde dann in die Stadt des Teams reisen und dort für die nächsten Jahre wohnen und spielen. Diese Wahl wäre auch für mein Leben entscheidend, da ich mit ihm in diese Großstadt oder gar Weltstadt umziehen müsste. Und das konnte zwischen New York und San Francisco überall in den Vereinigten Staaten sein.

Ich ließ mich zu Steven ins warme Wasser gleiten und küsste ihn, nachdem er wiederaufgetaucht war, innig und liebevoll.

»Karims Geschichte über diesen Maharadscha Hari Singh könnte stimmen«, sagte er hastig während er in der Wanne aufstand und nach dem Handtuch in dem Holzregal fischte.

»Was meinst du mit, könnte stimmen?«, fragte ich verwundert.

»Nun ja, ich habe diesen Typen gegoogelt, und alles, was Karim schilderte, konnte ich im Internet nachlesen«, erzählte er trocken, als er sich den flauschigen weißen Bademantel anzog.

»Du hast Hari Singh im Internet gesucht und gefunden?«, erkundigte ich mich immer noch vollkommen fassungslos und verwundert.

»Aber ja doch, Schatz, wieso denn nicht«, sagte er ruhig und gelassen, zuckte mit den Achseln und holte weiter aus: »Stell dir vor, der Typ hat vier Mal geheiratet, da seine ersten drei Ehefrauen immer einige Jahre nach der Hochzeit starben.«

Er verließ das Badezimmer und bemerkte noch: »Das ist doch nicht normal.«

Als ich auch fertig gebadet hatte und aus dem Badezimmer kam, lag Steven bereits weit ausgestreckt auf dem großzügigen Doppelbett und machte eine einladende Geste, als er bemerkte: »Heute war doch ein aufregender und eiskalter Tag, mein Schatz. Komm her und lass dich mal umarmen.«

Etwas Nähe und Zweisamkeit kamen mir gerade recht und so zögerte ich keinen Moment, streifte mir den Bademantel ab und schmiegte meinen nackten Körper eng an Steven. Ich hielt ihn mit meinem Arm an seinem Oberkörper fest und ließ mich treiben in seinen Berührungen und seinem Streicheln.

Man konnte alles über Steven behaupten, aber nicht, dass er ein schlechter Liebhaber war. Er war derart zärtlich, dass es schon fast kitschig war, aber ich liebte das. Ich liebte es, wie er sich um mich kümmerte, wie er sich voll auf mich konzentrieren und, fast schon selbstlos, sich nur um mein Fühlen und mein Empfinden kümmern konnte. Wenn man ihn nicht kannte und sein Äußeres missinterpretierte, dachte man, dass er nur auf eine schnelle Nummer aus war, aber genau das Gegenteil war der Fall. In puncto Sex war Steven definitiv ein Jackpot.

Wir liebten uns und es fühlte sich traumhaft an. So wenig wir in China miteinander schliefen, so oft taten wir es in diesem Zug. Ich konnte es mir zwar nicht erklären, aber dieser schaukelnde Waggon, das Klopfen und das Ächzen der

Stahlräder auf den Weichen und Schienen, hatte wohl etwas Magisches, dem wir uns nicht entziehen konnten.

Nach dem vitalisierenden Bad und dem intensiven und aufregenden Sex war ich innerlich so aufgekratzt, dass ich mich noch nicht hinlegen und schlafen wollte. Ich zog mir den Bademantel wieder über und ging nochmals raus zur Bar. Zu meiner Verwunderung saß Karim immer noch einsam und gedankenverloren am Fenster, als hätte er sich in den letzten Stunden nicht bewegt. Während er mich kommen sah, nippte er an seinem Weinglas und machte eine einladende Geste mit seinem Arm, an dem der Hemdsärmel immer noch hochgekrempelt war.

Ich ließ mich auf dem Hocker neben ihm nieder und bestellte mir bei Anna einen White Russian. Ich hatte keine Ahnung, was in diesen Drink gemixt wurde, aber ich fand ihn vom Namen her sehr passend, da die nächste Station die russische Grenze war und es draußen mehr Schnee gab, als ich mir dies je vorgestellt hätte.

»Elsa ist schon zu Bett gegangen«, kam Karim mit seiner Aussage meiner Frage zuvor und ich erwiderte: »Steven auch.«

Als Anna begann, die Sahne für den Longdrink aufzuschlagen, fragte Karim: »Anna, dürfte ich auch einen White Russian bestellen? Ich erinnere mich gerade daran, dass der Dude im Film *The Big Lebowski* auch einen solchen Cocktail getrunken hat und ich dieses Getränk schon immer probieren wollte.«

Anna nickte Karim bejahend zu und machte sich daran, ein zweites Glas mit Wodka und Kaffeelikör zu füllen.

Nachdem sie uns die Drinks serviert und sich in ihr Gemach zurückgezogen hatte, war ich mutterseelenallein mit Karim, gebettet in den gleichförmigen Takt der Transsib. Es machte sich dennoch so etwas wie Ruhe und merkwürdigerweise Verständnis breit. Es war mir, als würde ich diesen Mann schon ewig kennen. Er war mir in diesem Moment wie ein Vater, ja wie ein guter Freund, und wir brauchten nicht viele Worte, um uns zu verstehen.

»Herr Karim, es tut mir leid, dass ich Sie vorhin herausgefordert habe und wollte, dass Sie mir Ihre Wunde zeigen. Ich schäme mich nun dafür, dass ich Ihre Geschichte angezweifelt habe. Tut mir aufrichtig leid«, sagte ich vollkommen ehrlich und hielt ihm mein Glas als ein symbolisches Friedensangebot hin. Er nahm sein Cocktailglas und wir stießen darauf an.

»Ich verstehe dein Misstrauen sehr gut, Claire, und ich danke dir dafür, dass du meine Erzählungen hinterfragst. Es wäre vollkommen dumm, es nicht zu tun und alles für bare Münze zu nehmen. Dennoch verspreche ich dir hier und jetzt, dass ich dich bislang weder angelogen habe noch in den folgenden Ausführungen anlügen werde.«

Ich nahm einen Schluck des White Russian und der Longdrink strömte erst stark und kalt wie ein Schneesturm durch meine Kehle, bevor er wie ein heißes Feuerwerk in meinem Mund explodierte, das ganz langsam abflachte, um am Ende sanft meinen Gaumen wie kleine Schneeflocken zu umspielen.

»Herr Karim, ich möchte Sie noch etwas Persönliches fragen, das schon lange auf meiner Seele brennt. Was hat es mit dem Sarg auf sich? Ich habe die schwarze Kiste beim

Einsteigen gesehen, und wenn ich mich nicht getäuscht habe, gehört der Sarg zu Ihnen«, brach es aus mir heraus und bereits beim Aussprechen der Frage wurde Karims Blick dunkel und nachdenklich. Ich wusste in der Sekunde, dass dies die falsche Frage für den Moment war.

Der Inder machte eine sehr lange, fast schon peinlich lange Unterbrechung, bevor er antwortete: »Auch wenn der Volksmund behauptet, dass geteiltes Leid halbes Leid sei, so glaube mir, mein Mädchen, richtiges Leid kann man nicht wie die Liebe teilen, sondern man kann es nur übertragen. So wäre es falsch und ungerecht von mir, dieses Leid jetzt und heute an dich zu übertragen.«

Wular-See

Karim erholte sich ungewöhnlich schnell von seiner Verletzung und war bereits eine Woche nach dem Unfall wieder wohlauf. Er war immer noch untröstlich über sein Missgeschick, den Felsvorsprung nicht sofort gesehen zu haben, und er fühlte sich schuldig für das, was vorgefallen war. Nur durch das ständige und gute Zureden der Treiber ließ er sich etwas besänftigen und davon überzeugen, dass die Schuld nicht bei ihm lag.

Dem Prinzen indes ging es nach wie vor sehr schlecht. Er war immer noch nicht bei vollem Bewusstsein und das Fieber wollte nicht aus seinem Organismus weichen. Es beherrschte seit Tagen seinen Körper. Er konnte zwar essen und trinken, aber mehr in Trance als physisch wach. Die erhöhte Temperatur und das Feuer, das in ihm loderte, schlossen sein Bewusstsein fernab von der Realität ein, die ihn umgab. Die Fieberträume hielten seinen Geist gefangen und fest umklammert und so konnte nichts und niemand zu ihm vordringen.

Der Maharadscha ging zurück in sein Schloss in der Hauptstadt, weil er die Zuständigkeit und Pflicht nicht auf sich nehmen wollte. Er konnte als Oberhaupt der Region und als direkter Untergebener der britischen Krone nicht tatenlos herumstehen und dem ohnmächtigen Prinzen von

Wales beim Sterben zusehen. Es war somit einfacher und denkbar besser für ihn, seine Tagesgeschäfte wieder aufzunehmen und die Verantwortung an seinen Leibarzt und ans Personal zu delegieren. Der Arzt aus Srinagar, der auch Karim behandelt hatte, war indes nach einer Woche wieder abgereist, da er nichts mehr für David tun konnte. Alle Wunden waren versorgt und gegen das Fieber hatte er alle notwendigen Medikamente in ausreichender Menge hiergelassen. Es lag nun an dem Prinzen und Gott, ob er es schaffen konnte, sein Delirium je wieder zu verlassen.

So kam es, dass Karim mit den anderen Bediensteten ohne ärztliche Unterstützung im Schloss weilte und dem Prinzen so gut es eben ging zur Seite stand. Einen Tag nach der Abreise des Arztes kam eine wunderschöne junge Frau, vornehm in einen indischen Sari gewickelt, die Karim bislang noch nie im Schloss gesehen hatte, auf ihn zu und fragte: »Wie geht es dem Prinzen, Karim?«

Der Diener war etwas erstaunt darüber, dass die Schönheit seinen Namen kannte, und stotterte: »Nicht gut, Madame. Er liegt tief im Fieber und seine Wunden verheilen sehr schlecht. Wenn wir den Wundbrand nicht stoppen können, müssen wir mit dem Schlimmsten rechnen.«

»Habt Ihr das Königshaus bereits informiert?«, fragte die langhaarige dunkle Frau nach.

»Nein, Madame. Der Maharadscha hat es mir verboten«, erwiderte Karim und senkte seinen Kopf.

»Der Maharadscha«, sagte sie, machte eine abwertende Handbewegung und ging in die Suite des Prinzen. Karim folgte ihr, und als er sah, dass sich alle Bediensteten sofort verneigten, als die Dame den Raum betrat, begriff er rasch, dass sie weder eine Angestellte noch ein zufälliger Gast in diesem Hause war.

»Wie geht es ihm, Leela?«, fragte sie das Mädchen, das im Begriff war, seinen Verband zu wechseln.

»Nicht gut, Maharani. Er hat hohes Fieber und die Tabletten, die wir in sein Essen mischen, verfehlen ihre Wirkung. Die Wunde am Rücken ist schon sehr gut verheilt, aber seine Wunde am Bauch bekommen wir nicht geschlossen. Sie bleibt eitrig und nass. Herrin, wir wissen uns keinen Rat mehr. Der Leibarzt des Maharadscha hat die Wunden zwar genäht, war uns aber sonst keine Hilfe.«

Die Verzweiflung war Leela ins Gesicht geschrieben und es war offensichtlich, dass sie mit der Situation hoffnungslos überfordert war.

Die Maharani ging an Davids Bett, löste den eben angelegten Verband und betrachtete die ungeheure Furche, die der Tiger in den Bauch des Prinzen gerissen hatte. Sie drehte ihn und begutachtete die schon leicht verkrustete Wunde auf dem Rücken. »Reicht mir die Fettsalbe«, sagte sie zu dem Mädchen und trug die Salbe fingerdick auf die Wunde am Rücken auf, bevor sie diese neu verband und den Prinzen wieder auf den Rücken drehte.

»Gebt mir ein scharfes Messer und Alkohol«, wies sie das Mädchen erneut an und als sie das kleine silberne Messer im Alkohol gereinigt hatte, schnitt sie gekonnt entlang der kürzlich vom Arzt erstellten Naht. Die Wunde klaffte sofort wieder auf und ein Gemisch aus Blut und Eiter quoll aus dem tiefen Schnitt. Die Maharani hielt sich ein mit Alkohol befeuchtetes Tuch vor Mund und Nase, um die üblen Gerüche des Eiters etwas abzumildern.

Als die zwanzig Zentimeter lange Wunde wieder offen war und der Prinz fast durchschnitten wie ein im Fiebertraum Entschlafener auf der Pritsche lag, erkannte man erst die Tiefe und Größe der Verletzung, die der Tiger dem Prinzen mit seiner Kralle zugefügt hatte. Karim wurde schlecht und er drehte sich weg, ohne jedoch den Raum zu verlassen.

Die Herrin nahm nun einen dünnen Holzstab, band darum den Stoffrest einer Bandage und tauchte den umwickelten Stab in den Alkohol. Sie säuberte jeden einzelnen Millimeter der Wunde und entfernte jede Spur von Eiter und Blut, bis sie nur noch auf das blanke, rote Fleisch blickte. Als sie einige kleine schwarze Haare aus der Wunde entfernte, wurde ihr Blick heller und die Anspannung löste sich aus ihrem Gesicht. Ob die Haare vom Prinzen oder vom Tiger stammten, konnte im Nachhinein niemand sagen, aber sie waren sicherlich, neben den Bakterien auf der Tigerkralle, der Auslöser dafür gewesen, dass sich die Wunde nicht schloss.

Die Maharani säuberte nun nochmals mithilfe der Dienerin jeden Teil der klaffenden Öffnung. Fein säuberlich reinigte sie mit dem Alkohol jede noch so kleine Vertiefung und jeden Riss innerhalb der Wunde, um alle Krankheitserreger im Keim zu ersticken und im Alkohol zu ertränken.

Nach einer knappen Stunde machte sie sich daran, die Wunde wieder zu vernähen. David zuckte bei jedem der Stiche, aber er war nach wie vor tief in seinem Traum gefangen und bekam von den regen Bemühungen um seine Gesundheit nichts mit. Nachdem die Maharani Salbe an die frische Naht gegeben und diese verbunden hatte, deckte sie David zu. Sie nahm sich einen Stuhl, rückte ihn ganz nah ans Bett, setzte sich und hielt die Hand des Prinzen, während sie alle anderen anwies, den Raum zu verlassen. Sie schloss die Augen, murmelte ein Gebet und gab sich ihrer Erschöpfung hin.

Karim erkundigte sich aufgeregt bei Leela, wer denn die Frau war und wieso sie Prinzessin genannt wurde. Doch Leela hielt ihren Finger vor den Mund, um Karim zu signalisieren, er solle still sein und die Frage nicht zu laut stellen. Erst als sie in der Küche angelangt waren und sie Karim und sich selbst einen Tee gereicht hatte, begann sie leise, fast flüsternd, zu erzählen.

»Die Maharani ist die dritte Frau des Maharadschas. Hari Singh lebt seit einigen Jahren mit seiner vierten Frau im Palast in der Hauptstadt von Kaschmir, in Srinagar, und er duldet es, dass die Maharani hier, abgeschottet von der Außenwelt, am Wular-See weilt und lebt. Sie ist zwar die Herrscherin des Jagdschlosses, darf allerdings an keinen offiziellen Anlässen mehr teilnehmen. Wenn der Maharadscha oder seine vierte Frau anwesend sind, muss sie sich zudem in Luft auflösen und es ist ihr in keiner Form gestattet, in Erscheinung zu treten. Während dieser Zeit muss sie sich in einen Geist verwandeln, wie schon die letzten Tage, als der Maharadscha anwesend war.«

Karim war etwas verwirrt und fragte nach, wie es dazu gekommen war und worin der Grund dafür liege.

»Nun«, begann Leela, zu erläutern, »die genauen Umstände sind uns Bediensteten auch nicht bekannt. Es wird nur darüber spekuliert und natürlich gemunkelt und getuschelt. Die Gerüchte besagen, dass, nachdem Hari Singhs erste Frau während der Schwangerschaft samt dem Baby gestorben war, er nach wie vor unbedingt einen Nachfolger wollte. Leider wurde seine zweite Frau nicht schwanger und starb nach fünf Jahren Ehe unter mysteriösen Umständen. Einige Jahre danach heiratete Hari Singh die Maharani. Als sie nach fünf Jahren Ehe ebenso kein Kind unter dem Herzen trug, gab es ein Treffen mit einem Abgesandten der Angehörigen der Maharani. Hierzu musst du wissen, dass ihre Verwandtschaft zu einer der höchst angesehensten Familien in ganz Indien gehört und diese auf eine jahrhundertelange Tradition verweisen können. Sie ist eine Prinzessin aus dem Hause Dharampur und somit eine direkte Nachfahrin von König Dharmdevji. Auch war der Gesandte eine Person von hohem Rang und sein Anliegen konnte keinesfalls ignoriert werden. Nach einem sehr lautstarken Gespräch mit dem Bevollmächtigten der Familie und Hari Singh wurde die Maharani mitsamt ihrem Gefolge ins Jagdschloss verbannt und die Prinzessin gilt seitdem offiziell als verschollen. Niemand von uns darf auch nur ein Wort darüber verlieren, dass die Maharani noch lebt, oder ihren Namen je in der Öffentlichkeit nennen. Seit jenem Tag hat weder der Maharadscha noch jemand aus seinem direkten Umfeld die Maharani je wieder gesehen oder mit ihr gesprochen.«

Karim stand mit offenem Mund in der Küche und konnte kaum glauben, was er eben von Leela gehört hatte. »Die Hoheit wurde vom Tod freigehandelt?«, fragte er ungläubig nach.

»Karim«, flüsterte Leela bestimmt, »nimm diese Worte nie wieder in den Mund, sie könnten dich dein Leben kosten! Denken darfst du, was immer du willst, doch darfst du es nie aussprechen! Es ist so, wie es ist, und alle Beteiligten können gut damit leben. Du wolltest die Geschichte hören, so nimm sie an, aber teile sie nicht!«

Karim verstand die Brisanz und versicherte Leela seine Verschwiegenheit.

Die Tage vergingen und die Maharani wich keinen Millimeter von dem Gemach des Prinzen. Sie versorgte mehrmals am Tag seine Wunden und las ihm Geschichten aus englischen Büchern vor. Gelegentlich, als die Fieberschübe so heftig waren und der Prinz im Delirium mit weit aufgerissenen Augen schweißgebadet von der Liege aufschrak, beugte sie sich über ihn, tupfte ihm seine Stirn ab und wusch sein Gesicht.

Eines Abends, während eines sehr heftigen Anfalls, sah er die Maharani an, als würde er sie erkennen, und stöhnte: »Bin ich gestorben? Bist du mein Engel?«

Die Maharani streichelte über seine Wangen und sagte: »Schlaf, mein Prinz, alles wird gut.«

Als daraufhin die Dunkelheit ins Zimmer strömte und die Finsternis von Schüttelfrost und Schweißausbrüchen geprägt war, zog sich die Maharani die Kleider aus und legte sich nackt zu dem Prinzen ins Bett, sodass er ihren kühlen Körper am ganzen Leib spüren konnte. Sie hielt ihn fest umklammert, damit der Todesengel ihn ihr nicht entreißen konnte und sie den Prinzen nicht an den Yama, den hinduistischen Gott des Todes, verlor. Sie spürte, dass Yama sein Seil schon eng um David geschlungen hatte und ihm den Weg zu den Göttern weisen wollte, aber die Prinzessin hielt dem Ziehen stand und ließ den Prinzen, mit ihrem Körper fest umschlungen, nicht los.

Nach jener fiebrigen Nacht erwachte der Prinz am frühen Morgen und eine schlafende Schönheit lag in seinen Armen. Noch nicht im Vollbesitz seiner Kräfte, erkannte er aber sogleich, dass sie sein rettender Engel war. Er streichelte ihren Rücken behutsam, im Wissen, dass er ohne ihre Fürsorge nicht mehr unter den Lebenden weilen würde. Und als sich hinterher ihre Blicke zum ersten Mal bewusst und wach trafen, verloren sie kein einziges Wort. Die Maharani stieg aus dem Bett, bedeckte ihren nackten Körper, küsste den stummen Prinzen auf die Stirn und entschwand elegant und lautlos aus seinem Zimmer.

Als Karim das nervöse Hantieren im Schloss bemerkte und den Grund dafür in Erfahrung bringen konnte, stürmte er zu David. »Mein Herr, welch Freude, Sie so zu sehen«, schrie er erfreut aus und begann, ihm die ganze Geschichte über die Jagd und den Tiger zu erzählen, während Leela den Thronfolger versorgte. Doch erst als der Prinz die lange Narbe auf seinem Bauch sah und die Wunde auf dem Rücken im Spiegel betrachtete, konnte er Karims Freude nachvollziehen und verstehen, wieso sein Diener derart fröhlich und ausgelassen war.

»Danke, mein Freund, dass du den Tiger verjagt hast«, sagte der Prinz. »Ich verdanke dir wohl mein Leben, Karim.«

»Oh nein«, erwiderte der Diener, »Sie verdanken Ihr Leben der Maharani. Nur durch sie konnten Sie das Delirium verlassen und das Fieber besiegen.«

Aber der Prinz überhörte seinen Hinweis und kam sogleich wieder auf die Raubkatze zu sprechen. »Sag, Karim, was wurde aus dem Tiger? Wurde er erlegt?«

»Nein, mein Herr, die Jagd wurde nach dem Unfall sofort abgebrochen und eingestellt. Alle Jäger und Tiere wurden abgezogen. Niemand wollte oder hätte sich getraut, die Jagd fortzusetzen, während Sie um Ihr Leben kämpften.«

Der Prinz konnte das nachvollziehen und ein Lächeln huschte über sein Gesicht, als er meinte: »Dann können wir die Jagd ja fortsetzen, Karim.«

Der Diener, etwas verblüfft über Davids Ansinnen, bemerkte, dass er in seinem Zustand unmöglich an einer Jagd teilnehmen konnte und dass aktuell nur seine Genesung Bedeutung hatte.

»Ich bin kerngesund«, erwiderte der Prinz, doch als er aufstehen wollte und unter unermesslichen Schmerzen wieder auf seine Matratze zurückfiel, wurde ihm bewusst, dass er zwar wach und ansprechbar war, aber noch sehr lange nicht von einer vollständigen Heilung sprechen konnte.

Betrübt und zornig wies er Karim und Leela an, zu gehen, während diese ihm die Wunden neu verband. David wusste nun und hatte die volle Gewissheit, dass die Wildkatze gegen ihn gewonnen hatte und seine Seele abermals, wie auf der beschämenden Tigerjagd in Gwalior, von einem indischen Tiger gebrochen worden war. Er wollte nur noch allein sein und mit der Stille das Brüllen und Lachen der Raubkatze aus seinem Zimmer vertreiben.

Der Prinz verbrachte den ganzen Tag freiwillig isoliert in seinen Räumen und versuchte ab und zu, aufzustehen, jedoch stets erfolglos. Erst als sich in der Dämmerung die Maharani zu ihm gesellte, lichtete sich sein Blick und sein Gemüt wandelte sich ins Fröhliche.

»Wie geht es Ihnen, Hoheit?«, fragte die Maharani und machte einen höflichen Knicks.

»Danke, Maharani, den Umständen entsprechend sehr gut. Ich kann mich zwar noch nicht selbstständig fortbewegen, aber ungeachtet dessen fühlt sich die Körpertemperatur wieder normal an und das Fieber scheint fort zu sein. Auch finde ich meinen Allgemeinzustand zwar schwach, aber im Ganzen sehr gut«, erklärte sich der Prinz, um weiter auszuführen: »Ich wollte mich noch für Ihre Fürsorge und Obhut während der letzten Tage bedanken. Eine förmliche Anrede als Maharani würde ich bei meiner tiefen Dankbarkeit als nicht angemessen ansehen. Wie darf ich Sie nennen, Prinzessin, und wie kommt es, dass mir vor Tagen eine ganz andere Frau als die Gattin von Hari Singh vorgestellt wurde?«

»Sie können mich Shanti nennen, mein Herr«, lächelte die Prinzessin. »Ich bin die ehemalige Frau von Hari Singh und mir ist es nicht erlaubt, mich hier im Schloss aufzuhalten, wenn der Maharadscha anwesend ist. So haben wir uns bislang weder gesehen noch gab es eine offizielle Vorstellung zwischen uns.«

Der Prinz war etwas verwirrt über die Aussage und bemerkte verlegen: »Shanti ist ein schöner Name.«

»Ich habe mir diesen Namen selbst ab jenem Zeitpunkt gegeben, ab welchem ich dazu verdammt war, ein Geist zu sein, und gezwungen wurde, im Umfeld dieses Schlosses zu weilen und immerzu nur auf diesen, wenn auch wunderschönen kleinen Teil des Planeten zu starren«, sagte die Maharani nun etwas ernster. Dann erklärte sie dem Prinzen, wie es dazu gekommen war, dass sie hier gefangen und von dem Leben ausgesperrt wurde, um am Ende zu ergänzen: »Aber ich will mich nicht beklagen, mein Prinz. Ich lebe und kann täglich mein Dasein genießen, wenn auch eingeschränkt auf diesem wunderschönen Platz, im Jagdschloss meines Ex-Mannes.«

Der Prinz verharrte lange und ließ die ganze Geschichte Revue passieren, bevor er fragte: »Was bedeutet der Name Shanti?«

»Ruhe und Friede«, erwiderte die Maharani und ließ ihren Blick durch das Fenster weit auf das Wasser des ruhigen Sees schweifen.

Der Prinz hielt ihre Hand und küsste diese sanft.

»Shanti, kannst du mir bitte ins Badezimmer helfen?, fragte er nach einer Weile und unterbrach diese innige, erste bewusste Berührung.

Shanti umfasste den Körper des Prinzen und half ihm auf. Dankbar für ihre Stütze, folgte der Prinz ihr ins Badezimmer. Shanti erachtete es als tiefes Vertrauen, das der Prinz ihr entgegenbrachte, als er sie bat, ihm zu helfen, und nicht nach einem Diener schickte. Die beiden ignorierten jede Form von Etikette und sie verhielten sich, als wären sie schon immer und seit Jahren aneinander gewöhnt.

Als der Prinz wieder zurück im Bett war, nahm sie die Schüssel mit dem Schwamm und begann, David von oben bis unten zu waschen. Für den Kronprinzen war es nicht ungewöhnlich, gewaschen zu werden, und so war, auch während die Maharani seinen Umhang entfernte, keinerlei Unbehagen im Gesicht des Prinzen zu sehen. Shanti reinigte ihn, wie auch schon die Tage zuvor. Auch seine aufkommende sichtbare Erregung hielt sie nicht von ihrer

Arbeit ab. So wusch sie ohne Schamgefühl den erigierten Penis ebenso gründlich wie den restlichen Körper. Nachdem sie die Wunden frisch eingesalbt und den Verband erneuert hatte, kleidete sie den Prinzen wieder an. Als sie die nach wie vor anhaltende Erregung Davids und sein Strahlen bemerkte, zögerte sie kurz, bevor sie den Prinzen zu streicheln begann. Sie sah ihm dabei direkt in die Augen, ohne auch nur für einen Moment den Blick von ihm zu lassen. Die Prinzessin erlag dem Moment und der Erotik, wohl wissend, dass es aller Vernunft widersprach. Die gemeinsame Nacht und der gemeinsame Kampf gegen den Todesengel hatten auch in ihr Spuren hinterlassen, die sich nach Nähe sehnten.

Als David danach in seinem Schlafgemach ruhte und die Prinzessin neben ihm auf der Bettkante saß, hielt er mit seinen beiden Händen die linke Hand der Maharani und sagte unvermittelt und eindrücklich: »Shanti, du bist wahrlich die schönste Frau, die ich je sah, und du bist in deiner Art und in deinem Tun bewundernswert. Deine Anwesenheit füllt meinen Geist und mein Herz mit tiefer Dankbarkeit und Liebe.«

Die Maharani war geschmeichelt und sie schaute den Prinzen mit ihren großen, dunklen, fast schon schwarzen Augen an, während sie sich mit ihrer rechten Hand durch ihre pechschwarzen langen Haare strich. Sie beugte sich über David, küsste ihn auf die Lippen. Dann stand sie auf und wollte den Raum verlassen, hielt aber an der Tür inne, drehte sich um und sagte: »Schlaf jetzt, mein Prinz. Das Fieber spricht immer noch aus dir, dennoch sind deine Worte wunderschön, David. Doch vergiss nicht, dass die Hilfe anderer zu brauchen kein Zeichen von Schwäche, sondern es zuzulassen ein Zeichen der Stärke ist.«

David wollte etwas erwidern, aber da war die Maharani schon aus dem Zimmer entschwunden.

Der Prinz schlief alsbald ein und zum ersten Mal seit Langem fühlte er sich von innen heraus wieder wohl. Die Wärme kehrte von Neuem in seinen Körper zurück, doch zugegebenermaßen war es diesmal nicht das Fieber, das ihn wärmte.

Als Shanti auf dem Flur Leela erblickte, flüsterte sie ihr zu: »Verzeih mir, aber auch wenn er unser Feind ist, konnte ich ihn doch nicht sterben lassen. Strafe mich nicht mit deinen Blicken, zu guter Letzt bin ich auch nur ein Mensch.«

Leela verstand das Ansinnen ihrer Prinzessin und billigte, dass für Shanti mehr als das unheilbringende Empire im Körper des Prinzen steckte. Shanti kannte all das Leiden der indischen Familien und ihrer Freunde, sie kannte die unerbittliche harte Hand der Maharadschas und das untätige Dasein der Briten, die das Handeln ihrer auserwählten indischen Fürsten duldeten, solange ihnen dadurch nur keine Arbeit entstand. Aber dies allein rechtfertigte nicht, den schutzlosen Prinzen und den Erben des Empires sterben zu lassen.

»Ihre Entscheidungen sind meine Entscheidungen, Prinzessin.«

Leela verneigte sich und Shanti berührte dankend ihre Wangen.

Süchbaatar

Das vierhundert Meter lange Ungetüm von einer Eisenbahn fuhr in der Abenddämmerung in Süchbaatar ein, der mongolischen Grenzstadt zu Russland. Die mongolischen Grenzbeamten liefen Waggon für Waggon durch den ganzen Zug und auch unser Salonwagen wurde überprüft und kontrolliert. Die Begehung war jedoch mehr eine Alibi-Aktion als eine echte Inspektion. Die Mongolen wussten genau, dass die Russen es liebten, den Zug komplett zu zerlegen und auf das Genaueste zu kontrollieren. So nahmen die mongolischen Grenzbeamten es nicht so genau und der Eisenwurm schlängelte sich nach knapp zwei Stunden wieder durch die Landschaft. Als wir jedoch Minuten später in der russischen Stadt Nauschki einfuhren und ich die Armada von russischen Grenzbeamten, Polizei und Militär sah, wurde mir sofort klar, dass dies keine Alibi-Aktion werden würde.

Für jeden der über zwanzig Waggons war eine eigene Gruppe eingeteilt. Jedes Kontrollteam bestand aus zwei Beamten mit einem Dolmetscher, einem Polizisten mit Hund, wahrscheinlich einem Drogenhund, und zwei Leuten von der Militärpolizei, die jeweils ein Maschinengewehr im Anschlag hielten. Der Zug stoppte exakt so, dass die Ausgänge der Waggons direkt vor den kleinen Behelfstischen, an denen die Beamten saßen, zum Halten kamen. Da alle Passagiere aus den Eisenbahnwagen aussteigen mussten, liefen diese nun direkt auf die Tische der jeweiligen Kontrollteams zu.

Es wurden sämtliche Fahrscheine und Visa kontrolliert und danach alle Pässe einbehalten. Das Gepäck mussten wir ohne Ausnahme im Waggon belassen, was mir etwas Unbehagen verursachte, da ich es nicht mochte, wenn wildfremde Personen in meinen Privatsachen herumwühlten. Jeder Fahrgast musste im Anschluss an diese erste Kontrolle durch einen Metalldetektor wie auf dem Flughafen schreiten, der auf dem Bahnsteig vor dem Bahnhofsgebäude aufgebaut war. Dass sich vor dem einzigen Scanner eine sehr lange Schlange bildete und es bei den Temperaturen unter null Grad bitterkalt auf dem Bahnsteig war, störte außer den Passagieren jedoch niemanden, zumal die Uniformen der Offiziellen und der Beamten sehr warm und komfortabel aussahen.

Nachdem unsere Fahrkarten kontrolliert, unsere Pässe abgenommen und unsere Körper durchleuchtet waren, wurden wir angewiesen, in der Halle zu warten. Anna bestellte uns im Restaurant Sauerkraut und Kohlrouladen und beteuerte, dass diese russische Spezialität, deren Namen ich vergessen habe, in dieser Kantine am besten schmecke. Sie persönlich freute sich immer auf dieses Restaurant und dieses Gericht, weil es sie an ihre Großmutter erinnerte.

Anna kam eigentlich aus St. Petersburg, hatte aber bereits als junges Mädchen zu ihrer Tante nach Moskau übersiedeln müssen. Der russische Staat führte einmal im Jahr in jeder noch so kleinen Provinz Eignungstests und

Intelligenztests in der Grundschule durch. So wurden frühzeitig hochtalentierte Kinder im Bereich der Musik, der Naturwissenschaften und des Sports entdeckt. Diese Kinder wurden dann für den Staatsdienst rekrutiert und erfuhren ein ganz auf sie abgestimmtes Förderprogramm. Anna war eines dieser musisch hochtalentierten Kinder gewesen. Sie hatte acht Jahre auf dem Moskauer Tschaikowski-Konservatorium Klavier und Gesang studiert. Als sie jedoch mit sechzehn von einem der Dozenten schwanger wurde, wurden sie und der Lehrer von der Musikhochschule verwiesen. Nachdem der Kindsvater sie nach der Geburt allein in Moskau hatte sitzen lassen, musste sie wieder nach Hause zurück, da ihre Tante sich geweigert hatte, sie zusammen mit dem Kind in ihrer Wohnung aufzunehmen.

Mit Tränen in den Augen zeigte Anna uns ein Foto ihres kleinen Sohnes Ivan, der nun bei seiner Großmutter in St. Petersburg wohnte. Anna hatte nach ihrer Tour von Moskau nach Peking und wieder zurück immer zwei Wochen frei und in dieser freien Zeit wohnt sie dann auch in St. Petersburg, bei ihrer Mutter und ihrem Sohn. Diese zwei Wochen zusammen mit Ivan gaben ihr die Kraft, alles zu ertragen.

Igor, der ihre Geschichte bislang nicht gekannt hatte, sagte etwas auf Russisch zu Anna und deutete auf den weißen Flügel im Restaurant. Doch Anna verneinte kopfschüttelnd.

Ich verfolgte indes das Wirken auf dem Bahnsteig und sah, dass einer der Hundeführer aus einem der Waggons die Militärpolizei wild heranwinkte. Sein Hund hatte offenbar auf etwas angeschlagen und innerhalb von Minuten stand ein Handwerkerteam bereit, das mit Werkzeug in den Zugwaggon eilte. Kurze Zeit später stürmte einer der Polizisten aus dem Waggon und fast zeitgleich ertönte aus dem Lautsprecher in der Halle, dass sich alle Passagiere von Waggon 23 auf dem Bahnsteig einfinden sollten. Es wurden nacheinander alle Namen der betroffenen Reisenden aufgerufen.

Die Hektik und der Trubel wurden nun immer größer auf dem Bahnsteig und in der Halle. Die Reisenden wurden einzeln in den Waggon geführt und Person um Person durfte die Plattform wieder verlassen. Als der Spuk vorbei war, wurden nochmals die Namen Phillipe Perrier und Eloise Evian aufgerufen. Diese Durchsage wiederholte sich Dutzende Male – ergebnislos.

Die Polizisten durchkämmten nun den Bahnhof mit den Pässen der beiden in der Hand. Da das Bahnhofsgebäude geschlossen war, konnte niemand die Halle verlassen und so wurden die Polizisten schnell im Obergeschoss fündig. Die beiden wurden nun sehr unsanft in den Waggon gezerrt. Kurz darauf verließen sie mit ihrem Gepäck, abgeführt wie zwei Verbrecher, in Begleitung der Militärpolizei den Bahnhof.

Ich erinnerte mich, dass wir dieses Pärchen bereits in Peking gesehen hatten. Sie waren in demselben Hotel wie Steven und ich untergebracht gewesen. Ich hatte sie kurz beim Frühstück angesprochen, als ich bemerkte, dass sie aus Frankreich kamen, und ich war spürbar euphorisch gewesen, echte Franzosen zu treffen. Ich wollte alles über Paris in Erfahrung bringen, welche Plätze wir unbedingt besuchen und was wir uns auf jeden Fall ansehen mussten.

Leider war das Englisch der beiden die gleiche Katastrophe wie mein Französisch und so konnten wir uns nicht so austauschen, wie ich mir dies gewünscht hätte.

»Jetzt werden wir mindestens noch fünf bis sechs Stunden hierbleiben müssen«, sagte Igor, um weiter auszuführen: »Wenn die Russen Drogen im Zug finden, wird jede einzelne Schraube gelöst, wird jeder Kasten demontiert und jede einzelne Bank in ihre Bestandteile zerlegt. Das dauert Stunden und wir werden den Abend mindestens bis Mitternacht in diesem Restaurant verbringen müssen. Man darf die menschliche Dummheit, vor allem die der westlichen Kinder, nie unterschätzen!«

Er machte eine abfällige Bewegung in Richtung Steven und mir.

Als zu einem späteren Zeitpunkt Karims Name durch den Lautsprecher aufgerufen wurde, stand Elsa auf und schob ihn ruhig und bedächtig in Richtung Zug. Ich konnte vom Fenster aus beobachten, wie er vor dem Waggon mit dem Sarg stand und mit einem Beamten sprach. Karim gestikulierte wild und er war sichtlich aufgeregt, als er mit dem Staatsdiener redete. Während dieser jedoch in den Innenraum ging, um den Sarg zu öffnen, ließ Karim den Kopf hängen. Nach der Untersuchung des Sarges gab der Beamte Karim mit einer entschuldigenden Verbeugung die Papiere zurück.

»Ich habe über zwanzig Jahre in Russland gelebt und werde immer noch wie ein Verbrecher behandelt«, sagte Karim erzürnt, als er zurückkam. Da er sichtlich erregt war, wollte ich nicht nachfragen und durchbrach die Stille nicht, die unseren Tisch umschloss.

»Anna, bitte spiele etwas auf dem Klavier für uns«, sagte Igor nun auf Englisch, damit wir alle es verstehen konnten. »Wir flehen dich an, unseren geschätzten Herrn Karim etwas aufzuheitern«, scherzte er, doch Anna ließ sich davon nicht beeindrucken, schlug ihre Beine übereinander und schüttelte verneinend ihren Kopf. »Bitte, bitte, holde Prinzessin«, bettelte Igor weiter, stand auf und machte eine tiefe Verbeugung. Als Anna lächelte, schnappte er sich seinen Stuhl, rannte mit diesem vor zu dem Piano und stieg wie ein Redner auf den braunen Holzsessel.

Er kündigte mit einer weitläufigen theatralischen Geste Anna an, die sich nun verlegen und sehr unsicher unter tosendem Applaus zu dem Instrument bewegte. Während sie dann an dem schneeweißen Flügel Platz nahm, zaghaft die Tasten drückte und die ersten Töne erklangen, fiel Anna wie in Trance in eine andere, schönere Welt.

Was ich dann sehen und hören durfte, war überwältigend. Anna spielte zwei Stücke, deren Melodie ich sofort wiedererkannte.

»Das sind *Die vier Jahreszeiten* von Vivaldi, der *Winter* und der *Frühling*«, flüsterte Karim mir dennoch zu. Das dritte Lied kannte ich zu diesem Zeitpunkt noch nicht, aber die Melodie von Tschaikowskis Klavierkonzert in b-Moll war so eindrücklich, so wunderbar, dass diese Klänge mich seither immerzu begleiten.

Anna gab sich ihrem Spiel vollkommen hin und ihre Liebe zu Tschaikowski war offenkundig, als ihre Melodie zu *Schwanensee* wechselte. Ihr Wesen löste sich nun vollends in der Musik auf und ihre Finger tanzten wie kleine Ballerinen über das Klavier, während Anna selbst wie eine

Seiltänzerin zwischen zwei verschiedenen Welten schwebte. Sie verkörperte den schwarzen und den weißen Schwan im selben Augenblick. Sie war die Hitze und die Kälte, sie war das Licht und die Dunkelheit, und vor allem war sie Ruhe und Sturm zugleich. Dieser Moment, dieser Augenblick, war so viel mehr als ein Schauspiel, so viel mehr als ein Klavierkonzert.

Als sich dann die Sänger der Gruppe, die wir schon von der chinesischen Grenze kannten, zu Anna gesellten, drehte sich das klassische Klavierkonzert zu einer Opernvorführung. Die Sänger musizierten mit Anna aus der Tschaikowski-Oper *Eugen Onegin* und verwandelten das Bahnhofsgebäude in einen Konzertsaal. Vier der Passagiere holten nach Rückfragen mit den Beamten ihre Blasinstrumente aus dem Zug und stimmten wie der Bahnhofsmusiker mit seiner Geige in die Lieder ein.

Das Konzert dauerte weit mehr als eine Stunde und die meisten Russen sangen im Chor mit. Die Harmonie trieb mir und Karim die Tränen ins Gesicht. Wir alle versanken tief in unseren Gedanken, wie Steine, die unbeirrbar ins tiefe Wasser niedersanken. Es war so wundervoll und ich hatte Angst und empfand eine tiefe Traurigkeit darüber, dass die Stimmung enden würde.

Als der letzte Akkord in dem Bahnhofsgebäude verhallte, gab es Standing Ovations und minutenlangen Applaus für Anna, die sich gekonnt verbeugte. Derweil wies Karim den Rosenkavalier an, Anna all seine Blumen zu geben, und so war es auch um sie geschehen und sie weinte tausend Tränen in ihr strahlendes Lächeln. Es war ihr Moment und sie war die Prinzessin dieses Abends. Erst hinterher im Zug, es war gegen zwei Uhr in der Nacht, erkannte ich, dass es sich um chinesische Stoffrosen handelte, die Anna wie eine Trophäe hinter der Theke platzierte.

Die Ereignisse des Tages wühlten mich innerlich auf und so konnte ich trotz Müdigkeit keinen richtigen Schlaf finden. Einmal mehr lauschte ich den Geräuschen der Transsib, fühlte das Klopfen der Stahlräder über die Weichen und beobachtete die Lichter, die von draußen Schatten auf die Holzverkleidung der Decke warfen. Als der Zug ruckartig auf freier Strecke zum Stehen kam und ich genug vom Herumliegen hatte, ging ich nach draußen in den Salon. Nachdem ich Igor zusammen mit Karim erblickt hatte, fragte ich schläfrig: »Wieso halten wir hier, Igor?«

Die beiden erschraken und waren verwundert, mich um diese Uhrzeit noch anzutreffen. Igor bemerkte: »Wahrscheinlich liegt etwas auf der Strecke oder sie haben ein Tier überfahren. Es geht sicherlich gleich weiter, Fräulein Claire. Darf ich Ihnen etwas zu trinken anbieten?«

Ich liebte Igor, seine Art und sein immerzu freundliches Auftreten. Man fühlte sich in seiner Gegenwart einfach wohl und, ich wusste nicht, wie ich es ausdrücken sollte, er gab mir das Gefühl von Sicherheit und Schutz.

»Ich hätte gern einen Kaffee«, erwiderte ich freundlich und setzte mich zu Karim an den Tisch. »Erzählen Sie mir bitte mehr von der Maharani, Herr Karim. War sie wahrhaftig so schön?«

Karim war regungslos, sah erst mich an, dann weit in die Ferne, durch das Fenster in die Finsternis hinaus.

»Oh ja, Claire, Shanti war die schönste Frau, die ich je erblicken durfte. Ihre fast schwarzen Augen, ihre dunklen

Haare und ihr liebliches Gesicht habe ich in diesem Glanz und in dieser Schönheit nie wieder gesehen.«

Ich sah in seinem Blick, dass er an sie dachte und dass er sie wohl sehr geliebt hatte.

Taj Mahal

Der Gesundheitszustand des Prinzen besserte sich zusehends. Nach einigen Tagen konnte er sich wieder eigenständig bewegen und die wichtigsten alltäglichen Dinge ohne fremde Hilfe erledigen.

Als er eines Morgens angekleidet und frisch rasiert zum Frühstück im großen Salon erschien, änderte sich der Tagesverlauf des ganzen Personals abrupt. Der Prinz musste nun nicht mehr täglich wie ein Kind umhegt werden und so entstanden für die meisten der Bediensteten wieder mehr Freiheiten in ihrem täglichen Ablauf. Für einige jedoch, wie zum Beispiel Karim, wurden diese Freiheiten schlagartig eingeschränkt. Der Diener musste von nun an dem Prinzen wieder auf Schritt und Tritt folgen. Er machte täglich stundenlange Ausflüge und Spaziergänge mit ihm. Eigentlich nicht direkt mit dem Thronfolger, sondern immer mit Abstand zu ihm, da David stets mit der Maharani die Zeit verbrachte. Karim war nun vollends wieder zum Diener des Prinzen mutiert und er trug ihm den Picknickkorb hinterher oder deckte die Tafel für die Herrschaften im Gras. Er tat eben das, wozu er ausgebildet und eingestellt worden war. Ungeachtet dessen freute Karim sich sehr, dass es dem Prinzen zusehends besser ging. Gelegentlich ritten die drei mit den Pferden aus und suchten sich eine schöne Bucht an dem weitläufigen See, an der sie sich zum Lunch oder zum Dinner einfanden.

David und Shanti kamen sich immer näher und sie verbrachten alle verfügbaren Stunden des Tages zusammen. Der Prinz machte kurz vor dem Schlafengehen jedes Mal aufs Neue eine einladende Geste, aber die Prinzessin nahm diese nicht an. Jede Nacht suchte die Maharani ihr eigenes Schlafzimmer auf und mehr als ein Kuss auf die Wange des Prinzen war für Karim nie erkennbar.

Leela und Shanti indes redeten und diskutierten meist bis weit in den Morgen. Die Prinzessin wusste nicht, ob ihr Verhalten dem Prinzen gegenüber korrekt war. Er war ein Teil der Unterdrücker, er war ein Teil des Systems, unter dem sie und das indische Volk litten. Die kluge Prinzessin kämpfte täglich mehr mit ihren Gefühlen und Emotionen. Sie konnte die Boshaftigkeit und den Hass der Kolonialherrschaft in David nicht erkennen. Er wirkte mehr wie ein verspielter Junge als wie ein herrschsüchtiger Thronfolger oder gar Tyrann. Nur Leelas Rückhalt gab ihr die Kraft, sich mit dem Feind anzufreunden.

Eines Tages, es war der Geburtstag der Maharani, ruderten sie mit dem Boot auf eine der kleinen Inseln im See und blieben dort bis spät in die Nacht. Auf der Insel gab es nicht wie sonst üblich einen kleinen Snack, sondern dem Anlass ihres Geburtstags entsprechend ein opulentes Abendmahl. Um dies alles vorzubereiten und den Strand ansehnlich mit Fackeln auszuleuchten, fuhren Leela und Karim bereits am Vormittag mit einem der großräumigen Boote auf die Insel. Leela bereitete das Essen zu, während Karim den Tisch für die Hoheiten deckte und der Feierlichkeit gebührend mit

Blumen und Kerzen schmückte. Als der Prinz zusammen mit der Maharani mit dem Ruderboot ankam, war alles perfekt vorbereitet. Das Wasser schimmerte orangerot im Sonnenuntergang und Dutzende Fackeln erleuchteten den Pfad durch den kleinen Wald. Der Weg endete an der Rückseite der Insel und der Blick lag nun offen auf den Sonnenuntergang.

Nach dem Essen lagen die Hoheiten auf einem Fell am Boden um das Lagerfeuer, das Karim zuvor entzündet hatte, und redeten die ganze Nacht. Karim und Leela warteten gemeinsam auf der anderen Seite der Insel.

»Ich bin froh, meine Herrin wieder glücklich zu sehen«, sagte Leela mit funkelnden Augen zu Karim, welcher erwiderte: »Mein Herr und die Frauen sind keine gute Kombination, Leela. Er wird sie ins Unglück stürzen!«

»Das hoffe ich nicht, und ich glaube es auch nicht, so vertraut wie die beiden sind«, entgegnete Leela.

»Ich wünsche es der Maharani, nach allem, was sie mit ihrem Mann mitmachen musste, aber ich glaube nicht daran«, sagte Karim.

Leela hielt ihn fest und legte ihren Kopf auf seine Brust. Er erwiderte den Halt und streichelte sanft über ihr Haar, tief in Gedanken an den Prinzen und die Maharani.

Obwohl die Nacht sich schon dem Morgen näherte, ließ Shanti sich ins Schloss fahren und schlief in ihrem eigenen Zimmer, wie all die Nächte zuvor.

Als der Prinz Karim an einem der folgenden Tage schon sehr früh weckte und die Sonne kaum über den Horizont schaute, wusste Karim, dass dies nur bedeuten konnte, dass der Prinz fliegen wollte. Der See war am frühen Morgen stets spiegelglatt und er wellte sich erst mit den jungen Sonnenstrahlen, die den Wind brachten. Karim half dem Prinzen ins Wasserflugzeug, das zu ihrem Glück fix am Wular-See stationiert war, und folgte seinen Anweisungen, als er von außen den Flieger losmachen und drehen musste.

»Spring herein«, wies David Karim an.

Der junge Diener zögerte, hatte er doch immensen Respekt vor allem, was flog. Aber nach einigen Überzeugungsversuchen von David, dass er doch schon geflogen sei und dass dies damals seine Lebensrettung bedeutet hatte und nicht seinen Tod, stieg Karim, wenn auch voller Angst, in das Flugzeug ein. Doch bereits als der Prinz die Maschine unter dem lauten Johlen des Motors beschleunigte, bereute Karim seine Entscheidung. Und während das Wasserflugzeug wie eine Mücke über den See hüpfte, glaubte er, sich übergeben zu müssen. Erst hoch in der Luft legte sich seine Aufregung und er genoss das Fliegen zum ersten Mal ein wenig.

Der Prinz flog am Ufer entlang und umrundete den See, um nach einer knappen Stunde wieder sicher auf dem Wasser direkt vor dem Schloss zu landen. David stieg aus dem Flugzeug und eilte schnellen Schrittes über die Treppe auf die Terrasse, auf der Shanti längst mit dem Frühstück auf ihn wartete.

»Du bist ein toller Flieger, David«, lobte die Maharani ihn und fuhr fort: »Ich würde auch gern einmal mit einem Flugzeug mitfliegen.«

»Du bist noch nie mitgeflogen?«, fragte der Prinz erstaunt.

Shanti lachte auf und sagte: »Aber nein, wir sind hier in Indien und nicht in Großbritannien. Hier fliegen Frauen nicht einfach in Flugzeugen mit.«

»Ich nehme dich mit, Shanti«, sagte der Prinz spontan und fragte: »Wie weit ist es von hier bis zum Taj Mahal?«

Die Maharani war verwirrt. Fragte er in der Tat nach dem Taj Mahal?

»Das dürften so um die acht- bis neunhundert Kilometer sein, David«, sagte Shanti.

Der Prinz nahm sich einen Stift und schrieb einige Zahlen auf seine Serviette, dann blickte er hoch und sagte strahlend: »Es müsste klappen, dass wir von hier aus starten, nach Agra fliegen und ohne Nachtanken wieder zurückkommen.«

Der Prinz war hellauf begeistert von seiner eigenen Idee und fragte die Maharani: »Shanti, wann können wir fliegen?«

»Vielleicht nach dem Monsunregen, David.«

»Nach dem Monsun?«, fragte der Prinz erstaunt. »Der Monsun hat ja noch nicht einmal begonnen, Prinzessin.«

»Aber er wird mit dem Vollmond beginnen«, erwiderte die Maharani knapp.

»Vollmond ist erst in zwei Tagen, Shanti«, bemerkte der Prinz lächelnd, um zu ergänzen: »Dann reisen wir morgen, Eure Hoheit!«

»Morgen? Nein, David, das geht mir zu schnell, ich muss mich innerlich vorbereiten. Ich bin nicht so spontan, dir sofort zu folgen«, sagte die Maharani entschlossen und ergänzte: »Ich muss auch den Maharadscha darüber informieren, da es mir nicht gestattet ist, das Areal um den See und um das Schloss zu verlassen.«

»Hari Singh lass meine Sorge sein. Er hat sich nicht gerade vorbildlich um mich gekümmert und steht somit in meiner Schuld. Wir fliegen in diesem Fall übermorgen, Shanti. Dann habe ich genügend Zeit, das Flugzeug in Schuss zu bringen, zu tanken und alles zu packen, was für die Reise nötig ist. Außerdem brauche ich noch Hinweise für die Route. Weißt du, wie der Fluss hinter dem Taj Mahal heißt und wo er entspringt?«

»Ja, es handelt sich um den Yamuna-Fluss. Er entspringt südlich von hier im Himalaya und mündet weit hinter Agra in den Ganges, der wiederum ins Meer fließt und unser heiliger Fluss ist.«

»Perfekt, dann können wir dem Fluss entlang bis nach Agra folgen, Shanti«, freute sich der Prinz.

»Der Fluss geht aber auch quer durch Delhi«, bemerkte die Prinzessin.

»Noch besser«, lachte der Prinz, »dann können wir noch etwas Sightseeing zusätzlich machen!«

Der Maharani war zwar immer noch nicht wohl bei dem Gedanken, sie sagte aber zu, ihn zu begleiten.

Der Prinz und die Maharani verließen den Wular-See am übernächsten Tag im Morgengrauen. David steuerte die Curtiss N-9 geschickt und gekonnt auf etwa 1000 Meter Flughöhe über Grund und flog direkt auf den Himalaya zu. Nach einer knappen Stunde erreichten sie bereits den riesigen Gebirgszug, der sich Tausende Meter hoch in den Weg stellte. Der Prinz zog das Flugzeug weiter hoch und schrie der Prinzessin, die vor ihm im Flieger saß, zu: »Weißt du, Shanti, dass genau hier vor zweihundert Millionen Jahren Indien auf Asien geprallt ist und so das ganze wunderschöne Gebirge, der Himalaya, entstanden ist? Prinzessin, es wird jetzt sehr kalt werden, wenn wir über die Berge fliegen.«

Die Maharani war schon so warm wie möglich angezogen und genoss einfach nur das Fliegen, ohne auch nur eine Sekunde an die Temperaturen zu denken. »Der Himalaya wurde von den Göttern erschaffen, als deren Wohnsitz im Schnee, du Ungläubiger«, schrie sie zurück und das Glück strahlte aus ihr.

Als die Curtiss eine Flughöhe von knapp 4000 Meter erreichte, ragten zwar die meisten Gipfel des Gebirges noch weit über das Flugzeug hinaus, aber der Blick auf die Gletscher und die Gebirgskette war atemberaubend. Sie flogen unter einem Schwarm Streifengänse, die ebenfalls das Gebirge in Richtung Süden überquerten. Diese Vögel können in unglaubliche Höhen vordringen und mit der Kälte und dem Sauerstoffmangel problemlos umgehen. Vom Flugzeug aus war es fantastisch, diesen gleichmäßig schlagenden und schwebenden Fliegern zuzuschauen. Die Sonne spielte in den Schneefeldern und versteckte sich gelegentlich hinter einem der riesigen Berge.

Auf einmal schrie Shanti aus Leibeskräften. Der Prinz erkannte schnell, dass es sich nur um einen Freudenschrei handeln konnte, und er schrie mit ihr um die Wette.

Sie fanden die Quelle des Yamuna problemlos, da der Fluss in der Nähe des Tempels der Yamuna entsprang und diese Heiligenstätte sehr gut aus dem Flugzeug erkennbar war. Shanti hatte diesen Tempel als Kind einmal besucht und hatte zumindest eine kleine Ahnung, wo er sich befinden sollte. Der Tempel war direkt in eine Furche gebaut, die der Fluss über die Jahre in das Gestein geschliffen hatte, und von Weitem war der gelb leuchtende Turm mit dem roten Dach sehr gut erkennbar.

Von nun an war die Orientierung ein Leichtes, da sie lediglich dem Fluss folgen und so zwangsläufig nach Agra kommen mussten. Nachdem sie Richtung Süden vom Himalaya wegflogen, öffnete sich das Tal und David versuchte, das Flugzeug im Bereich von 500 Meter über dem Boden zu halten. Als sie Delhi erreichten, zeigte die Tanknadel noch fast ein Dreiviertel des Inhalts an. Somit war der Treibstoff mehr als ausreichend, um hin und wieder zurück zu fliegen.

Als sie über die Stadt flogen, schauten ihnen Tausende Gesichter entgegen und Shanti winkte allen freundlich aus der laut dröhnenden Maschine zu. David ging tiefer und während sie den Golfplatz von Delhi überflogen, konnte man einige Golfer in der Mittagssonne spielen sehen.

Eine knappe Stunde später landeten sie unter dem lauten Beifall einiger Touristen direkt auf dem Fluss hinter dem Taj Mahal. Die Wachen fanden das Manöver weniger lustig und eine ganze Schar rannte auf das Wasserflugzeug zu. Harsch wiesen sie die Maharani und David an, sofort auszusteigen und an Land zu kommen. Nachdem der Prinz ausgestiegen war und einige Worte mit dem Hauptmann geredet hatte, verbeugte dieser sich auf der Stelle und ließ den Prinzen und die Maharani passieren.

Bevor sie jedoch zum Tja Mahal gingen, wollten die beiden in einem der Restaurants in Agra essen gehen.

David kannte durch Karim einige der besten Lokale in der Stadt und so ließen sie sich von zwei der Polizisten in deren Dienstauto zum Lunch fahren. Die Polizisten warteten geduldig vor der Gaststätte, um die Herrschaften im Anschluss wieder zu ihrem Wasserflugzeug zu eskortieren.

Shanti war so fröhlich und ausgelassen wie noch nie, seit sie David kannte. Beim Essen dankte sie ihm dafür, dass er sie zum Mitfliegen überredet hatte. Sie war hingerissen von den tief verschneiten Bergen und der Schönheit Indiens, schwärmte von dem Wind in ihrem Haar und sie fand die Leichtigkeit und Schwerelosigkeit in der Luft unbeschreiblich und wunderschön.

Als der Prinz das Gespräch auf ihren Mann Hari Singh lenkte, wurde sie erst etwas kühler, erzählte jedoch im Anschluss sehr ausführlich: »Hari heiratete mich, als ich gerade dreizehn Jahre alt wurde. Ich hatte damals keine Vorstellung von einem Ehemann und keinen Schimmer, was es konkret bedeutete, Mann und Frau zu sein.« Sie machte eine kurze Pause und seufzte. »Und wahrscheinlich habe ich bis heute keine Ahnung davon. Kinderheirat gehört zu unserer Kultur, aber es sollte an der Zeit sein, die Kultur zu hinterfragen, denn ich als Betroffene kann nichts Gutes darin erkennen. Weißt du, was tatsächlich befremdend ist, David?« Sie blickte dem Kronprinzen in die Augen und nachdem dieser verneint hatte, sagte sie: »Hari setzt sich im Parlament gegen die Kinderhochzeit ein! Das ist gegenständlich ein Affront, zumal er viermal ein Kind geheiratet hat. Was weiß er denn schon als Mann, wie es sich anfühlt, als junges Mädchen mit ihm das Bett zu teilen? Er hat, wenn überhaupt, nur meinen Körper begehrt und mich im besten Fall wie ein Spielzeug behandelt. Wie ein Pferd, das im Stall steht und nur herausgeholt wird, wenn man ausreiten will.«

Als sich die Augen der Maharani mit Tränen füllten, hielt David ihre Hand und hörte weiter zu.

»Als ich dann nicht schwanger wurde und die Jahre ins Land zogen, ließ er vollkommen von mir ab und kümmerte sich fortan ausschließlich um seine Rolls-Royce. Diese Sammlung war sein größter Stolz. Ich konnte es nicht verstehen. Er war nicht fähig, mich zu lieben, aber er war imstande, seine Autos zu vergöttern. Nicht schwanger zu werden, riss ein unermessliches Loch in meine Seele, da ich unbedingt ein Baby wollte. Nicht zuletzt deshalb, weil ein Kind mir den nötigen Halt gegeben hätte, um mein Leben zu ertragen.«

David dachte spontan an die Aussage des deutschen Philosophen Friedrich Nietzsche, der erklärt hatte, ›Wer ein Warum zum Leben hat, erträgt fast jedes Wie‹, bevor Shanti weiter ausholte: »David, obwohl du königlich aufgewachsen bist, hast du dennoch keine Vorstellung davon, wie dekadent die Maharadschas materiell leben. Hari Singh zum Beispiel hat eines Tages sogar eine Hochzeit für zwei unserer Brieftauben veranstaltet. Er fand, dass sich diese beiden Tiere besonders liebten, und er richtete eine kolossale feudale Hochzeit aus. Ja, es war ein richtiger Ball mit Musik und Zeremonie. Alle mussten bei der Farce mitspielen, zumindest so lange, bis unsere Hauskatze den Bräutigam an der Hochzeitstafel fraß. Das Fest war abrupt beendet und die Jäger des Maharadschas wurden auf die Katze angesetzt. Diese konnte sich jedoch in der Dunkelheit mit der Taube im Mund problemlos in Sicherheit bringen«, lachte die Prinzessin auf und Freudentränen rannen über ihr Gesicht.

Shanti setzte sich auf und schrie David fast an, als sie sagte: »Schuld daran seid nur ihr Briten! Ihr gebt den Maharadschas viel zu viel Macht und Geld. Ihr wollt dreihundert Millionen Inder mit eintausend britischen Beamten kontrollieren. Aber das geht nur über die Maharadschas und über deren Einfluss! Ihr regiert Indien nach mittelalterlichen Vorgaben. Das Empire verschlingt wie Saturn seine Kinder und ihr wisst, dass ihr insgeheim schuld seid am Untergang dieses Landes. Aber alles hat seine Stunde und so wird Gandhi, unser neuer Führer, euch kampflos besiegen und alle Maharadschas mit dazu. Ihr Briten habt Ohren, aber ihr hört nicht. Ihr habt Augen, aber ihr seht nicht. Ihr habt Zungen, aber ihr redet nicht. Und vor allem habt ihr Herzen, aber ihr fühlt nicht! Eure Waffen und Patronen werden das indische Volk auf Dauer nicht mehr zähmen. David, entkräfte meine Zweifel, die ich an dir hege. Versprich mir, dass du anders bist als die machthungrigen Briten. Versprich mir, dass du mich nicht enttäuschen wirst, wie das britische Empire mein Volk enttäuscht hat. Halte mich und nimm mir meine Angst, dich zu lieben. Ich würde so gern an dich glauben, David.«

Erschöpft legte Shanti ihren Kopf auf die Schulter des Prinzen nieder und schloss ihre Augen.

David schloss ebenfalls seine Augenlider, atmete tief und bewusst ihren angenehmen Geruch ein und strich über ihr schwarzes Haar. Noch nie in seinem Leben hatte jemand derart direkt mit ihm als Mensch und als Thronfolger zugleich gesprochen. Alle Worte von Shanti ergaben so viel Sinn und so fühlte er sich als Täter und als Opfer zugleich.

Nach dem Lunch und einem ausgiebigen Spaziergang in den Gärten des Taj Mahal zog langsam die Dunkelheit über Agra. Der Prinz führte die Maharani hinter das Mausoleum. Es war ein Leichtes für ihn, die Wachen zu passieren. Zumal diese glaubten, dass er zu seinem Flugzeug zurückwollte. Er jedoch ging nicht zurück zum Wasserflugzeug, sondern schlich sich zusammen mit der Prinzessin durch den Geheimgang, den Karim ihm vor Wochen gezeigt hatte, und kam alsbald mit Shanti auf dem Dach des Taj Mahal an. Der klare Himmel war inzwischen mit Sternen bestäubt und während der Vollmond langsam aufging, legte sich das Abendlicht weich über den Park und sanft über den Rasen. Das flüssige Licht des Mondes strahlte in ihre Augen und beide waren überwältigt von dem Anblick. Sie öffneten ihr Herz vielleicht mehr, als sie es erwartet hätten.

Die Maharani kletterte auf die Mauer, welche das Dach umsäumte. »Ich fühle mich so leicht und unbeschwert, David«, sagte die Prinzessin lachend und sie rannte mit offenen Armen der Brüstung entlang und schrie: »Pass auf, mein Prinz, dass ich nicht zum Mond schwebe und dich allein lasse.«

Der Prinz rannte ihr nach und sagte: »Pass du lieber auf, dass du nicht hinunterstürzt.«

Aber die Prinzessin lachte nur und eine Woge der Freude brandete über sie hinweg. Als sie stehen blieb und David zu ihren Füßen auf dem Dach stand, hob sie ihren Kopf in den Wind und ihr langes schwarzes Haar wehte wie die Mähne eines galoppierenden Vollbluts im Sturm.

»David, spürst du den Monsun? Siehst du die Wolken? Der erste Regen wird uns bald beehren«, sagte sie fröhlich und ließ sich dabei rückwärts in die Arme des Prinzen fallen.

David beugte seinen Kopf über ihr Gesicht und Shanti sank in ihren ersten Kuss mit dem Prinzen.

»Lass mich dich berühren, wie der sanfte Mondschein dich berührt«, flüsterte der Prinz ihr zärtlich ins Ohr, bevor sie sich erneut lange küssten. Der erste leichte Regen setzte ein und beide standen eng umschlungen, während die Wassertropfen den Staub wie kleine Explosionen nach oben spritzen ließen.

»Ich wünsche mir, dass du mein Herz mit Liebe füllst und meinem Leben einen neuen Sinn gibst! Stärke meinen Mut und banne meine Angst, dass die Zeit und Welt uns je wieder trennen wird«, sprach die Prinzessin so leise, dass der Regen ihre Worte verschluckte.

David hielt die Maharani nun fest in seinen Armen und sagte mit regennassem Gesicht: »Oh Shanti, ich habe ewig gebraucht, dich zu finden, ich gebe dich sicher nicht mehr her. Und dies ist keine Drohung, sondern ein Versprechen. Bereits als unsere Blicke sich zum ersten Mal trafen und ich durch deine tiefschwarzen Augen deine Seele, dein Leuchten und dein Licht erblickte, wusste ich, dass du es bist oder keine. Da begriff ich, dass ich bis ans Ende der Welt und bis ans Ende der Zeit laufen könnte und nie eine wundervollere Frau treffen würde als dich. Ich wusste im ersten Augenblick, während ich deine Herzlichkeit und deine Fürsorge an meinem Krankenbett spürte, wie Liebe sich anfühlt und was Liebe ist!«

Die Wärme ihrer Umarmung hing noch in ihren Kleidern, als Shanti sich langsam ihr regennasses Kleid über den Kopf zog und nun vollkommen nackt vor dem Prinzen stand. Das Wasser tropfte aus ihren Haaren, sie spürte das warme Nass auf ihrer Haut, und der Regen hing wie kleine Tränen in ihren Wimpern. Der Anblick ihrer Schönheit war so betäubend und gefährlich wie ein ungeschützter Blick direkt in die Sonne. Noch nie hatte Shanti sich so sehr gewünscht, von einem Mann berührt zu werden, wie in diesem Augenblick.

Die Prinzessin drehte dem Prinzen den Rücken zu und schaute über die Brüstung in den Park des Taj Mahal. Als David die Silhouette ihres wunderschönen Körpers sah, der sich gegen die Scheinwerfer abzeichnete, die auf das Gebäude gerichtet waren, konnte er seine Lust und Begierde nicht mehr zurückhalten. Er hielt sie von hinten fest und als Shanti seine Männlichkeit spürte, führte sie den Prinzen das erste Stück des Weges, über den sie sich gemeinsam innig und laut bis zum Ende treiben ließen.

Die Zeit stand still und die Ewigkeit begann.

Als es ruhiger wurde, die Wolken sich lichteten und der Sturzregen des jungen Monsuns eine Atempause einlegte, kroch der volle Mond wieder hinter den Wolken hervor und tauchte das Taj Mahal erneut in ein lieblich sanftes Licht. Shanti nahm Davids Gesicht in beide Hände, küsste ihn und sagte leise: »Tief in meinem Herzen, wo einst Dunkelheit war, da bist jetzt du. Es macht mich so glücklich, dich zu lieben.«

Und David erwiderte: »Deine wunderschönen dunklen Augen wirken wie ein Spiegel, in dem ich mich zum ersten

Mal so sehen darf, wie ich in Wahrheit bin. Meine Zuneigung, Liebe und Bewunderung ist mit jedem Blick, mit jedem Wort und durch jedes Gespräch mit dir stetig gewachsen und ich kann nicht erfassen, wie schnell aus zwei Herzschlägen ein gemeinsamer wurde. So sehe und spüre ich dich, weil ich dich immer schon gesehen und gespürt habe.«

Der Prinz und die Prinzessin verbrachten die ganze Nacht ruhig und eng umschlungen auf dem Dach und sie schworen sich im Lichte des Vollmondes die ewige Liebe, bevor sie im Morgengrauen wieder aus dem Fluss abhoben und zurück nach Kaschmir flogen.

Gussinoosjorsk

Eine dröhnende Durchsage aus einem hohl und blechern klingenden Lautsprecher beendete Karims Erzählungen unvermittelt, als wir im Morgengrauen im Bahnhof Sagustai in Gussinoosjorsk ankamen. Igor lauschte der sich wiederholenden Mitteilung und warf hart sein Geschirrtuch auf den Tresen, bevor er uns informierte, dass wir schon wieder mindestens zehn Stunden Aufenthalt haben würden. Er machte zwar keine Angaben, wieso, aber es konnte sich nach wie vor nur um die viel zu starken Schneefälle handeln.

›Zehn Stunden Unterbrechung an diesem gottverlassenen Ort, an dem ich nicht einmal eine Stadt ausmachen kann‹, dachte ich mir und war auch etwas betrübt wegen des langen Aufenthalts. Dass es im Winter zu Verzögerungen kommen konnte, wusste jeder, der sich auch nur etwas mit der Transsib beschäftigt hatte, aber dass wir mehr standen als fuhren, nervte langsam.

Die Blicke der anderen waren auch etwas niedergedrückt. Nach einer Schweigeminute setzte Karim ruhig und gelassen zum Sprechen an: »Claire, in Gussinoosjorsk gibt es ein buddhistisches Kloster aus dem 18. Jahrhundert. Wenn du willst, könnten wir den langen Aufenthalt für einen interessanten Ausflug nutzen.«

Bevor ich mir auch nur einen Gedanken dazu machen konnte, rannte Steven erregt und schreiend aus unserem Abteil. »Ich habe ein Netz. Dieser Provinzbahnhof hat tatsächlich ein offenes, frei verfügbares WLAN.«

Steven stürmte regelrecht durch den Salon und war so aufgeregt, dass er weder Karims Frage noch meine Antwort hörte. Er war nun vollkommen mit seinem Mobiltelefon verschmolzen.

Ich dachte in der Zwischenzeit über Karims Vorschlag nach und fand diesen spannend und gut. Ich sprach mich kurz mit Steven ab, aber auch wenn ich ihm erklärt hätte, dass ich mich am Bahnhof prostituieren wollte, um ein paar Rubel dazuzuverdienen, hätte er ›Geh nur, Schatz, viel Spaß dabei‹ zu mir gesagt. Er saß seit Tagen wie auf Nadeln, ob er zum Wildcardspiel der Houston Texans gegen die Okland Raiders einen guten Handyempfang haben würde. Und nun hatte er alles: eine gute Internetverbindung, einen stehenden Zug, und das kurz vor Beginn des Spieles. Er war wie im Himmel und alles um ihn herum wurde wässrig und trüb.

Ich überlegte dennoch, ob ich mit Karim allein gehen wollte. Als Anna und Igor sich jedoch dem Inder anschlossen, war für mich klar, dass ich auch unbedingt mitwollte.

Kurz darauf saß ich zusammen mit Anna, Igor und Karim im Taxi in Richtung Stadt. Dass Steven mit Elsa im Zug blieb, störte mich nur die ersten Minuten, bis Igor in einem Nebensatz bemerkte: »Das Internet macht die Dummen dümmer und die Klugen klüger.«

Karim schmunzelte und nickte zustimmend. Es war nicht nur ihm, sondern allen anderen im Taxi auch ohne

Zweifel klar, auf wen Igor anspielte, und irgendwie warteten nun alle in dem beengten Auto auf eine Reaktion von mir. Aber ich wollte Steven gar nicht verteidigen, so erwiderte ich flapsig: »Bildung im digitalen Zeitalter ist nicht dazu da, die richtigen Antworten zu finden, sondern die richtigen Fragen zu stellen.«

Anna lachte auf und als zu meiner Überraschung sogar der Taxifahrer lächelte, vergaß ich kurz meinen Eindruck, dass wir viel zu schnell durch den anhaltenden starken Schneefall fuhren.

Karim klärte mich während der Fahrt auf, dass wir zum Tamtschinski-Dazan fuhren und dass ein Dazan ein buddhistisches Kloster mit angeschlossener Universität war. Als wir trotz der ungestümen Fahrt heil ankamen und Richtung des Tempels liefen, begann Karim, von sich aus zu erzählen: »Der Buddhismus wurde Ende der 1930er-Jahre in der ganzen damaligen Sowjetunion und somit auch in Russland von Josef Stalin verboten. Es wurde jedoch nicht nur der Buddhismus, sondern alle Religionen verboten, da die offizielle Staatsdoktrin der Sowjetunion der Atheismus war. So wurden von Stalin Tausende russisch-orthodoxe Priester in die Gulags, also in die russischen Arbeitslager, deportiert, wo die meisten von ihnen den Tod fanden. Erst im Zuge der Perestroika und dem de facto Zerfall der UdSSR wurde 1991 die Religionsfreiheit wieder eingeführt und somit durfte sich jede Art von Religion in Russland wieder frei entfalten. Somit konnte auch der Tamtschinski-Dazan in den frühen 1990er-Jahren neu eröffnet werden und unterhält nun, wie es in den meisten Dazans üblich ist, zwei Fakultäten. Eine für buddhistische Philosophie und eine für tibetische Medizin.«

»Woher wissen Sie das alles, Herr Karim?«, fragte ich etwas verwundert nach.

»Oh Claire«, lächelte er, »ich glaube, ich hatte schon erwähnt, dass ich lange Zeit in Russland, nicht unweit von hier, in Tschita, gelebt habe. Einer meiner Freunde war Buddhist und so unternahmen wir in den Dreißiger- und Vierzigerjahren viele Ausflüge in dieses Dazan, bis es von Stalin, wie ich schon erwähnte, geschlossen wurde.«

Ein Mönch, der uns freudestrahlend mit ausgestreckten Armen entgegenlief, fiel Karim ins Wort und ergänzte: »Nachdem die russische Regierung im Zuge der Perestroika die Religionsfreiheit wieder eingeführt hatte, finanzierte der edle Herr Karim den Wiederaufbau und die Reorganisation des kompletten buddhistischen Klosters hier.«

Karim und der Mönch fielen sich in die Arme und verharrten eine Ewigkeit in ihrer Umarmung.

»Darf ich euch den Abt dieses Klosters, den ehrwürdigen Doktor Thay nu Dien, vorstellen?«

Der Abt verneigte sich mit gefalteten Händen und sagte zur Begrüßung: »Wenn ihr das Haus der Blinden betretet, nehmt eure Augen heraus.«

»Thay, wie schön, dich so lebendig und gesund zu sehen.« Karim musterte den sechzig- oder siebzigjährigen baumlangen Mönch.

»In Buddhas Hand bin ich wohlbehütet«, sagte Thay und blickte mit ausgestreckten Armen durch die Schneeflocken in den Himmel. Der Kopf des Abts war kahl rasiert und auch seine ausgestreckten Arme waren nicht bekleidet. Es schien, als hätte der Mönch nur seine rotbraune Robe um seinen Körper gewickelt, was ich in Anbetracht der Kälte nicht ganz glauben konnte. Die Farbe, so erklärte Karim mir darauffolgend, wird vorwiegend aus den Wurzeln, den Blättern und den Früchten der umliegenden Bäume und Sträucher gewonnen und drückt die Naturverbundenheit der Buddhisten mit der Erde aus. Das Rasieren der Haare auf ihrem Haupt ist ein Zeichen dafür, dass sie von nun an vollkommen für ihren Glauben und für Gott leben wollen.

Der Abt senkte sein Gesicht wieder aus dem Schneetreiben und sagte mit warmer, freundlicher Stimme: »Kommt bitte herein in unser bescheidenes Heim. Es wäre mir eine Freude, euch zum Frühstück einladen zu dürfen.«

So folgten wir dem Abt zum Hauptgebäude des Dazan.

Der Haupttempel war ein quadratisches Gebäude mit etwa dreißig Metern Seitenlänge, das mit einem massiven Mauerwerk errichtet worden war. Darauf waren übereinander zwei kleinere Holzkonstruktionen mit nach oben gewölbtem Dach gesetzt worden. Da der dreistöckige Tempel auf einem Hügel thronte, wirkte er noch mächtiger und imposanter, als er ohnehin schon war.

Wir traten durch eine rote Holztür in das Gebäude und direkt in den großen Speisesaal des Hauses. Dutzende Mönche saßen, ebenso in eine rotbraune Robe gehüllt, längst beim Essen. Während der Abt eintrat, standen alle auf, verneigten sich, um sich dann wieder ihrem Essen zu widmen.

Der Speisesaal war ebenso kahl, wie die Schädel aller anwesenden Mönche rasiert waren. Nichts in diesem Raum konnte einen ablenken, kein Bild, keine Pflanzen, keine unnötigen Dinge auf den Tischen. Bis auf die rotbraunen Gewänder und die gleichfarbigen breiten Sitzbänke war alles in Weiß gehalten. Die Mönche saßen mit überkreuzten Beinen auf den überbreiten Bänken, als würden sie auf dem Boden sitzen.

Anna und Igor waren ebenso erstaunt über die Vorgänge wie ich, da auch sie bis heute noch nie einem buddhistischen Tempel auch nur nahe gewesen waren.

Insgeheim dachte ich, dass ich gelesen hatte, dass die Mönche ihre Suppe nur mit einer Gabel essen durften. Dem war natürlich nicht so und so frühstückten wir zusammen mit den gut dreißig Mönchen. Nach dem Essen wurden wir angewiesen, vor dem Rundgang ein Teil der Gemeinschaft zu werden, und Karim erklärte uns, dass wir nun etwas für die Gemeinde tun müssten. Anna und ich halfen einem jungen, schmächtigen Mönch beim Abräumen und Waschen des Geschirrs, Igor ging mit zwei kräftig gebauten Mönchen nach draußen, um in der Scheune Holz zu hacken.

Nach getaner Arbeit fiel mir in der spartanisch eingerichteten Küche ein kleines Schild mit einer Art Hausordnung ins Auge, die ich nicht lesen konnte. Auf meine Frage hin, was diese Sätze und Zeichen zu bedeuten hatten, sagte der Mönch, der sehr gut Englisch sprach, dass es sich um das Gelübde der Buddhisten handelte, und erklärte uns: »Die buddhistischen Gelübde sind keine gezwungenen Regeln, sondern ein Ausdruck der Barmherzigkeit. Wir nennen sie die fünf Achtsamkeiten. Also die fünf Dinge, welche wir stets achten und beschützen sollten.«

Der Mönch setzte sich an den kleinen Tisch in der Küche, nahm sich einen Stift und ein Blatt Papier und begann, uns die fünf Achtsamkeiten des Buddhismus aufzuschreiben und zu erklären.

»Die erste Achtsamkeit ist das Leben. Im Bewusstsein des Leidens, das durch die Zerstörung von Leben entsteht, sind wir Buddhisten entschlossen, nicht zu töten und es nicht zuzulassen, dass andere Menschen töten.

Die zweite Achtsamkeit ist die Großzügigkeit. Im Bewusstsein des Leidens, das durch soziale Ungerechtigkeit, Diebstahl und Unterdrückung entsteht, sind wir entschlossen, unsere Zeit, Energie und materiellen Mittel mit anderen zu teilen und weder zu stehlen noch etwas zu besitzen, was anderen zusteht.

Die dritte Achtsamkeit ist die Sexualität.«

Anna kniff mich in den Schenkel, lächelte mich an, machte eine wippende Bewegung mit dem Kopf und verdrehte ihre Augen, was so viel bedeuten sollte wie, dass ich nun gut achtgeben musste.

Der Mönch ließ sich jedoch nicht irritieren und fuhr gebetsartig fort: »Im Bewusstsein des Leidens, das durch sexuelles Fehlverhalten entsteht, sind wir entschlossen, keine sexuelle Beziehung einzugehen ohne Liebe und die Bereitschaft zu einer langfristigen und verpflichtenden Bindung.«

Anna konnte sich nicht mehr zurückhalten und rückte so nah an den Mönch, dass sich ihr linkes Bein an sein rechtes schmiegte. Der Mönch nahm dies reglos hin. Auch als Anna ihre Hand auf seinen Schenkel legte, blieb er im Geiste ruhig.

›Wie nur kann diese ruhige, besonnene, zierliche Russin derart verschmitzt und tückisch sein?‹, dachte ich bei mir und hörte lächelnd weiter den Erzählungen des Mönches zu.

»Die vierte Achtsamkeit ist die Kommunikation. Im Bewusstsein des Leidens, das durch unachtsame Rede und aus der Unfähigkeit, anderen zuzuhören, entsteht, sind wir entschlossen, nichts Unwahres zu sagen und Worte zu gebrauchen, die Selbstvertrauen, Freude und Hoffnung fördern, und wir unterlassen Äußerungen, die Uneinigkeit oder Zwietracht verursachen können.«

Der Mönch machte eine kurze Pause, nahm einen Schluck Tee und hatte nun unübersehbar Mühe, seinen Körper unter Kontrolle zu halten, zumal Annas Hand seinen Oberschenkel unentwegt streichelte. Die Situation erinnerte mich an den Film *Der Name der Rose*, als der Novize von dem Bauernmädchen verführt wurde. Wahrscheinlich kannte jedoch der Mönch diesen Film nicht und etwas nervös fuhr er mit leicht gebrochener Stimme fort.

»Die fünfte Achtsamkeit ist der Konsum. Im Bewusstsein des Leidens, das durch unachtsamen Umgang mit Konsumgütern entsteht, sind wir entschlossen, weder Alkohol noch andere Rauschmittel zu uns zu nehmen noch andere Dinge zu konsumieren, die Gifte enthalten, wie bestimmte Zeitschriften, Filme oder Gespräche. Wir sind entschlossen, eine angemessene körperliche und geistige Nahrung zu uns zu nehmen.«

Der Mönch reichte mir die Niederschrift und ergänzte: »Buddha hat uns gelehrt, dass alles unbeständig ist, dass wir an nichts festhalten sollen, da es vergänglich ist. Alles kommt und geht. Was geboren wird, wird sterben. Wer dieses Naturgesetz nicht akzeptiert und an der Idee der

Beständigkeit festhält, wird darunter leiden. So lehrte Buddha uns, die eigenen Illusionen aufzulösen, da sie doch nur Leid verursachen werden. Aus diesem Grund versteht ihr nun, dass unsere fünf Gelübde immer gegen das Entstehen von Leid ausgerichtet sind. Es war eine lange Reise von Siddhartha, dem Begründer des Buddhismus, bis er erkannte, dass die Quelle allen Übels das eigene Ich ist. So meditieren wir Mönche ebendieses Ich durch unsere Meditation einfach weg.«

Anna und ich waren sprachlos, mit welcher Ruhe, Gelassenheit und tiefer Überzeugung der junge Mönch uns den Buddhismus in kurzen, prägnanten Sätzen näherbrachte.

Er blickte auf Annas Hand, welche immer noch seinen Umhang berührte, und sagte ruhig: »Anna, auch wenn du mit deinen Handlungen bewusst meine persönliche und religiöse Integrität verletzt und mich wie ein Ausstellungsstück eines Museums behandelst, so liebe ich dich dennoch als Mensch und als Freundin. Wenn dein Tun jedoch selbstgerecht gegenüber unserer Kultur ist und zum Ausdruck bringen soll, dass der Westen uns schon lange durchschaut hat und wir eigentlich so sind wie ihr, nur ein wenig rückständiger, solltest du deine Taten hinterfragen.«

Der Mönch hielt kurz inne und während er unsere verdatterten, ernsten Gesichter sah, lachte er schallend auf.

Anna packte ihre Hand blitzschnell wieder auf den Tisch, als Karim und Thay zu uns stießen. Der Abt fragte, ob er uns das Kloster zeigen dürfe, und wir folgten alle gemeinsam neugierig seiner Führung über das weitläufige Gelände. Zuerst holten wir Igor ab, der eben dabei war, sein Tagwerk zu beenden.

Von dem nordwestlichsten Punkt des Klosters hatte man einen herrlichen Blick auf einen gefrorenen und schneebedeckten See. »Wie heißt dieser See«, fragte Anna, und als der Abt »Gussinojesee« antwortete, schmunzelte sie und sagte zu mir: »Das heißt übersetzt ›See der Gänse‹. Wo sollen die Gänse im Winter nur sein?«

»Schneegänse«, prustete ich und Anna lachte lauthals mit. Wir verhielten uns wahrlich wie zwei Gänse, hatten aber inmitten aller Erhabenheit und Würde einen riesigen Spaß.

Wir blieben weitere zwei Stunden auf dem Anwesen und der Abt zeigte Karim und uns alle Gebäude, alle Tempel und alle Dugans.

»Die Dugans sind kleine Tempel der Heiligen«, klärte Thay mich auf, nachdem ich nachgefragt hatte. Vor allem der Mamba-Dugan, der zu Ehren Bhaisajyagurus, des Buddhas der Heilung, errichtet worden war, gefiel mir außerordentlich gut.

Thay war ein herausragend guter Führer und er weckte meinen inneren Wissensdrang so sehr, dass ich mir damals schwor, mehr über den Buddhismus in Erfahrung zu bringen. Auch blieben mir seine Abschiedsworte an mich, ›Im Westen wohnt das Wissen und im Osten die Weisheit‹, sehr lange in Erinnerung.

Die Verabschiedung zwischen Karim und Thay war herzzerreißend, wussten die beiden doch genau, dass es wohl ein endgültiger Abschied sein würde.

Als ich auf dem Weg zum Taxi war, drehte ich mich nochmals um und sah, wie sich das weiche Licht der Wintersonne über diesen magischen Ort legte. Ich spürte förmlich die Kraft dieser auf ewig geweihten Stätte. Und ich spürte die Ruhe, welche von dem Kloster, all den Novizen und Mönchen ausging. Nie wieder habe ich an einem anderen Platz etwas in ähnlicher Form gefühlt.

Mit der Ruhe war es schlagartig vorbei, als wir zurück in den Salonwagen kamen.

»Die Texans haben Oakland 27:14 geschlagen und sind nun im Viertelfinale um die Meisterschaft«, begrüßte Steven mich lautstark. In der rechten Hand umschloss er ein halb leeres Bierglas und mit der linken Hand hielt er Elsa an der Schulter. Die Schwedin und er waren vollkommen betrunken und ich wollte mir nicht ausmalen, wie die beiden den Sieg gefeiert hatten.

Ich versuchte, die Ruhe und Gelassenheit des Klosters zu konservieren, und zog mich in mein Schlafzimmer zurück. Igor bot sich an, mir ein Bad einzulassen, und ich nahm seinen Vorschlag zum wiederholten Male dankbar und gern an.

Der Zug stand immer noch unbewegt im Bahnhof, während ich in die Wanne stieg. Da es draußen bereits finster war, löschte ich auch im Badezimmer alle Lichter, damit ich wegen der bodentiefen Fenster nicht nackt wie in einer Auslage stand.

Die Eindrücke des Tages und Karims Erzählung stürmten durch meinen Kopf und ich war vollkommen bei mir und vollauf Hauptdarstellerin in meinem eigenen Bewusstsein. Der Tag und insbesondere der Besuch des Klosters fühlten sich für mich an, als hätte ich etwas zurückbekommen, von dem ich gar nicht gewusst hatte, dass ich es verloren oder gar jemals besessen hatte.

Diese Erkenntnis verblasste in meinen schläfrigen Augen und ich musste kurz eingeschlafen sein, denn als Anna mich zum Abendessen rief, war das Wasser längst kalt und der Zug wieder in voller Fahrt.

Obwohl ich allen Grund gehabt hätte, vermied ich es, mit Steven beim Essen zu sprechen. Zum einen wollte ich keinen Streit, zum anderen wollte ich nicht die anderen in eine peinliche Situation bringen. Es war mir einfach im Moment nicht wichtig genug und so ignorierte ich meinen Freund, während ich das Gespräch mit Karim suchte und ihn fragte: »Herr Karim, wie ging die Liebesgeschichte der Prinzessin mit dem Prinzen nun weiter?«

Karim stockte und bevor er mit seiner Erzählung begann, seufzte er leise. »Oh Claire, es war für beide der langsame Tod ihrer Herzen.«

Karim stöhnte auf. Er schloss seine Augen und ließ sich tief in den Graben fallen, den seine Erinnerung aufriss.

Kolahoi

Nach ihrer gemeinsamen Flugreise zum Taj Mahal waren David und die Prinzessin wie ausgewechselt. Der Tagesablauf des Personals drehte sich einmal um die eigene Achse. Die Nacht wurde zum Tag und der Tag zur Nacht. Das neue Paar genoss und feierte jede gemeinsame Sekunde zusammen. Jeden einzelnen Abend wurde üppig aufgekocht, einmal auf der Terrasse, dann im Salon, wenn das Wetter es zuließ, auf der Insel oder im Wald. Die Wetterlage in jenen Tagen war alles in allem jedoch sehr freundlich, nicht zuletzt auch deshalb, weil die Monsunzeit in Kaschmir nicht so ausgeprägt war wie im Rest Indiens. Die Provinz lag eingebettet zwischen den hohen Bergen des Himalayas und Chinas, welche Kaschmir von den starken Monsunwinden und riesigen Wassermassen abschirmten.

Wie stark diese Luftströme und der Monsunregen sein konnten, erfuhr David auf dem Rückflug von Agra, als er seine liebe Mühe hatte, das Flugzeug auf Kurs zu halten. Obwohl Shanti den Sturm liebte, keinen Augenblick Angst hatte und immerzu ›Ich liebe das Leben‹ zu David nach hinten rief, war dieser dennoch heilfroh, die Maschine sicher durch den Sturm manövriert zu haben.

Somit hatten, nicht zuletzt aufgrund des durchwegs guten Wetters, Karim und Leela alle Hände voll zu tun, um den Bedürfnissen und Wünschen der Herrschaften gerecht zu werden.

Höhepunkt im doppelten Sinn war es, als der Prinz veranlasste, auf dem Gletscher des Mount Kolahoi ein Dinner für die Prinzessin auszurichten. Alle glaubten an einen schlechten Scherz, als David das versammelte Personal eines Morgens in der Küche aufsuchte und mit dieser Idee überraschte. Der Prinz stand nur mit einer Shorts bekleidet zwischen Tür und Angel und sagte so fröhlich, als hätte er gerade einen Goldschatz entdeckt: »Ihr kennt doch den Mount Kolahoi, das Matterhorn Indiens. Genau dort, am Fuße dieses Berges, inmitten des riesigen Gletschers, möchte ich den nächsten Lunch für die Maharani ausrichten.« Er ließ seine Worte kurz wirken und ergänzte: »Einige von euch werden jetzt denken, dass diese Idee vollkommen verrückt ist und wir keine Chance haben werden, all die Utensilien auf den Berg zu schaffen. Und ja, ihr habt recht, diese Idee ist vollkommen verrückt und deshalb auch so genial.«

Der Prinz nahm sich eine Flasche Wein, öffnete diese und verschwand sogleich wieder in seinem Schlafgemach.

»Dieser Berg ist über fünftausend Meter hoch und sein Gletscher liegt sicherlich auch an die dreitausend Meter hoch«, sagte einer der Reiter des Maharadschas.

»Dieses Vorhaben ist vollkommen unmöglich«, herrschte Leela Karim an und schlug sich ihre Hände vors Gesicht. »Du musst es dem Prinzen ausreden, sonst wird er uns alle in Gefahr bringen.«

Karim indes wusste, dass es fast ausgeschlossen war, David umzustimmen und ihn von diesem Einfall abzubringen. Er umarmte Leela und versuchte, sie zu beschwichtigen: »Leela, warten wir ab, wie der Prinz später darüber denkt und wie er sich das ganze Unterfangen überhaupt vorstellt.«

Leela riss sich aus seiner Umarmung los, schlug Karim mit beiden Fäusten auf seine schmale Brust und schrie ihn an: »Ihr dummen Briten seid doch kein bisschen besser als die Maharadschas. Ihr seid genauso verbohrt und dekadent und glaubt, dass ihr mit dem Personal machen könnt, was immer ihr wollt.«

Leela ließ von Karim ab und rannte weinend aus der Küche.

Am Nachmittag erklärte der Prinz Leela und Karim seinen Plan, nämlich dass er mit dem Flugzeug auf dem Gletscher landen werde und so zuerst sie beide und dann Shanti auf den Berg bringen wolle.

»Die Flugzeit beträgt keine halbe Stunde und so können wir das Essen und euch zwei problemlos unter zwei Stunden auf den Berg bringen.« Der Prinz setzte sich vor Leela und hielt ihre Hände. »Schau, wenn wir um acht Uhr losfliegen, seid ihr mit allen Gegenständen um zehn auf dem Gletscher. Ich komme dann gegen elf Uhr mit der Maharani nach und wir nehmen gemeinsam den Lunch ein. Um ein Uhr nachmittags fliege ich mit der Prinzessin wieder nach Hause. Danach hole ich euch beide ab und ihr seid spätestens um vier Uhr nachmittags wieder im Jagdschloss zurück.«

Leela dachte nach und fragte mit erwartungsvollen Augen: »Ich darf im Flugzeug mitfliegen?«

Der Prinz lachte auf. »Aber ja doch, Kind, du wirst wie ein Vogel über den Wolken schweben!«

Leelas Blick erhellte sich augenblicklich und ein Strahlen überzog ihr junges Gesicht. »Welch schöne Idee, mein Herr. Das wird die Prinzessin über alle Maßen freuen und sie wird es in Ewigkeit nicht vergessen«.

Der Prinz umarmte die perplexe Leela und Karim verstand die Frauen nicht mehr.

An einem der kommenden Tage, als die Sonne bereits am Morgen weithin strahlte, brach der Prinz zusammen mit Karim zum Kolahoi auf. Die Curtiss befand sich auf der kurzen Strecke von rund achtzig Kilometern fast nur im Steigflug, da der Gletscher über zweitausend Meter höher lag als der Ausgangspunkt.

Über dem Gletscher angekommen, suchte David nach einer geeigneten Landestelle und versuchte, das Wasserflugzeug im Schnee zu landen. Im ersten Anlauf flog der Prinz die Maschine bergabwärts an, merkte aber schnell, dass er so nie zum Landen kommen würde. Er zog die Maschine nochmals hoch und versuchte, erneut zu landen, aber diesmal bergaufwärts.

David war ein unerschrockener und sehr guter Flieger und so konnte er beim ersten Mal, zwar etwas holprig, aber dennoch sicher landen. Er ließ Karim aussteigen und half ihm, den ersten Teil des Gepäcks aus dem Flugzeug auszuladen. Sofort schickte sich der Prinz an, die Maschine zu wenden und talwärts loszufliegen, um Leela und die restlichen Dinge zu holen.

Als der Prinz das zweite Mal landete, sah Karim Leela strahlen, wie er noch nie eine Frau hatte strahlen sehen. Leela war wie betäubt vom Glück, das ihr widerfuhr.

Als der Prinz wieder davonflog, um die Maharani zu holen, stand sie minutenlang regungs- und fassungslos inmitten des tief verschneiten Gletschers.

»Geh deinen Weg, Raupen können nicht fliegen«, sagte Karim in die einkehrende Stille, war aber im Nachhinein froh, dass Leela, nach wie vor gefangen in ihrem eigenen Kaleidoskop der Gefühle, seine Worte nicht vernommen hatte.

Karim betrachtete zum ersten Mal bewusst Leela, wie sie gegen die Sonne inmitten des unendlichen Gletschers dastand. Sie war eine sehr schlanke, kleine, zierliche Frau mit dunklen, kurz geschnittenen Haaren, die frech in einem Seitenscheitel nach hinten gekämmt waren. Die eng anliegenden Haare und ihr ovales Gesicht gaben ihr einen warmen und fröhlichen Ausdruck. Als Karims Blick kurz auf ihren Brüsten verweilte, drehte er sich schlagartig von ihr weg, als hätte jemand ihn bei etwas Verbotenem ertappt. Er wollte es sich nicht eingestehen, aber tief im Inneren war er in Leela verliebt und er war eifersüchtig auf den Prinzen, da sie augenscheinlich David vergötterte, seit sie mit ihm mitfliegen durfte.

Shanti wusste von alledem nichts und dachte an einen schönen Ausflug vor dem Mittagessen, aber als der Prinz über den Gletscher kreiste und sie Leela und Karim im Schnee entdeckte, klein wie zwei Eichhörnchen, die von zu Hause ausgerissen waren, wusste sie, was sie erwarten würde.

Nach der Landung umarmte sie gegen jede Sitte oder Etikette Karim und Leela gleichzeitig und bedankte sich bei den beiden, dass sie alles so wundervoll arrangiert hatten.

Die Spitze des Berges erhob sich vom Gletscher aus derart imposant und markant, dass der Prinz den Vergleich mit dem Schweizer Matterhorn, das er ohne Zweifel kannte, sehr gut verstehen konnte. Nach der Vorspeise sagte er stolz: »Die Erstbesteigung des Kolahoi war natürlich von einem Briten. Sir Ernest Neve stellte 1912 eine Expedition zusammen und als dieser nach gesunder Rückkehr von meinem Vater empfangen wurde, lernte ich ihn kennen und schätzen. Durch ihn und seine Erzählungen wurde ich damals ein Stück neugieriger und wagemutiger, glaube ich.« Der Prinz erhob sein Glas gegen den Berg und sagte: »Auf Sir Ernest Neve, seinen Mut und sein Geschick.«

Kurz nach Mittag, als die Sonne die Spitze des Kolahoi vollkommen erleuchtete und der Himmel übersät war mit kleinen roten Federwölkchen, nahm David Shanti in seine Arme, drückte sie an sich und sagte für alle laut und deutlich hörbar: »Ich liebe dich, Prinzessin, und ich will, dass du meine Frau wirst!«

Alles Leben wirkte in der Sekunde wie erstarrt und auch die Flasche Champagner, die Leela vor Schreck aus der Hand fiel, gab keinen Laut von sich, als sie im Schnee versank.

Langsam drehte die Maharani ihren Kopf zu David, hielt inne, nahm sein Gesicht in ihre kleinen, zarten Hände, sagte in die friedliche Stille hinein: »Das will ich auch, mein Prinz«, und küsste ihn leidenschaftlich auf den Mund. Leela weinte und klammerte sich an Karim.

Der Sommer ging zu Ende und die Harmonie auf dem Jagdschloss hätte nicht schöner sein können. Tag um Tag verliebten sich die Maharani und der Prinz mehr ineinander. Nachdem alle körperlichen Begierden gestillt waren, kam keine Leere, sondern eine Neugier auf den anderen Menschen auf und so unternahmen sie täglich stundenlange Spaziergänge am See. Den beiden war bewusst, dass sie ohne die Zustimmung von Hari Singh nie ein richtiges Paar werden konnten, und so schmiedeten sie einen Plan, wie sie ihn davon überzeugen konnten.

Just an dem Tag, an dem David zusammen mit Karim nach Srinagar fahren wollte, um bei dem Maharadscha vorzusprechen, fuhr einer seiner Rolls-Royce in der Einfahrt hoch. Es regnete leicht und so konnte man durch die beschlagenen Seitenfenster nicht sofort erkennen, wer im Fond der Nobelkarosse saß. Alle dachten, dass Hari Singh persönlich kommen würde, aber er mied seit dem Jagdunfall das Schloss. Er hatte immer noch Angst, dass das Königshaus ihn dafür verantwortlich machen könnte und ihn zur Rechenschaft ziehen würde. So kam der Maharadscha nicht persönlich, sondern sandte seinen Sekretär.

Herr Kamal war für einen Inder sehr hochgewachsen und hatte ein vorzügliches Auftreten, nie ohne Anzug, nie ohne Aktenkoffer. Er bat den Prinzen in das Büro des Maharadschas und Leela um einen Tee. Als der Prinz sich mit Karim im geräumigen, mit Jagdtrophäen übersäten Büro einfand, sagte Herr Kamal: »Eure Hoheit, wir haben ein Telegramm aus dem Buckingham-Palast erhalten.«

Der Sekretär reichte dem Prinzen die Nachricht und als dieser sie gelesen hatte, fuhr Herr Kamal fort: »Wir haben längst alles arrangiert, Eure Hoheit. Ihr Schiff läuft in vier Tagen in Bombay aus und unsere Fahrer werden Sie in zwei Stunden abholen und Sie schnellstmöglich und auf direktem Weg zum Schiff nach Bombay bringen.«

Karim war völlig irritiert und fragte: »Was ist denn passiert, mein Herr, dass wir so überstürzt abreisen müssen?«

David stand auf, nahm sich seine Tasse Tee, gab ein Stück Zucker hinein und lief zur Terrassentür. Dabei ließ er unentwegt seinen Löffel in der Tasse kreisen, ohne körperhaft zu realisieren, was er eigentlich tat. Der Prinz hatte das Gefühl, der Raum um ihn würde schrumpfen, und so flüchtete er nach draußen und blickte verloren auf den See. Der einsetzende Monsunregen war so stark, dass der Himmel und der See eins wurden. David schien dies nicht zu stören und er blieb unbeeindruckt im Starkregen stehen. Er suchte vergeblich nach einem Ausweg, nach einer Tür zwischen dem See und dem Horizont.

Shanti kam ins Zimmer und fragte: »Karim, was ist passiert?«

Der Diener zuckte mit den Achseln.

Die Maharani warf Herrn Kamal einen bösen Blick zu und stürmte hinaus zu David in den Regen. Als Shanti bei ihm auf der Veranda war, spürte sie sofort seine Unruhe in der Seele und fragte: »Was ist denn los, mein Herz?«

Als sie seine Tränen sah, hielt sie ihn fest.

Karim hielt seinen Zeigefinger an die Lippen und deutete Herrn Kamal unmissverständlich, Hari Singh nicht von dem Vorfall zu berichten. Der persönliche Sekretär des Maharadschas war Zeuge so vieler Dinge, die er offiziell nicht gesehen hatte, und nickte Karim bestätigend zu.

»Meine Mutter hat mir telegrafiert, dass es meinem Vater sehr schlecht geht und ich dringend nach London zurückkommen muss. Du musst wissen, dass mein Vater ein sehr starker Raucher ist und in einigen Monaten, im Mai nächsten Jahres, sein silbernes Thronjubiläum ansteht. Meine Mutter ist wohl mit der Situation vollkommen überfordert und will mich an ihrer Seite haben, da jeder Tag ungewiss scheint.«

David umarmte Shanti und beide verharrten wortlos weinend und eng umschlungen, wie dereinst im Regen auf dem Taj Mahal.

»Ich bin schwanger«, flüsterte Shanti weinend in Davids Ohr.

David ließ Shanti los, blickte ihr erstaunt und erschrocken zugleich in ihre Augen und umarmte sie so innig, wie man einen Menschen nur innig umarmen konnte. Er lachte auf, hielt Shanti hoch und drehte sie wie im Tanz über die Terrasse.

Karim und der Sekretär blickten sich fragend an und die beiden verstanden nun gar nichts mehr.

Der Prinz kniete sich auf den nassen Terrassenboden, nahm Shantis Hand und sagte: »Komm mit mir nach London und werde meine Frau, Shanti.«

Die Maharani lächelte und strahlte über ihr ganzes Gesicht. »David, ich kann ohne Klarheit von hier nicht fliehen. Geh du nach England und kümmere dich um deinen Vater, ich werde hier alles mit Hari und den Behörden regeln und komme dann nach.«

David dachte nach und seine Gedanken pendelten wie der Klöppel einer Glocke von der einen Seite zu anderen. »Was, wenn der Maharadscha dich nicht ziehen lässt? Ich glaube, dass ich mehr Einfluss auf ihn haben würde.«

Die Prinzessin zog David wieder hoch und sagte: »Meine Familie hat genug Einfluss auf ihn, er wird mich gegen etwas Gold und Schmuck gern ziehen lassen. Ich war ihm die letzten Jahre immer ein Dorn im Auge und so wird er erleichtert sein, mich loszuwerden und dazu noch Geld zu erhalten.«

Herr Kamal, gefolgt von Karim, trat in die Verandatür und sagte: »Eure Hoheit, die Fahrer werden in den nächsten Stunden eintreffen und Ihnen zu Diensten sein. Alle notwendigen Papiere und Dokumente erhalten Sie dann in Bombay. Wenn ich mich nun empfehlen darf.«

Er machte eine Verbeugung und ging über die Innentreppe zu seinem Wagen.

Karim wusste zwar immer noch nicht, was passiert war, aber es war ihm klar, dass er packen musste, da es wieder nach Großbritannien zurückging. Er eilte in die Küche, um Leela darüber zu informieren. Leela hatte von dem Tumult bislang noch nichts mitbekommen und lauschte nun den Ausführungen von Karim.

»Ihr reist heute ab?«, fragte sie und blickte erstarrt mit aufgerissenen Augen in Karims Gesicht.

Karim umarmte sie und beide weinten eng umschlungen.

Auf der Rückreise, und vor allem auf dem Schiff, konnte Karim den verwandelten David nicht wiedererkennen. Zwar nahm er täglich an der Gesellschaft teil, aber diesmal mehr aus Interesse und weniger aus Instinkt. Indien und im speziellen Shanti hatten das Naturell des Prinzen verändert und verbessert. Er war ein durchaus angenehmer Mensch geworden und nun zu jedem Zeitpunkt eloquent, galant und freundlich. Es war offensichtlich, dass David diese Frau so sehr liebte, dass er die Liebe zu sich selbst darüber vergaß.

Als Karim und David in einer der lauen Nächte auf Deck durch den Suezkanal fuhren und der Mond sich in den Wellen am Ufer spiegelte, sagte der Prinz trunken vor Liebe: »Karim, je mehr ich erlebte, umso mehr verlor ich den Glauben an die Romantik, und als ich glaubte, dass es schon zu spät dafür ist, entdeckte ich diese am Ende der Welt.«

Karim hielt sich an der Reling fest und vernahm regungslos die Äußerungen des verliebten Prinzen, denn er spürte nur allzu gut, dass sein Herz von derselben Substanz geflutet war.

Burjatien

»Waren Sie in Leela verliebt, Herr Karim?«, wollte ich neugierig wissen.

Karim war verwundert, dass ich ihn so plötzlich unterbrach, und er blickte nachdenklich durch das Fenster auf die vorbeischwebende Landschaft. Wir waren innerhalb der russischen Teilrepublik Burjatien und kurz vor deren Hauptstadt Ulan-Ude, wir fuhren quer durch einen tief verschneiten Nadelwald. Die Äste der Tannen wurden durch die Schneemassen tief nach unten und teilweise bis zum Boden gedrückt. Der Anblick des verschneiten Waldes und die entstehende Stimmung war ein vollendeter Wintertraum inmitten eines wahren Wintermärchens.

Karim blieb lange still, schenkte sich Tee nach und nippte langsam und bedächtig daran. Obwohl mir sein Schweigen bereits alles sagte, setzte er zum Sprechen an: »Fräulein Claire, wie sagt man so schön? Die Liebe und der Tod kommen beide ungeladen in das Leben.« Er machte eine Pause und fuhr fort: »Zu diesem Zeitpunkt, fernab von meinem Leben in London und fernab von allen Konventionen und dem Kastendenken? Ja, zu diesem Zeitpunkt war ich sehr verliebt in Leela und ich hätte alles für sie und ihre Liebe getan. Dennoch ist meine Liebe zu ihr nur Sehnsucht geblieben.«

Ich musste auflachen. »Herr Karim, Sie sind doch frei von jeder Konvention. Sie wurden in eine multireligiöse Familie geboren und haben am eigenen Leib erfahren, dass es einen anderen Weg geben konnte. Ich kann nicht glauben, dass das indische Kastendenken für Sie je relevant war.«

Karims Gesichtszüge verhärteten sich und seine Stimmung wurde schlagartig ernst und kühl. »Claire, die Geschichte meiner Familie wurde durch unzählige Kriege geprägt. Meine Angehörigen wohnten immer auf dem Land, genau dort, wo der Krieg nur Not und Hunger brachte. Sie lebten an ebendiesen Orten, wo jeder für ein Stück Brot und eine helfende Hand alles getan hätte und dafür auch alles tat. In schweren Zeiten, die es in unserer Region zur Genüge gab, wenn es um das pure Überleben ging, fragte man nicht nach Zivilisation, nicht nach Religion. Man konnte sich den Luxus, nach Verhaltensnormen und Tradition zu leben, nicht leisten und es war nicht Gegenstand des täglichen Kampfes. Wenn die eigenen Männer an der Front fürs Vaterland starben, liebte man einfach den Partner, der vorhanden war. Jene Zeiten waren zu dunkel, um zu träumen, und es war kein Platz für die eigenen Wünsche. Man sicherte sein eigenes Überleben, da man wusste, dass man verlassen, ohne Partner nicht überleben würde. So wurden die Menschen durch den Krieg, die Sehnsucht nach Vertrauen und Sicherheit oft ins falsche Bett getrieben, aber nur der warme Halt in der Nacht konnte die seinerzeit vorherrschende

Kälte und die Ängste vertreiben. Claire, meine Vorfahren konnten keine eigene Wahl treffen, da das Leben längst für sie gewählt hatte. Ich persönlich wurde inmitten des Ersten Weltkriegs geboren. Weit über eine Million Inder mussten damals als Teil der britisch-indischen Armee außerhalb Indiens in Übersee kämpfen und Tausende von ihnen kamen nie aus diesem Krieg nach Indien zurück. Sie starben für ein Vaterland, das nicht ihres war.«

In Karims Augen brannten ungeweinte Tränen und ich spürte, wie nahe ihm die Reflexionen über Leela gingen und welche Unruhe sie in ihm auslösten.

»Ich sah zwar unsere Zukunft, aber unsere Möglichkeiten nicht. Wir waren im sicheren Hafen behütet und wir spielten jeden Tag in einem wundervollen Gehege, das jedoch nicht das unsere war. Es wäre mir in jenen Tagen unmöglich gewesen, diese unsere Liebe aus diesem Garten Eden fortzutragen, ohne dass diese junge Pflanze Schaden daran genommen hätte. Sosehr ich auch nachdachte, sosehr ich mich bemühte, hatte ich keine Vorstellung und keine Idee, wie ich unsere Liebe hätte festhalten können.«

»Was hat Leela dazu gesagt?«, fragte ich Karim nun.

»Ich habe ihr meine Liebe nie offenbart, mein Mädchen. Dieses unausgesprochene Geheimnis fault seit Jahrzehnten tief in meiner Seele. Glaub mir, Claire, die Erfahrung war mir der schmerzhafteste Lehrer von allen. Wäre mir damals keine andere Aufgabe zuteilgeworden, hätte ich nicht weiter um mein Leben gekämpft. Denn wieso sollte ich noch leben, wenn mein Herz doch schon gestorben war.«

Als Karim die Augen schloss, begab ich mich an die Bar und bat Igor um ein Glas Wasser.

»Karim hat sehr viel erlebt«, bemerkte er knapp und zeigte über mich hinweg nach draußen auf ein Rudel Wölfe, die auf einem kleinen Hügel im Schnee kauernd den Zug beobachteten. Ich hatte noch nie Wölfe in der freien Natur gesehen und war sehr beeindruckt davon und irgendwie magisch angezogen von dem Anblick.

Buckingham-Palast

»David, du heiratest diese Inderin unter keinen Umständen!«, schrie Queen Mary und ihre Worte dröhnten durch den ganzen Palast. »Diese Frau ist mit dem Maharadscha Hari Singh verheiratet! Wie kommt er nur auf den absurden Gedanken, eine verheiratete Inderin zu ehelichen? Edward Albert Christian George Andrew Patrick David Prince of Wales, ist dir eigentlich bewusst, dass du König des Empires wirst? In deinem Leben geht es nicht um Liebe und Romantik, in deinem Leben geht es um Vernunft und Politik!«

Die Königin rannte quer durch das Zimmer und versuchte vergeblich, eines der riesenhaften Fenster zu öffnen. Als Karim ihr zu Hilfe eilte, drehte sie sich wieder zu David und schrie ihn erneut an: »Wie kann er nur so unendlich ignorant und dumm sein? Wie kann er es überhaupt wagen, mir eine solch absurde Bitte zu unterbreiten? Schlummert nicht ein Funken Vernunft in seinem Körper? Will er wahrhaftig aus seinem Stammbaum fallen?«

Die Queen atmete tief durch, lief auf den Prinzen zu und sagte ruhig und fast schon besänftigend: »Sei nicht dumm, David. Du kannst doch nicht jetzt schon alles verlieren, bevor du es richtig besessen hast! Mein Sohn, deinem Vater, dem König, geht es sehr schlecht und es wäre ein Wunder, wenn er das nächste Jahr überleben würde. Wir haben Unruhen in Indien, in Europa wurde Hitler vom deutschen Reichspräsidenten zum Reichskanzler ernannt. Dein Volk braucht dich, Edward! Du musst deine persönlichen Gefühle, deine eigenen Empfindungen und deine privaten Anliegen den Notwendigkeiten deines Volkes unterordnen. Das Empire braucht einen starken König in diesen schweren Zeiten.«

Der Prinz wirkte verzweifelt und seufzte. »Mutter, dieses ewige Leben in der Offensive wird mir doch irgendwann zu viel. Wie soll ich denn all diese Probleme lösen? Ich bin doch kein Zauberer!«

Die Königin lief rot an und brüllte: »David, wenn das Volk an dich glaubt, bist du Zauberer genug.«

Karim öffnete das Fenster und Queen Mary, völlig außer Atem, drehte ihr Gesicht in die kühle Abendluft des Zwielichts. David saß ruhig und nachdenklich in einem der stattlichen Ledersessel und wirkte wie ein kleines, unschlüssiges Kind, das von seiner Mutter zurechtgewiesen wurde.

»Vergiss diese Frau, mein Sohn, und sorge dich um deinen Vater, solange er noch unter uns weilt. Wir werden die richtige Frau für dich finden, David. Und glaub mir, das Leben ist nur interessant, wenn es groß und breit ist. Eng dich nicht ein, wirf nicht weg, was du vom Schicksal erhalten wirst. Ist der Schaden, den du angerichtet hast, nicht schon umfassend genug? Wir leben hier doch nicht jenseits der Taubheit. Wir haben dir immer und immer wieder gesagt, dass im Palast die Wände Ohren und die

Fenster Augen haben und du dir dessen stets bewusst sein musst.«

Der Prinz erhob sich, ging zu der kleinen Anrichte, packte einige Eiswürfel in ein Glas und schenkte reichlich Scotch ein. Er nahm einen mächtigen Schluck, ging einen Schritt auf die Königin zu und sagte: »Die Prinzessin ist schwanger von mir, Mutter.«

Die Stimme des Prinzen erstarb in der Ferne und die Queen gefror. Sie war wehrlos gegen den neuerlichen Aufruhr in ihrem Inneren und suchte taumelnd Halt. Karim führte sie zu einem der Sessel und sie ließ sich schwerfällig nieder.

Die Königin erhob ihren Kopf und fragte in einem Flüsterton: »David, willst du dich ins Elend stürzen und in das schwarze Meer der Düsternis abtauchen mit dieser Frau als dein Mühlstein? Ich wusste, dass irgendwann jemand seine Fingerabdrücke in dein Leben pressen würde, aber doch nicht so unverhofft. Was tust du uns nur an, mein Sohn? Was nur gibt dir das Recht, uns alle ins Verderben zu lenken?«

Die Stille übernahm den Raum und alle Anwesenden fielen tief in ihr eigenes Denken.

Die Königin erhob sich wieder aus ihrem Sessel, ging zu dem Fenster und polterte in sinnloser Wut mit ihren kleinen Fäusten auf den Fensterrahmen ein. »Karim«, erhob sie das Wort an ihn, »er soll mir Admiral Hugh Sinclair und Vernon Kell heute Abend nach dem Dinner zur Unterredung in den Zigarren-Salon bestellen. So beeile er sich.«

David schreckte hoch und schrie zum ersten Mal in Karims Gegenwart seine Mutter an: »Was soll das, Mutter? Gib acht, dass du nicht auch deine Engel tötest, wenn du deine Dämonen beseitigst.«

Sein Hass gegen seine Verpflichtungen gegen das Königshaus, gegen seine Stellung, verwandelte sich schlagartig in Schmerz und er verließ hastig die Lounge, während er wuchtig die schwere Holztür aufstieß.

»Wohin gehst du, David?«, schrie die Königin ihm nach und ihr Blick wollte ihn festhalten.

»Dorthin, wo die Tränen wohnen, Mutter«, hallten des Prinzen Worte durch die Gänge.

Karim indes suchte den Sekretär des Königs auf. Er unterrichtete ihn von dem Wunsch der Königin, woraufhin dieser sofort zu telefonieren begann. Karim wusste, dass es nichts Gutes zu bedeuten hatte, wenn die Königin den Leiter des Inlandsgeheimdienstes und des Auslandsgeheimdienstes spät am Abend gleichzeitig zur Unterredung bat. Mit den Leitern des MI5 und des MI6 war nicht zu spaßen. Diese Personen wurden bezahlt, weil sie Probleme lösten, und nicht, weil sie lange darüber diskutierten.

Karim stand bis tief in die Nacht vor dem Salon und wartete gehorsam in seiner Pagenuniform darauf, dass sich die Türen wieder öffneten und eine der Herrschaften etwas von ihm benötigte. Doch bis auf das eine oder andere laute Wort war durch die geschlossenen Türen nichts zu vernehmen.

Die Unterredung zwischen der Königin, dem Prinzen und den beiden Geheimdienstleitern dauerte mehrere

Stunden und Karim kämpfte, an die Wand gelehnt im Foyer, immer wieder mit seinem Schlaf. So erschrak er fürchterlich, als David die Tür öffnete und davoneilte. Ihm folgte ein sehr beschäftigter Sinclair und kurz darauf, fast schon wie ein vertrautes Paar, die Königin mit Herrn Kell. Alle, bis auf David, wirkten sehr gelöst, ja fast schon fröhlich.

Als Karim sich anschickte, den Salon aufzuräumen, stand auf einmal David wieder in der Lounge. Er weinte hemmungslos und er war trunken vor Schmerz.

»Karim, hilf mir«, stotterte er und schaffte es gerade mal, sich auf das weitläufige Sofa fallen zu lassen.

»Was ist passiert, mein Prinz?«, fragte Karim aufgeregt.

»Sie haben beschlossen, das Problem aktiv zu lösen, Karim. Sie werden heute Abend noch Agenten nach Indien schicken.«

Der Diener wusste, was dies zu bedeuten hatte, und er war sichtlich schockiert. ›Wenn es zum Wohle des Empires ist, muss man nicht sterben, um in die Hölle zu kommen‹, dachte er, konnte aber nichts Gutes darin erkennen.

Der junge Inder bereute es zum ersten Mal zutiefst, ein Teil dieses Systems zu sein, und er schämte sich vor sich selbst. Am liebsten hätte er auf der Stelle den Palast verlassen.

»Du musst nach Indien fahren und sie retten. Bring sie zu mir nach London. Hier kann ich sie beschützen. Auf britischem Boden können sie ihr in meiner Nähe nichts anhaben.«

Karim dachte nach, wie er das anstellen sollte. Er konnte doch nie und nimmer schneller als der Geheimdienst nach

Indien reisen. Das Militär hatte ganz andere Möglichkeiten. Und die Agenten wären schon lange auf hoher See, wenn er sich noch um ein Ticket anstellen würde. Abgesehen davon, dass der Geheimdienst sicherlich auch einige Agenten direkt in Indien stationiert hatte.

»Mein Herr, ich helfe Ihnen sehr gern, aber gegen den Geheimdienst bin ich chancenlos. Ich kann nicht vor ihnen bei Shanti sein. Das ist unmöglich!«

Die beiden dachten nach, während die Zeit verrann und Rom brannte.

»Karim, du kannst über den Landweg nach Asien reisen. Was wäre, wenn du mit der königlichen Garnitur nach Wladiwostok reist, sie dort abholst und sicher nach London bringst?«

Karim sinnierte über diesen Plan und sagte: »Ich kann mit einem britischen Waggon nicht auf den russischen Gleisen fahren, Herr.«

»Doch«, erwiderte David und hob seinen Zeigefinger. »Der Salonwagen von meiner Urgroßmutter Königin Victoria, den sie meinem Vater vor Jahren geschenkt hat, verfügt über ein Wechselfahrwerk.«

Der Diener war immer wieder erstaunt über das Detailwissen seines Herrn. »Dann könnte der Plan durchaus funktionieren«, sagte er, um zu erläutern: »Wenn Sie der Maharani heute noch ein Telegramm schicken, dass sie unverzüglich nach Kalkutta aufbrechen muss und sie von dort mit dem Schiff direkt oder über Hongkong nach Wladiwostok reisen soll, könnten wir uns in einem Monat dort treffen.«

Beide gingen den Plan nochmals Schritt für Schritt durch und einigten sich darauf.

David und Karim waren sich einig darüber, dass sie die Prinzessin aus den Klauen des Geheimdienstes retten wollten. Vor allem der Prinz war erzürnt über die Entscheidung seiner Mutter und wollte nun alles daransetzen, seinen Fehler, sie zu informieren, wiedergutzumachen. Aber auch Karim dachte keine Sekunde darüber nach, dass er ohne die Anweisung der Königin den Palast eigentlich nicht verlassen durfte.

Der Prinz unterschrieb Karim eine Vollmacht und einen Passagierschein. Gezeichnet mit dem königlichen Siegel, konnte er von einer problemlosen Reise ausgehen. David gab Karim alles Geld, das er in der Kürze auftreiben konnte, und machte sich daran, Shanti zu telegrafieren.

Es war kurz nach Mitternacht, als der Diener vom Buckingham-Palast aufbrach, um die erste Fähre, welche Dover in Richtung Calais verließ, nicht zu verpassen.

Als Karim am frühen Vormittag in der königlichen Remise ankam und seine Vollmacht präsentierte, verwandelte sich das bedächtige Leben der Bediensteten in vorübergehenden Stress. Karim nutzte die Gelegenheit, um etwas zu entspannen, während der Waggon auf Hochglanz geputzt und poliert wurde. Danach ging er die Reiseroute und den Reiseplan Schritt für Schritt mit dem Vorsteher durch. Da königliche Züge immer Vorrang hatten, war es ein Leichtes für den versierten Eisenbahner, Karim auf schnellstem Wege bis Wladiwostok zu schleusen. Die Reise würde ihn über Deutschland durch Polen bis Moskau führen und dann mit der Transsibirischen Eisenbahn bis nach Wladiwostok. Mit den unabwendbaren Aufenthalten in den größeren Städten rechnete der Bedienstete mit vier, maximal fünf Wochen Reisezeit, was nach Karims Erwägungen ausreichen sollte. Seine Mission, die Prinzessin zu retten, würde somit nicht an dem Takt der europäischen Eisenbahnlinien scheitern.

»Ich zeige Ihnen noch die Feinheiten und Raffinessen dieses ganz speziellen Waggons. Sie werden ja sehr viel Zeit kontaktlos darin verbringen, so ist es ratsam, wenn Sie die komplette Ausstattung und Cleverness des Salonwagens kennen«, sagte der Wagenmeister und führte Karim durch den Waggon. Er zeigte ihm, wie er die Heizung in Betrieb nehmen konnte, und erklärte ihm, dass er stets den Wasserstand kontrollieren musste und diesen stets in allen Stationen nachfüllen konnte, sofern dies nötig war. Er unterbreitete ihm alle Funktionen der unzähligen Schalter und Hebel in der Küche und er instruierte ihn über den Gebrauch und die Betätigung der Signalhupe für Notfälle. Auch den Notausstieg nach oben und den nach unten in den beiden Badezimmern sowie deren Entriegelung und Verriegelung wurden dem Diener bis ins kleinste Detail gezeigt. Am Ende der kurzen Ausbildung war Karim tief beeindruckt von der Klugheit, die in diesem Waggon verbaut worden war, und er freute sich nun sehr auf seine königliche Reise quer durch Europa und Asien.

Selenga

Wir fuhren gerade über die monumentale Brücke, die über den Selenga-Fluss führte. Sie bestand aus sechs circa vierzig Meter langen Stahlsegmenten, die über gemauerte Stützen gelegt worden waren, die im Fluss standen. Die zweihundert Meter lange Brücke war eine wahre Meisterleistung ihrer Zeit. Dennoch war die Konstruktion inzwischen derart in die Jahre gekommen, dass der Zug nur im Schritttempo über die Brücke fahren konnte.

Anna blickte aus dem Fenster auf den Fluss und fragte: »Igor, kommst du nicht aus der Gegend des Selenga-Flusses?«

Igor, dem die Frage sichtlich peinlich war, nickte nur knapp, um sich dann an Karim zu wenden: »Wo sind nun diese Notausstiege, Herr Karim?«

Karim blickte zu Igor hoch, der unruhig auf einem der Barhocker saß, und sagte: »Wenn du mich in eines der Badezimmer schiebst, zeige ich dir die Geheimtüren.«

Igor sprang sofort auf und schob Karim zuerst in sein eigenes Badezimmer, gefolgt von allen anderen neugierigen Passagieren.

Im Bad zeigte Karim auf die hölzerne Kassettendecke, wies Igor an, sich einen Hocker zu nehmen, und sagte: »Igor, schraube den Knauf der Verbindung zwischen den hinteren vier Kassetten ab und drücke fest auf den darunter liegenden Knopf.«

Ein klickendes Geräusch ertönte und eine der vorderen Kassetten sprang nach unten auf.

»Jetzt hänge den Teil der Kassette ab und du kannst die Luke im Dach öffnen.«

Igor drehte an dem großen Rad in der Waggondecke und als er diese öffnete, drangen eiskalte Luft und ein pfeifendes Geräusch in das Badezimmer. Igor stellte sich auf die Zehenspitzen und konnte seinen Kopf durch die kleine Öffnung des fahrenden Zuges strecken. Er blickte über die Ebene und erblickte, als er nach hinten schaute, am Horizont die kolossale eiserne Brücke.

Steven blickte nach Igor auch durch die Luke im Dach des Salonwagens. »Mann, ist der Wind eisig und kalt«, schrie er auf und schloss die Öffnung wieder.

Alle folgten nun Karim und Igor in mein Badezimmer.

»Igor«, sagte Karim, »drücke fest auf die Marmorplatte unter dem Waschtisch und schiebe diese nach vorn weg.«

Igor tat, wie ihm geheißen wurde, und tatsächlich, auch hier war ein Notausstieg mit der gleichen Verriegelung wie in der Decke zuvor.

Igor schloss den Geheimgang wieder und alle fanden sich an der Bar ein.

»Kommst du tatsächlich aus dieser Gegend, Igor?«, fragte ich nun nochmals nach und alle Augen waren auf ihn gerichtet.

Der Kellner zögerte und seine Blicke schweiften durch den gesamten Salon. »Ja«, begann er dann doch, zu erzählen, »ich bin am Ufer des Baikalsees direkt im

Mündungsdelta des Selenga in Selenginsk aufgewachsen. Meine ganze Kindheit und Jugend wurden geprägt von diesem Gewässer, da meine Familie und alle meine Vorfahren seit jeher vom Fischfang lebten. In den Sommermonaten, als ich noch ein Kind war, verbrachte ich zusammen mit meinem Vater mehr Zeit auf dem Wasser als auf dem Land. Unser Leben war einfach, aber ehrlich und schön. Wir lebten ein gutes, wenn auch nicht üppiges Leben.«

Igor machte eine Pause, sah apathisch auf den Boden und es fiel ihm sichtlich schwer, weiterzuerzählen.

»Lange vor meiner Geburt, so in den Sechzigerjahren des letzten Jahrhunderts, wurde eine Papier- und Zellstofffabrik direkt am See gebaut. Es gab damals viele Befürchtungen der Fischer, dass die Abwässer der Fabrik den Fischfang nachhaltig verschlechtern und sehr negativ beeinflussen könnten. Doch jedes Argument wurde von den Behörden mit Dutzenden Gegenargumenten kleingehalten. Es gab viele Versprechungen und wiederkehrende Zusicherungen der Stadtverwaltung, dass die Abwässer sauber und geklärt in den See geleitet werden und es weder eine Gefahr für das Wasser selbst noch für den Fischfang geben würde. Gegen alle Zusicherungen und Beteuerungen wurde die Wasserqualität von Jahr zu Jahr zunehmend schlechter und man konnte vom Fischfang ohne weitere Einnahmequellen den Lebensunterhalt einer Familie nicht mehr bestreiten. Die Dienststellen erteilten dem Zellstoffwerk neue Auflagen, doch die getroffenen Gegenmaßnahmen der Fabrik kamen zu spät und der See starb zusehends. Der Fischfang kam fast gänzlich zum

Erliegen und viele aus meiner Familie arbeiteten notgedrungen in dem Zellstoffwerk. Ich selbst habe dort meine Ausbildung zum Elektriker gemacht. Kurz nach der Jahrtausendwende eskalierte dann die Situation. Die Wasserqualität war derart schlecht geworden, dass der ganze See regelrecht erstickte. Da die gesamte Region zum Notstandsgebiet erklärt wurde, bekamen wir Geld von der Weltbank, um das Werk zu modernisieren und die dringend notwendigen Kläranlagen zu errichten. Leider wurde nur ein Bruchteil des Geldes gegenständlich dafür verwendet. Zu viel Geld verschwand in den Taschen der Funktionäre und Politiker. 2012 kam es, wie es kommen musste. Das Zellstoffwerk wurde geschlossen und wir alle verloren von einem Tag auf den anderen unsere Arbeit.«

Man konnte die Wut klar und deutlich in Igors Gesicht erkennen. Der Kellner atmete tief durch und ergänzte: »Mein Vater und ich versuchten, nach unserer Entlassung im Fischfang wieder Fuß zu fassen, aber die Ausbeute blieb viel zu klein, um die komplette Familie zu versorgen. So war ich gezwungen, mir eine andere Arbeit zu suchen, und ich heuerte bei der Eisenbahn an. Und hier bin ich nun! Gestrandet wie ein Fisch.«

Anna umarmte Igor und sagte: »Nun ja, so schlimm ist die Eisenbahn nun auch wieder nicht. Und eigentlich hattest du ja ein Riesenglück, sonst hättest du mich nie kennengelernt, mein stattlicher Fischer.«

Igor schmunzelte und streichelte Anna über ihren Rücken.

Wladiwostok

Nachdem die Garnitur auf Hochglanz poliert worden war und Karim alles bedienen konnte, wurde der Waggon von einem Triebwagen in den Hauptbahnhof von Calais gezogen und an den ersten Linienzug nach Brüssel angekoppelt. Von dort ging es weiter nach Berlin, Warschau, Minsk und schlussendlich nach Moskau. Das Wechseln auf russische Spurbreite war, wie David vorausgesagt hatte, kein Problem. Und so war Karim in weniger als einer Woche bereits in Moskau angekommen.

Karims Russisch war damals noch sehr rudimentär und so brauchte er über eine Woche, bis er den zuständigen Beamten überzeugen konnte, dass er der rechtmäßige Nutzer dieses königlichen Waggons war und dass dieser nicht die alte Garnitur des Zaren war.

Ohne die Intervention des ehemaligen Botschafters Esmond Ovey wäre Karim wohl heute noch in Moskau. Karim lernte ihn in der britischen Botschaft in Moskau kennen und da beide auf dem Eton-College studiert hatten und Karim alle nötigen Papiere vorweisen konnte, fuhr er mit ihm zum Moskauer Fernbahnhof, um die Angelegenheit zu regeln. Ovey war erst seit einem Jahr in Pension, und nicht zuletzt, weil er der erste britische Botschafter in der Sowjetunion war und somit allseits bekannt, war es für ihn ein Leichtes, den Bahnhofsvorsteher von der Gültigkeit der Dokumente zu überzeugen. Ein Visum für Wladiwostok zu erhalten, das Karim die Einreise in dieses Sperrgebiet erlaubte, war auch für Ovey ein fast unmögliches Begehr und nur durch seine sehr guten Beziehungen und eine große Flasche besten schottischen Single Malt Whiskeys war ihm dieses Unterfangen geglückt.

Weitere vier Tage später war Karims Waggon Teil eines zweihundert Meter langen Ungetüms, das sich quer durch Russland schob. Vor den Zug war ein Monstrum von einer schwarzen Dampflokomotive gespannt. Sie schnaubte und zischte wie ein großer Drache, der nur durch das Gewicht und die Größe der Waggons gebändigt werden konnte.

Es war bereits Anfang Dezember 1934 und Karim hatte mehr als zwei Wochen in Moskau verloren. Da sein Zug jedoch auf der erst vor einigen Jahren neu eröffneten Strecke südlich um den Baikalsee fuhr, konnte er wieder einige Tage gewinnen.

Er wusste zu diesem Zeitpunkt nichts über Shanti und ihren Aufenthaltsort.

Der Winter und Schneefall setzte der Transsib in den Dreißigerjahren noch mehr zu und so waren Aufenthalte und Verspätungen mehr die Regel als die Ausnahme. Karim kam somit erst am Silvesterabend in Wladiwostok an und klärte zuallererst die Rückreisemöglichkeiten nach Moskau. Der zuständige Offizier Stanislaw Petrow war sehr kooperativ, nachdem Karim ihm den Passierschein seines Moskauer Kollegen gezeigt hatte, auf dem ausdrücklich die problemlose Rückfahrt nach Moskau angeordnet war. Petrow behandelte den Salonwagen wie einen staatseigenen und versprach Karim mit Handschlag, dass er jederzeit mit dem von ihm und seinen Leuten gut gewarteten Waggon wieder aufbrechen konnte.

Offizier Petrow war sehr überrascht, aber umso mehr erfreut über Karims Besuch, war Wladiwostok damals doch noch eine Sperrzone des Militärs. So durften eigentlich keine Ausländer in diese Region reisen.

Petrow bat Karim in sein Büro und offerierte ihm einen Tee. Auf Karims Frage hin, ob er ihm etwas über die Stadt erzählen konnte, sagte Stanislaw: »Meine Familie kommt ursprünglich aus Irkutsk, ist aber 1903 hierher ausgewandert. In Wladiwostok wurden viele Arbeitskräfte gebraucht und so entschieden mein Vater und meine Mutter sich, umzusiedeln, obwohl meine Mutter bereits schwanger mit mir war.« Er machte eine wölbende Bewegung über seinen Bauch und lachte laut auf. »Ich wurde dann kurz vor dem Krieg gegen die Japaner geboren. In den ersten Jahren haben meine Eltern oft bereut, hierhergekommen zu sein. Doch Wladiwostok war damals schon eine pulsierende Metropole am Japanischen Meer. Russland hatte die Region 1860 von China erworben, da das Zarenreich einen gut zugänglichen Pazifikhafen brauchte. So wurde Wladiwostok zuallererst als militärischer Marinestützpunkt geplant. Aus dem Russischen übersetzt heißt Wladiwostok ›Beherrsche den Osten‹, was die Intention der Zaren damals schon klar erkennen ließ.«

Petrow holte eine kleine Flasche Wodka aus einer der Schubladen und schenkte Karim und sich ein großes Glas davon ein. Karim wollte ihn nicht verärgern und trank den

Wodka in einem Zug aus. Das Zeug brannte wie Feuer in seiner Kehle und er war nahe dran, alles wieder aus seinem Magen zu husten. Nur ein Schluck Tee konnte seinen Rachen wieder etwas besänftigen.

Stanislaw trank noch ein Glas und fuhr fort: »Man spürte auch an jeder Ecke, dass dieser Teil noch nicht mal einhundert Jahre zu Russland gehört. Viele Völker haben sich hier vermischt, doch alle leben hier im Osten in Frieden zusammen, und das, obwohl Ausländern der Aufenthalt in dieser Region eigentlich strikt verboten ist.«

Er trank und lachte wieder.

»Mein Vater hat bei dem Bau der großen Eisenbahn mitgearbeitet«, sagte Karim stolz. »Damals waren Tausende Inder und andere Nationen beim Bau beteiligt.«

Petrow fühlte sich nun herausgefordert und schenkte sich und Karim wieder ein Glas Wodka ein. »Gut, Karim, lass uns über die Transsib sprechen.«

Es war offensichtlich, dass er alles über diese Bahnstrecke wusste.

»Die Transsibirische Eisenbahn fuhr 1903 erstmalig von Moskau bis nach Wladiwostok, jedoch war die gesamte Strecke damals noch einspurig und so konnten nur wenige Züge täglich in den Osten gelangen. Als Zar Alexander III. den Bau der Bahn veranlasste, waren nebst dem Transport von Gütern aus Sibirien auch die militärischen Angelegenheiten sein umfangreiches Ansinnen. Der Konflikt um die Mandschurei und Korea schwelte seit Jahren zwischen Japan und Russland. Mit dem Bau einer Eisenbahnlinie bis nach Wladiwostok wäre das Zarenreich in der Lage, Truppen sehr schnell in den Osten zu verlegen.

Der Krieg zwischen Russland und Japan brach dann, wie schon gesagt, 1904 aus und wurde bereits 1905 von Japan gewonnen. Der Sieg Japans über Russland änderte das Selbstbewusstsein der asiatischen Völker nachhaltig, war es doch der erste militärische Sieg der neueren Geschichte eines asiatischen Landes über eine europäische Großmacht. Diese neue Selbstachtung wurde über den ganzen asiatischen Kontinent bis hin zum Osmanischen Reich weitergetragen. Mitverantwortlich für die Niederlage Russlands war auch der unzureichende Nachschub russischer Truppen durch die Transsib. So wurde mit dem zweigleisigen Ausbau bereits 1908 begonnen. Das war wahrscheinlich der Teil, bei dem dein Vater mitgearbeitet hat. Dieses Unterfangen verschlang damals unvorstellbare fünfhundert Millionen russische Rubel.«

Karim war beeindruckt und etwas beschwipst. »Stanislaw«, sagte er, »ich werde hier im Bahnhof in meinem Waggon schlafen, dann bin ich immer in deiner Nähe und ich muss mir keine andere Unterkunft suchen und könnte problemlos mit dir zusammen auf meinen Gast warten.«

Beim Aussprechen des Wortes Gast wusste er bereits, dass dies keine schlaue Idee war.

»Gast? Du erwartest hier einen Gast?«, fragte Petrow nun sichtlich neugierig nach.

Karim zauderte kurz mit sich und sagte: »Ja, eine befreundete Inderin sollte in den nächsten Tagen hier eintreffen, sofern sie nicht längst in Wladiwostok ist. Dann würden wir zusammen zurück nach Moskau reisen.«

»Und dann weiter nach London in England«, ergänzte Stanislaw den Satz.

Der Bahnvorsteher schenkte wieder beide Gläser randvoll und Karim wusste nun, dass er mittrinken musste, ob er nun wollte oder nicht. Er hatte noch nie Alkohol getrunken und er war sich der Wirkung zu jenem Zeitpunkt auch nicht bewusst.

»Auf die Liebe«, prostete Petrow Karim zu und sagte: »Karim, deine Angelegenheiten sind die deinen und ich will nicht so genau wissen, welche Geheimnisse du in dir trägst. So helfe ich dir, diese Person zu finden und dass ihr heil zurück nach Moskau kommt. Außerdem ist es kein Problem, dass du hier in deinem Waggon schläfst. Ich werde deinen Holzvorrat auffüllen lassen und so wird es dir an nichts fehlen und du wirst auch nicht erfrieren.«

Stanislaw trank und lachte wieder auf. Karim war sichtlich dankbar und umarmte den verblüfften Offizier.

Als der Inder mitten in der Nacht mit starken Kopfschmerzen erwachte, war sein erster Weg ins Badezimmer, in dem er sich kopfüber in der Toilette übergab. Als er Stunden danach zum zweiten Mal mit einem Kater im Salonwagen erwachte, war sein zweiter Weg zu Petrow. Die beiden gingen zum Hafen und erkundigten sich über die Neuankünfte der letzten Wochen. Petrow war groß gewachsen und sah gefährlich aus in seiner Offiziersuniform. Der Hafenmeister gab den beiden ohne Nachfragen alle Passagierlisten der eingetroffenen Schiffe der letzten vier Wochen. Karim und Petrow schauten akribisch alle Listen durch, konnten aber weder Shanti noch einen anderen indischen Namen darauf entdecken.

»Sie ist noch nicht angekommen, Karim«, sagte Petrow und fragte weiter: »Weißt du, mit welchem Schiff und woher sie eigentlich kommen sollte?«

Karim hatte sich diese Frage auch schon gestellt und antwortete: »Den Namen des Schiffes kenne ich nicht, aber wahrscheinlich kommt es aus Manila oder Hongkong.«

Der Hafenmeister, der die Unterhaltung mithörte, schüttelte den Kopf. »Alle Schiffe von dort haben Tage, wenn nicht Wochen Verspätung. Es wüten taifunartige Sturmfluten im Ostchinesischen Meer und die Schiffe liegen allesamt im Hafen. Ich kann mir nicht vorstellen, dass in dieser Woche noch ein Schiff aus dieser Region unseren Hafen erreichen wird.«

Insgeheim war Karim froh über diese Information, hieß es doch, dass er nicht zu spät war, sondern zu früh.

Ulan-Ude

Als wir in Ulan-Ude einfuhren, waren Anna und Igor gerade mit dem Kochen fertig und baten uns gemeinsam zu Tisch. Anna war eine ausgezeichnete Köchin und da wir bald am Ende der transmongolischen Strecke ankommen und demnächst auf die Gleise der Transsibirischen Eisenbahn wechseln würden, gab es zur Feier des Tages gebratenes Filetsteak. Es schmeckte köstlich und als wir nach einem Espresso mit einem Glas Wein alle zusammensaßen, fragte ich: »Elsa, was hat dich aus Schweden hierher verschlagen?«

Elsa nahm einen kleinen Schluck aus ihrem Weinglas, sah kurz zu Karim hinüber, und nachdem dieser genickt hatte, erklärte sie: »Claire, das ist sehr einfach. Ich habe Karim vor zwei Jahren in Las Vegas kennengelernt. Wir leben beide in dieser Stadt. Ich persönlich seit fünf Jahren und Karim meines Wissens schon über dreißig Jahre lang. Ich war in einem Studentenaustauschprogramm und studierte zwei Semester Filmwissenschaften in Los Angeles. Dort lernte ich auch meinen zukünftigen Mann Andrew kennen und er überredete mich, mit dem Studium aufzuhören und mich als Model und Schauspielerin zu betätigen. Ich war Anfang zwanzig und vollkommen gefangen in der Vorstellung, eine berühmte Schauspielerin oder ein berühmtes Model zu werden. Ich ließ mich treiben in diesem Fluss der Hoffnung und tat alles, was Andrew mir vorgeschlagen hatte, ohne selbstständig über den Sinn oder Nutzen meines Handelns nachzudenken. Ich war einfach verliebt in meinen Mann und war ihm von Anbeginn an ausgeliefert und hörig. So ließ ich meine Brüste von Größe B auf Doppel D operieren, magerte bis auf die Knochen ab und bewarb mich, wo immer es eine Möglichkeit dazu gab, bei jedem noch so unwichtigen Filmvorsprechen oder Model-Casting. Ich heiratete Andrew und er wurde mein Ehemann und Manager. Meine Verträge waren meist kleine, nicht allzu lukrative Jobs, aber wir verdienten genügend Geld, um ein normales Leben zu führen. Andrew jedoch war dies zu wenig, viel zu wenig. Er träumte immer von dem ganz großen Vertrag und vom ganz großen Geld. Beides jedoch stellte sich nicht ein und er wurde täglich ungeduldiger. Eines Tages, ich kann mich so gut erinnern, als wäre es gestern gewesen, kam er zu mir.«

Elsa machte eine Pause und nahm einen weiteren Schluck Wein aus ihrem Glas.

»Er sagte, Babe, ich habe einen riesigen Fisch für uns an Land gezogen. Viertausend Dollar für einen Tagesdreh. Viertausend Dollar, sagte ich damals zu ihm und war extrem stolz, einen so tollen Mann und Manager zu haben. Wir fuhren tags darauf zu dem Drehort und das Set entpuppte sich als Pornoproduktion. Ich war derart schockiert, dass ich erst am nächsten Morgen richtig realisierte und verstand, was sich abgespielt hatte. All meine Empfindungen waren an jenem Abend vollkommen gelähmt gewesen und ich war derart enttäuscht von Andrew, dass ich alles mit mir machen ließ. Und glaubt mir, das war physisch alles, was man sich nur an Perversem vorstellen kann. Ich wollte tagelang nicht mehr in den Spiegel sehen und als Andrew mir einige Wochen danach einen ähnlichen Job anbot, packte ich meine Sachen und nahm den Greyhoundbus nach Las Vegas. Dort stand ich nun, ohne Geld und ohne Ausbildung, aber wenigstens mit Titten so voluminös wie zwei riesige Kürbisse.«

Elsa lachte auf und strich sich über ihren Vorbau.

»Ich zog vorübergehend in eines der vielen Motels und bewarb mich bei einer Hostessenagentur, die mich gleich fix unter Vertrag nahm. Das Leben ist nun sehr einfach geworden. Etwas Tanzen, gelegentlich etwas mehr, aber immer nur so viel, wie ich wollte. Nicht, dass ich immens stolz auf mein Leben bin und auf alles, was ich erreicht habe oder eben nicht erreicht habe. Aber ich kann mich eigenständig versorgen, kann mir alles leisten, was mir Spaß macht, und bin im Grunde ein unabhängiger freier Mensch. Ein riesiger Vorteil meiner Tätigkeit ist es, dass man gelegentlich sehr interessante Menschen kennenlernt, wie zum Beispiel Karim.«

Elsa blickte zu ihm, nahm seine Hand und streichelte sie sanft.

»Karim buchte mich vor circa zwei Jahren das erste Mal und wir redeten und diskutierten die ganze Nacht lang. Ihr habt sicher schon bemerkt, welch guter Erzähler er ist. Wir wurden Freunde und als er mich vor einigen Tagen fragte, ob ich mit ihm und seinem toten Freund diese Reise wagen wolle, willigte ich sofort und gern ein.«

»Wer ist eigentlich der Tote in diesem Sarg?«, polterte Steven in das Gespräch.

»Steven«, fuhr ich ihn an, er aber blockte mich ab und erwiderte: »Was? Wir fahren schon ewig mit dieser Leiche herum und Karim erzählt uns alles über sein Leben, aber kein einziges Wort über diesen Leichnam!«

»Steven, sei still«, ermahnte ich ihn erneut und er wandte sich genervt ab.

»Da hilft nur noch Wodka«, sagte Igor in die Stille und stellte sechs Gläser auf den Tisch, die er sogleich randvoll mit Wodka füllte.

Igor erhob sein Glas und sagte: »In unserem irdischen Dasein soll es keine bitteren Momente, gesalzene Witze und kein saures Lächeln mehr geben. Trinken wir auf die Süße des Lebens!«

Alle bis auf Karim tranken auf ex und Igor schenkte unentwegt allen nach. Der Abend nahm nun richtig Fahrt auf und endete wie schon Tage zuvor im absoluten Chaos. Nur gut, dass ich mich nicht mehr genau daran erinnern konnte.

Als ich am nächsten Tag, zum Glück in meinem eigenen Bett und mit einem Nachthemd bekleidet, erwachte, war der Zug bereits wieder in Bewegung. Ich schlurfte im Bademantel nach draußen in den Salon. Anna massierte Karim den Nacken und ich gesellte mich mit einer großen Tasse heißen Kaffee zu ihnen.

»Tut mir leid wegen gestern«, stammelte ich, aber Karims heller und offener Blick verriet mir sogleich, dass er nicht böse war.

»Herr Karim, hatten Sie die ganze Zeit in Wladiwostok keine Ahnung, wo Shanti sich befand?«

»Nein, Fräulein Claire, ich wusste weder, wo sie war, noch, ob es ihr gut ging. Erst Tage danach, als wir uns nach der sehr langen Zeit wiedertrafen, erfuhr ich die Einzelheiten ihrer Flucht und der beschwerlichen Reise.«

Kalkutta

Shanti meditierte beim Yoga auf der Terrasse, als ein Diener die ersehnte Nachricht aus dem Königshaus brachte. Sie hatte sich in den letzten Wochen mit Hari Singh und ihrer Familie überraschend schnell geeinigt und so konnte sie frei und ohne Angst, dass die Leute des Maharadschas sie verfolgen würden, ihre Reise nach Großbritannien planen. Die Behörde hatte ihr neue Papiere ausgestellt und somit war sie zum ersten Mal in ihrem Leben in der Lage, das Land ohne männliche Begleitung zu verlassen.

Zuerst hatte der Maharadscha eine beträchtliche Summe Geld von Shantis Vater gefordert. Als seine Ex-Frau ihm jedoch die Vorteile, die für ihn aus der Vereinbarung erwachsen würden, nochmals vor Augen geführt hatte, hatte er ohne Ansprüche eingewilligt. Im Gegenteil, er hatte zugesichert, dass Shanti eine beträchtliche Summe aus seinem Safe nehmen durfte. Er erkannte, dass er sein Jagdschloss wieder ganz allein für sich hatte, dass seine Kinder nie in Kontakt mit Shanti kommen würden, und, das Wichtigste, er musste nie mehr lügen und das machte ihn in der Tat frei.

Die Prinzessin öffnete das Telegramm.

›Große Gefahr – MI6 – Verlasse Kaschmir sofort – Karim erwartet dich in Wladiwostok.‹

Als Shanti die kurzen Worte las und obwohl der Inhalt nicht ihrer Erwartung entsprach, wusste sie dennoch sofort, was zu tun war und dass es nun keine Zeit mehr zum Überlegen gab. MI6 war der eindeutige Hinweis für den britischen Geheimdienst. Es kam also so, wie sie es zwar nicht erhofft hatte, aber sich in ihren schlimmsten Albträumen vorgestellt hatte. Das Königshaus würde nach ihrem und dem Leben ihres Kindes trachten.

Da sie nicht bereit war, zu sterben, wies sie Leela an, zu packen, und machte sich selbst auf den Weg in Haris Büro. Shanti konnte, wie es in der Abmachung vereinbart worden war, aus dem Safe einen Teil des Vermögens entnehmen. Da der Maharadscha ihr nach wie vor traute und auch trauen konnte, kannte sie die Kombination des Tresors und entnahm exakt nur den abgesprochenen Teil des Geldes.

Als Shanti sich von Leela verabschieden wollte, weigerte diese sich, die Prinzessin ohne Begleitung fahren zu lassen. Sie flehte die Maharani an, sie mit nach London zu nehmen. Ohne die Prinzessin wollte sie nicht im Schloss bleiben.

Die Prinzessin überlegte lange, umarmte Leela und sagte: »Ich bin dir so dankbar, dass du mich begleiten willst, und ich freue mich, dich von nun an als meine Freundin und nicht als meine Zofe bei mir zu haben.«

Shanti und Leela fuhren umgehend nach Srinagar und die Prinzessin bat Hari um einen letzten Gefallen. Der Maharadscha sollte ihnen einen Chauffeur nach Bombay zur Verfügung stellen. Nach langem Hin und Her willigte er ein, nachdem Shanti ihm versichert hatte, nie wieder mit einer Bitte zu ihm zu kommen und vollkommen aus seinem Leben zu verschwinden.

Auf dem Weg sprach die Prinzessin mit den beiden Fahrern und ersuchte diese, nicht nach Bombay zu fahren, sondern nach Kalkutta. Dies entsprach in etwa der gleichen Strecke und niemandem würde der Unterschied auffallen. Sie machte den beiden klar, dass ihr Leben davon abhänge, weil der britische Geheimdienst hinter ihr her sei. Die Fahrer lachten laut, da diese Geschichte vollkommen wirr und unglaubwürdig klang, ließen sich jedoch mit einer finanziellen Zuwendung sehr schnell ihr Stillschweigen und das neue Ziel Kalkutta abkaufen.

Leela, die Prinzessin und ihr ungeborenes Kind waren nun auf der Flucht. Da der Monsun schon einige Wochen vorbei war, kamen sie sehr gut voran und erreichten bereits nach einer Woche ihr Reiseziel. Die Fahrer verabschiedeten sich und Shanti war von einer Sekunde auf die andere schutzlos zusammen mit Leela auf sich allein gestellt. Sie quartierten sich im chinesischen Viertel unter falschen Namen in eine kleine Pension ein und versuchten, ein Schiff zu finden, das sie schnellstmöglich nach Wladiwostok bringen sollte. Bald wurde ihnen aber klar, dass dieses Unterfangen aussichtslos war, denn zu ihrem Erstaunen wurde ihnen mitgeteilt, dass Wladiwostok militärisches Sperrgebiet und somit für Ausländer und sogar Russen außerhalb des Militärs gesperrt sei. Infolgedessen gab es keine Schiffe, welche die Route nach Wladiwostok direkt aus Kalkutta ansteuerten. Die einzige Möglichkeit sei es, sich auf ein Boot in Richtung Hongkong einzuschiffen und dort auf eine Überfahrtmöglichkeit in Richtung Russland zu hoffen.

Die beiden verbrachten noch über drei Wochen in Kalkutta, bevor sie ein passendes Schiff nach Hongkong ausfindig machen konnten. Sie kauften sich die Kabinenkarten und warteten in ihrer Pension auf den Tag der Abreise. Kalkutta war zwar seit über zwanzig Jahren nicht mehr die Hauptstadt von Britisch-Indien, dennoch wimmelte es hier von Offizieren des Indian Civil Service und die beiden hatten Angst, sich tagsüber außerhalb von Chinatown zu zeigen.

Dennoch wollte und musste Shanti ein für sie sehr wichtiges Ritual noch in Kalkutta erledigen. Der Name der Stadt bedeutet ›Tor der Göttin Kali‹ und war der hinduistischen Göttin Kali gewidmet. ›Die Schwarze‹, wie Kali auch genannt wurde, war die Göttin der Zerstörung und des Todes, aber auch die Göttin der Erneuerung. Wenn eine Frau in einen neuen Lebensabschnitt tauchte, so war es ein religiöses Brauchtum und zugleich ein wichtiger Ritus, sich die langen Haare abzuschneiden und in einem Tempel einer Gottheit, am besten der Göttin Kali, zu opfern. Für die Mönche im Tempel wiederum war dies eine sehr gute Einnahmequelle, da diese Haare zu einem sehr guten Geld verkauft werden konnten.

So kam es, dass Shanti und Leela sich in der vorletzten Nacht ihres Aufenthaltes durch Kalkutta bis zum Kalighat-Tempel schlichen, um die zum Zopf geflochtenen Haare der Prinzessin zu opfern. Im Tempel angekommen, knieten und beteten sie lange vor der schwarzen Göttin, bevor Leela mit einem schnellen Schnitt den Zopf von Shantis Haaren trennte und sie diesen der Göttin zu Füßen legten. Für die Prinzessin war dies ein immens wichtiges Symbol, um mit ihrem derzeitigen Leben ein für alle Mal abzuschließen, und ihre Seele war somit gereinigt und bereit für ihr neues Leben.

Obwohl die zwei sehr vorsichtig agierten, war es dennoch ein sehr gefährliches Unterfangen, da sie in und um den Tempel von Dutzenden, wenn nicht Hunderten Menschen wahrgenommen wurden.

Sie verbrachten den letzten Tag wieder ohne Zwischenfälle in ihrem Zimmer, jedoch wurden sie in jener Nacht von einem Tumult und lautstarkem Lärm im Eingangsbereich der Pension geweckt. Der Vermieter, ein alter Chinese, schrie Unverständliches in seiner Muttersprache und als Leela über die Treppe in den Vorraum spähte, erkannte sie einen vornehm dunkel gekleideten Mann mit einem weiteren Chinesen, der, wie es schien, als Dolmetscher agierte. Shanti kam zu Leela und sie konnten zwar die Chinesen nicht verstehen, aber umso besser den Briten.

»Frag ihn nochmals, ob eine indische Frau bei ihm in der Pension wohnt«, schrie dieser auf den Dolmetscher ein.

»Ohne Geld wird er Ihnen nichts sagen, mein Herr«, bemerkte der kleine Chinese und schrie dennoch auf den Vermieter ein.

Dem Mann im dunklen Anzug wurde es zu bunt. Er nahm den Revolver aus seinem Halfter und presste diesen auf die Stirn des Vermieters. »Rede«, schrie er ihn auf Englisch an und der Vermieter sank auf die Knie und flehte Undeutliches auf Chinesisch.

Die beiden Frauen hatten genug gehört und genug gesehen. Sie schlossen ihre Zimmertür und schoben den Schrank so leise, wie es ihnen möglich war, davor. Sie schnappten sich ihre Koffer und verschwanden aus dem Fenster auf das kleine Vordach auf der Rückseite des Gebäudes. Sie warfen die Koffer vom ersten Stock auf die Straße, ließen sich an dem Dach nach unten baumeln und auf den Boden fallen. Als sie Richtung Hafen rannten, hörten sie einen Schuss. Von nun an wussten sie mit hundertprozentiger Sicherheit, dass es sich bei dem Mann um einen britischen Geheimdienstagenten des MI6 handelte, der ihnen jetzt auf den Fersen war. Der Schuss tönte zwar weit entfernt und wurde eher in einem Haus als auf der Straße abgefeuert, aber sie liefen zur Sicherheit auf verschlungenen Pfaden in Richtung Hafen weiter. Sie nahmen immerzu kleine Gassen, einmal links einmal rechts, um den möglichen Verfolger abzuschütteln. Sie kannten dieses finstere Viertel nach den drei Wochen Aufenthalt sehr gut und so gelang es ihnen problemlos, unerkannt am Hafen anzukommen. Sie liefen weiter zum Liegeplatz ihres Schiffes und flehten den diensthabenden Offizier an, sie bereits jetzt an Bord gehen zu lassen. Dieser war zu müde, um lange zu diskutieren, und sagte kurzerhand Nein. Mit weiterem Bitten und Betteln und einer zusätzlichen finanziellen Zuwendung erkauften sie dennoch den sofortigen Zugang in ihre Kabine und auch sein Stillschweigen.

›In diesem Land läuft nichts ohne ein angemessenes Bakschisch‹, dachte Shanti, war aber insgeheim sehr froh, in ihrer Kabine und in Sicherheit zu sein.

Während der nächsten Stunden spähten Shanti und Leela immerzu angsterfüllt auf den Pier, aber es war nichts mehr von dem Geheimagenten oder von seinem chinesischen Dolmetscher zu sehen.

»Er muss den Vermieter umgebracht haben, sonst wäre der Agent schon längst hier«, sagte Shanti zu Leela und ergänzte: »Sie werden nun dabei sein, alle Hotels und Pensionen zu durchsuchen. Wenn wir etwas Glück haben, kommen wir von hier fort, ohne entdeckt zu werden.«

Die Frauen umklammerten sich und teilten ihre Angst.

Als das Schiff am darauffolgenden Tag gegen Mittag ablegte, waren nach wie vor keine ungewöhnlichen Gestalten an der Mole auszumachen. Sie wussten, dass sie fürs Erste in Sicherheit waren, und fielen in einen tiefen Schlaf.

Die Seereise nach Hongkong dauerte wegen hoher See und vielen Zwischenstopps über einen Monat und sie erreichten Hongkong erst Ende Dezember 1934. Als sie in den Hafen einfuhren, beobachteten sie die Anlegestelle peinlich genau und erkannten zwei Männer, die in das Schema des Geheimdienstes passen konnten. Shanti und Leela waren auf diese Situation vorbereitet und sie hatten schon lange davor mit dem Kapitän darüber gesprochen. Er hatte ihnen angeboten, sie mit der Kleidung des Personals auszustatten und dass sie gemeinsam mit den Matrosen das Schiff verlassen durften.

Dieser Plan, der natürlich, wie alles in Asien, viel Geld gekostet hatte, wurde nun umgesetzt, und so konnten Shanti und Leela ohne Schwierigkeiten Hongkong erreichen. Auch war es ein Leichtes, in dieser riesigen, pulsierenden Stadt unerkannt unterzutauchen.

Sie verbrachten die erste Zeit bis ins neue Jahr ausschließlich in ihrer Unterkunft, um keine unnötige Aufmerksamkeit auf sich zu ziehen. Zumal eine im sechsten Monat schwangere wunderschöne Inderin auch in Hongkong das Interesse auf sich gezogen hätte. An die benötigten Fahrkarten zu kommen, war somit äußerst schwierig, wenn nicht schier unmöglich. Sie konnten das Gebäude nicht verlassen und sie wollten eine Überfahrt in eine Stadt buchen, die für Ausländer und sogar für Russen außerhalb des Militärs gesperrt war. Zudem war Hongkong zu jener Zeit noch ein Teil der britischen Krone und somit hatte der Geheimdienst im Grunde ein Heimspiel.

Ohne die Mithilfe eines Freundes des Vermieters namens Chang wäre das Unterfangen gescheitert und Shanti hätte Hongkong nie per Schiff in Richtung Wladiwostok verlassen. Die Prinzessin hatte keine Wahl, sie musste alles auf eine Karte setzen und sich auf die Vertrauenswürdigkeit von Chang verlassen. Zu dritt besprachen sie an mehreren Abenden auf ihrem Zimmer die weitere Vorgehensweise und die notwendigen Maßnahmen, um ihr unmögliches Vorhaben umzusetzen. Shanti zahlte Chang ihr letztes Geld. Wenn er sie betrog, Schlechtes mit ihr im Sinn hatte und es nicht klappen würde, würde es keine zweite Chance für sie geben.

Chang informierte Shanti jeden Tag aufs Neue und immer kam er mit der Nachricht, dass er kein passendes Schiff gefunden hätte.

Anfang Februar, die Frauen hatten die Hoffnung schon fast aufgegeben, hatte Chang einen Frachter aufgetrieben, der Stoff und Kleider nach Wladiwostok bringen sollte. Da es sich um ein chinesisches Schiff handelte und dieses ausschließlich chinesische Waren transportierte, konnte der

Frachter den Hafen ohne umfassende Formalitäten verlassen.

»Das Schiff verlässt Hongkong morgen gegen fünf Uhr. Ich werde euch heute Nacht um vier Uhr abholen. Kleidet euch nach Möglichkeit dunkel, am besten wäre ein schwarzer Umhang«, informierte Chang die aufmerksam lauschenden Frauen.

Shanti und Leela waren sichtlich nervös. Die beiden hatten ihre Unterkunft seit der Ankunft in Hongkong noch nie verlassen und jetzt ging auf einmal alles Schlag auf Schlag.

Chang und sein Bruder waren pünktlich und sie fuhren mit zwei Rikschas direkt vor den Hintereingang der kleinen Pension. Als Shanti und Leela eingestiegen waren, liefen die beiden um die Wette und sie erreichten den Frachthafen kurz vor fünf. Chang gab dem Kapitän einen großen Teil des Geldes und dieser zeigte Shanti und Leela den Weg zu ihrer Kajüte. Die Frauen bedankten sich bei Chang und eilten auf das Schiff. Sie wussten beide, dass Chang ein wahrer Freund war und dass ihrer Flucht von Indien nach Russland ohne ihn nie eine Erfolgsaussicht gehabt hätte. Nur dank seiner Hilfe war es möglich, Hongkong lebend zu verlassen.

Erst einige Stunden später, als das Festland schon weit außer ihrer Sichtweite war, glaubten die zwei, dass sie den schwierigsten Teil der Reise bereits geschafft hatten, und entspannten sich zusehends.

Der Frachter war voll beladen und kam somit nur sehr langsam voran. Shanti störte dies beileibe nicht. Sie genoss die Ruhe und war vollauf mit ihrem Babybauch beschäftigt.

Leela verbrachte viel Zeit mit Schlafen, und wenn das Wetter es zuließ, lief sie ziellos auf dem Oberdeck herum, da ihr unten in der Kajüte permanent schlecht wurde.

Gut zwei Wochen nach ihrer überstürzten Abreise erreichten sie das ersehnte Wladiwostok. Da die Frauen nicht einfach von Bord marschieren konnten, baten sie den Kapitän, nach Karim zu suchen. Sie wussten zwar nicht, wo er zu finden war, aber es konnte nicht schwierig sein, einen gut gekleideten Inder inmitten der russischen Militaristen zu finden.

Der Kapitän schickte einen seiner jungen Matrosen in die Stadt, dieser sollte sich nach einem Inder namens Karim umsehen. Der chinesische Kommandant hatte von Chang so viel Geld erhalten, dass er den Frauen diesen letzten Wunsch nur zu gern erfüllte.

Transbaikalien

Steven stürmte aus unserem Zimmer in den Salon. Karim stoppte abrupt seine Erzählung und sah so wie ich zu Steven, der mit hochrotem Kopf und Schweißperlen auf der Stirn zu schreien begann: »Claire, wir fahren in die falsche Richtung! Wir fahren Richtung Osten und nicht nach Westen.«

Steven war vollkommen aufgelöst und ich dachte an einen Spaß oder zumindest daran, dass er sich irrte. Aber er tat es nicht. Wir fuhren tatsächlich Richtung Osten.

Ich blickte aus dem Fenster und sah den Zug nicht mehr. Wir waren allein! Vor uns die Lokomotive, hinter uns nur ein Frachtwaggon. Wir fuhren tatsächlich autonom auf der Strecke, und das in die falsche Richtung.

»Herr Karim …« Ich drehte mich verwundert und fragend zu ihm um, da nur er dafür verantwortlich sein konnte. »Herr Karim, was soll das?«

Der Inder verzog keine Miene und war ruhig und gefasst. Es gab auch nichts zu verstecken. Nur er konnte verantwortlich sein. Nur er hatte die Macht und das Geld, den Zug zu dirigieren.

»Warum fahren wir wieder zurück, Herr Karim?«, fragte ich ihn noch einmal direkt.

»Wir fahren nicht zurück, Fräulein Claire. Es stimmt aber, dass wir nicht mehr Richtung Moskau fahren. Wir haben in Ulan-Ude von der Transmongolischen Eisenbahn auf die Route der Transsibirischen Eisenbahn gewechselt. So fahren wir zwar wieder nach Osten, aber nicht Richtung Peking, sondern in Richtung Wladiwostok. Aber keine Angst, wir fahren nur einen halben Tag in Richtung Osten, bis nach Tschita.«

Tschita? Ich dachte nach, konnte mich aber nicht erinnern, je von diesem Ort gehört oder gelesen zu haben. Wobei … Hatte Karim nicht erwähnt, dass er lange Zeit in Tschita gewohnt hatte? Ich wusste es nicht mehr genau.

»Nach Tschita?«, fragte ich nach. »Und wann wollten Sie uns das mitteilen, Herr Karim?«

Ich war derart wütend und sauer, dass ich zu brüllen begann. »Lassen Sie uns auf der Stelle aussteigen«, schrie ich aus Leibeskräften und nichts konnte mich in diesem Moment beruhigen.

Steven hielt mich fest und wollte mich besänftigen. »Wir verlassen im nächsten Bahnhof den Waggon und fahren dann wieder zurück Richtung Moskau, Schatz.«

Ich wollte in diesem Moment nichts mehr hören, nichts mehr sehen, rannte in mein Badezimmer und sperrte mich ein. ›Wieso in aller Welt entführt Karim uns?‹, dachte ich angestrengt nach, konnte mir aber keine vernünftige Antwort darauf geben. Ich konnte es nicht glauben und ich verstand es einfach nicht.

Ich ließ meinen Kopf hängen, weinte und war ungelogen ratlos, als es an der Tür klopfte.

»Darf ich mit dir sprechen, Claire?«, fragte Karim leise durch die geschlossene Tür.

Ich öffnete und der Inder setzte sich zu mir auf den Rand der Badewanne.

»Claire, ich habe dich nicht entführt, doch wenn ich das getan hätte, dann nicht heute, sondern bereits vor zwei Monaten.«

Ich verstand nun nichts mehr. Was meinte er und wieso glaubte er, dass er mich schon vor zwei Monaten entführt hätte?

Ich blickte mit meinen verweinten Augen hoch, schaute ihn an und sagte, böse und neugierig zugleich: »Sprechen Sie nicht in Rätseln mit mir, ich kann Ihnen nicht folgen, Herr Karim.«

»Oh, liebes Fräulein Claire, ich weiß nicht, wie ich dir die ganze Situation verständlich machen soll. Kannst du mir nicht einfach noch diesen einen halben Tag vertrauen? Ich schwöre dir, dass wir nur bis Tschita fahren und du danach frei entscheiden kannst, ob du mit mir nach Moskau fahren oder in den regulären Zug umsteigen willst. Natürlich, ohne dass du dies finanziell eigenständig tragen musst.«

Ich dachte kurz nach. Ja, wir hatten schon so viel Zeit durch den starken Schneefall in der Mongolei und in Sibirien verloren, dass es auf diesen einen Tag für Hin und Zurück auch nicht mehr ankam. Außerdem war Karim die ganze Zeit immer nett und zuvorkommend gewesen. Ich konnte und wollte mir einfach nicht vorstellen, dass er Böses im Schilde führte.

Als der Zug langsamer wurde und die ersten Hinweistafeln des Bahnhofs Petrowsk-Sabaikalski vor dem

Fenster auftauchten, deutete Karim mir, dass ich auch bereits hier aussteigen könne.

Steven kam ins Bad und fragte: »Claire, sollen wir hier aussteigen?«

Ich schüttelte den Kopf und Steven verließ erstaunt und ebenso kopfschüttelnd das Badezimmer.

Karim nahm mich in den Arm und sagte: »Claire, du bist doch ein schlaues Kind und du weißt doch schon lange, wieso du hier bist. Ich merke, dass du es schon die ganze Zeit gespürt hast.«

Als Karim ansetzte, die Geschichte weiterzuerzählen, kam ein Verdacht in mir auf, der mich verwirrte. Er verflog dann und kam erneut wieder.

Nertschinks

Karims Tage vergingen im Nebel und glichen einander wie Zwillinge. Sein Tagesablauf bestand seit Wochen aus Warten, Warten und Warten. Täglich suchte er Stanislaw auf, um sich zu erkundigen, ob es etwas Neues gab, und täglich verneinte dieser. Mehrmals die Woche schlenderten sie zusammen zum Hafen, um sich beim Hafenmeister nach den ankommenden Personen zu erkundigen. Anfangs kamen wegen des Sturmes gar keine Schiffe an, danach nur Frachtschiffe, meist aus Europa oder Korea, und wenn sich ein Passagierschiff nach Wladiwostok verirrte, dann war es ein Militärschiff, das nur Soldaten an Bord hatte.

So war es auch am 2. März 1935, als nur ein Frachtschiff aus China mit Stoffen anlegte. Karim machte sich nicht einmal mehr die Mühe, zum Hafen zu gehen, sondern zog es vor, in seinem Waggon liegen zu bleiben.

Als es an der Wagentür klopfte, wusste Karim, dass es nur Petrow sein konnte, denn niemand sonst durfte diesen Teil des Bahnhofs ohne Autorisierung betreten. So war es dann auch so, dass der Offizier Karim besuchte, aber in seiner Begleitung war ein Matrose, der nur ein verständliches Wort sprach: »Karim?«

Der Inder nickte und der chinesische Bootsmann zeichnete mit seinen Armen die Silhouette einer Frau in den Raum und sagte: »Shanti, Leela.«

Jetzt fiel bei Karim der Groschen und er sagte: »Shanti und auch Leela sind auf deinem Schiff?«

Der Matrose nickte und sofort waren alle drei auf dem Weg zum Hafen.

Der Hafenmeister war in den letzten Tagen und Wochen mehrfach von Karim und Petrow mit Geld und vor allem mit Wodka bearbeitet worden. So schaute er auffällig weg, als Karim mit den schwarz eingehüllten Damen den Hafen verließ.

So schnell wie möglich suchten die vier den Schutz des Salonwagens auf und bis zu dieser sicheren Stelle wurde kein einziges Wort gewechselt. Erst jetzt umarmten sie sich gegenseitig und Karim war nach wie vor überrascht und erfreut zugleich, dass Leela auch mitgereist war.

»Ich freue mich so sehr, euch beide gesund und munter zu sehen. Bitte ruht euch aus. Ich werde in der Zwischenzeit mit Offizier Petrow unsere Abreise organisieren. Danach müsst ihr mir alles erzählen. Ich will jedes noch so kleine Detail von euch hören.«

Karim sah verlegen zu Leela und er spürte, wie sehr er sie vermisst hatte und wie sehr er sie insgeheim liebte, als die völlig aufgeregte Prinzessin ihn fragte und bestürmte: »Was hat David gesagt, Karim? Wo erwartet er uns? Wartet er auf mich? Karim, liebt er mich immer noch? So rede schon, Karim!«

Shantis Fragen prasselten nur so auf den wehrlosen Inder ein und blockierten das wärmende Licht, das von

Leela zu ihm strömte. Er erwachte unsanft aus seinem Sekundentraum und erwiderte kurz und knapp: »Alles hat seine Stunde, Prinzessin, und ich werde euch alles mitteilen, was ich zu berichten weiß. Aber jetzt müssen wir schnellstmöglich Wladiwostok verlassen. Wir sind, solange wir London nicht erreicht haben, nach wie vor in ungeheurer Gefahr. Mein Freund muss nun die Weiterreise organisieren und ich bin unentbehrlich und helfe ihm dabei. Aber ich verspreche euch, alsbald wieder in den Waggon zurückzukommen.«

Stanislaw verabschiedete sich von den zwei Frauen, verließ eilig den Eisenbahnwaggon und Karim folgte ihm in sein Büro.

»Einen allerletzten Wodka trinken wir noch zusammen, Karim«, sagte Stanislaw etwas wehmütig, da er einen guten Freund auf unbestimmte Zeit verlieren würde.

»Auf das Leben«, prostete Karim Petrow zu und beide umarmten sich innig und freundschaftlich beim Trinken.

Der Waggon verließ bereits am Abend Wladiwostok und machte sich knarrend und ächzend auf den langen Weg nach Moskau. Die Frauen erzählten Karim jede Einzelheit und die Agenten machten Karim weiß Gott mächtige Sorgen. Zwar war es für einen britischen Agenten unmöglich, nach Wladiwostok zu gelangen, aber in den restlichen Teilen Russlands waren sicherlich einige Offiziere des MI6 stationiert. Auch konnte es in der Provinz viele bestechliche Polizisten geben, die für ein paar britische Pfund ihre eigene Großmutter verkaufen würden. Es hatte sich sicherlich in Wladiwostok schon längst herumgesprochen, dass ein indischer Diener des britischen

Königshauses auf einen Passagier wartete. Und eins und eins konnte der MI6 auf jeden Fall zusammenzählen.

Karim machte die Frauen sicherheitshalber mit den Einzelheiten und Geheimnissen des Waggons vertraut und wies sie an, stets wachsam zu sein. Zwar konnten sich die britischen Agenten in der russischen Öffentlichkeit nicht wie in den britischen Kolonien gebärden, aber in einem unbeobachteten Winkel konnten sie jederzeit zuschlagen.

Shanti, Leela und Karim konnten sich nicht mehr sicher fühlen. Sie mussten nun bis zur Ankunft in London und unter dem Schutz von David jederzeit mit dem Schlimmsten rechnen und immer aufmerksam und auf der Hut sein.

Als der Zug an einem der darauffolgenden Tage im Bahnhof von Nertschinks einfuhr, bemerkten Leela und Shanti vier auffällige Männer auf dem Bahnsteig. Karim dachte, dass die Frauen bereits Gespenster sahen, ließ jedoch die Türen verschlossen und niemand durfte sich auf der Plattform die Beine vertreten. Als sich der Zug wieder in Bewegung setzte, waren alle gelöst, zumal der Waggon keine Verbindung zum Rest des Zuges hatte.

Der ganze Tag verlief ruhig und auch als die Nacht hereinbrach, stotterte der Zug mit seinen unverkennbar monotonen Geräuschen in Richtung Westen. Shanti fühlte sich unwohl und sie bat Leela, ihr ins Badezimmer zu folgen. Karim verabschiedete sich und wünschte den beiden eine geruhsame Nacht. Was Shanti Karim jedoch verschwiegen hatte, war, dass ihre Fruchtblase schon vor einigen Stunden geplatzt war und sie deshalb Leela zu sich ins Badezimmer bat.

Als Karim im Morgengrauen ein Poltern aus seinem Bad hörte, sprang er aus seinem Bett und rannte noch im Schlafanzug mit seinem Messer bewaffnet in sein Badezimmer. Dort in dem kleinen Raum erwarteten ihn zwei vollkommen schwarz gekleidete Männer, die sich durch die Dachluke Zugang in den Waggon verschafft hatten. Die Luke war weit nach unten geklappt und eisig kalte Luft, durchzogen von Schneeflocken, strömte ins Badezimmer.

Der Geheimdienst hatte ganze Arbeit geleistet, wusste genau, in welchem Waggon Karim reiste, und wusste auch über die geheimen Ein- und Ausstiege in diesem Salonwagen Bescheid.

Karim attackierte, ohne zu zögern, mit dem Messer einen der Agenten. Als dieser schützend die linke Hand vor sein Gesicht warf, schnitt Karim ihm den kleinen Finger ab. Der Agent schrie auf, warf sich auf Karim und beide stürzten auf den Boden. Sie sprangen wieder auf und kämpften wie zwei wilde Tiere. Sie kamen immer und immer wieder aufeinander zu, wie eine Welle, die sich immerfort am Ufer bricht, und schlugen aufeinander ein. Sie taumelten von einer Wand zur anderen und erst als Karim sich an der Außentür festklammern konnte, entstand für beide eine kurze Verschnaufpause. Der andere Agent zielte unentwegt mit seiner Waffe auf Karim, konnte aber nicht schießen, da sein Partner im Schussfeld stand.

In der Zwischenzeit sah Karim, dass Agent Nummer drei und vier sich auch schon Zugang durch die Luke in seinem Badezimmer verschafft hatten. Ihm wurde bewusst, dass sie keinerlei Chance mehr hatten, als plötzlich das

Notsignal des Waggons ertönte und der Zugführer kurz darauf eine Notbremsung einleitete. Karim wurde, wie die Agenten auch, vom plötzlichen Bremsmanöver überrascht. Während die Angreifer, aus ihrer Balance gerissen, zu Boden geschleudert wurden, konnte Karim sich gerade noch am Griff der Außentür festhalten, die durch das Ziehen von Karim im selben Moment aufsprang. Der kalte Wind pfiff und dröhnte mit voller Lautstärke in das Innere des Salonwagens.

Karim ließ sich kurz von den lauten Pfeifgeräuschen und den tanzenden Schneeflocken ablenken. Der Agent, der sich an der Badezimmertür festhalten konnte und somit auch nicht zu Boden krachte, reagierte viel schneller und rammte seinen Kopf in den Bauch des perplexen Inders. Der wuchtige Kopfstoß des Agenten löste Karims Griff um die Tür und es katapultierte den aus dem Gleichgewicht gebrachten Inder aus dem trotz Bremsung noch mit beträchtlicher Geschwindigkeit fahrenden Zug. Der andere Agent sprang vom Boden auf, rannte zu der offenen Tür und verschoss sein komplettes Magazin in Richtung des im Dunkel entschwindenden Inders.

Die Agenten schlossen die Tür wieder und gingen nun in das andere Schlafzimmer. Leela schrie fast ebenso laut wie das immer noch grell dröhnende Notsignal. Sie stellte sich mutig und furchtlos den vier Angreifern entgegen und versperrte ihnen den Weg ins Badezimmer. Leela wurde von den nicht zögernden Agenten erschossen und fiel leblos zu Boden.

Als die britischen Agenten die Badezimmertür aufbrachen, saß Shanti ruhig und gefasst mit ihrem neugeborenen Kind auf dem blutüberströmten Boden und blickte die Eindringlinge mit offenem und eiskaltem Blick an. Sie hielt ihr Baby von ihrem Körper geschützt von den Angreifern fern. Es war kein Flehen und kein Bitten in ihrem Ausdruck. Sie wusste, was nun geschehen würde.

Die Geheimagenten zögerten wiederum keinen einzigen Augenblick und feuerten eiskalt einen Schuss nach dem anderen in die beiden wehrlosen Körper.

Die Wucht von Karims Aufprall wurde durch die Schneemassen gedämpft und so war er nur etwas benommen. Er war froh, dass er seine Arme frei bewegen konnte, wenn auch der Rest seines Körpers tief im Schnee eingegraben war. Alles tat ihm weh und er fror bitterlich. Er war nur mit seinem Schlafanzug bekleidet und trug keine Schuhe oder etwas anderes an sich, was ihn hätte wärmen können.

Kurz dachte er daran, an Ort und Stelle, von der Kälte zugedeckt, einfach liegen zu bleiben, aber die Angst vor dem Tod hielt ihn wach und am Leben. Karim grub seine Beine unter exorbitanten Schmerzen an seinen vollends gefrorenen Händen aus dem Schnee und fühlte sich wie ein Tier, das seine eigenen Gliedmaßen abbeißen muss, um sich selbst zu befreien.

Die Signalhupe hallte nach wie vor über die flache, tief gefrorene Ebene und der schrille Ton ging Karim tief unter die Haut. Er sah, wie der Zug in der Ferne nach circa einem halben Kilometer zum Stehen kam, und so stapfte er, so schnell es ihm durch den tiefen Schnee möglich war, zurück zu der Eisenbahn. Jeder einzelne Tritt in dem tiefen Schnee schmerzte in seinen Beinen und vor allem an seinen nackten

Füßen. Die Schmerzen verlangsamten sein Tempo, dennoch kämpfte er sich über die Bahntrasse und auf den Geleisen Schritt für Schritt in Richtung Waggon.

Karim erkannte aus der Weite, dass die Agenten den Salonwagen abhängten, der am Ende des langen Zuges angekoppelt war, und im selben Moment verstummte das Pfeifen. Die plötzliche Stille war unheimlich und er fühlte, wie jedes Leben in der Sekunde aus der Umgebung entschwand.

Karim lief weiter auf den Wagen zu, als er plötzlich ein Wimmern, ja fast schon ein Schreien und Weinen in der Todesstille hörte. Erst traute er seinen Ohren nicht, doch während er genauer hinhörte, erkannte er in den Lauten das Geschrei eines Babys. Karim stolperte nun, so schnell er konnte, in die Richtung des Flehens und des Schreiens. Als er kurz danach ein Bündel aus Handtüchern im Schnee entdeckte, ließ er sich kraftlos auf seine Knie in den Schnee fallen. Er nahm sacht das Stoffknäuel auf, öffnete es vorsichtig und hielt Shantis neugeborenes, schreiendes Kind in den Armen.

›Shanti konnte das Kind vor den Angreifern in Sicherheit bringen‹, dachte er und Tränen schossen aus seinen Augen. Das Gefühl, dieses schreiende Kind in den Armen zu halten, war unbeschreiblich und die Freude strömte unaufhörlich durch seinen Körper.

Nach den kurzen Glücksgefühlen und dem Realisieren der Situation bekam Karim es mit der Angst zu tun. Die Agenten würden nun sicherlich nach dem Kind suchen und keine Ruhe geben, bis sie dieses gefunden hätten.

Er hielt das Baby eng an sich und ging in Deckung. Etwas geschützt vom hohen Schnee, beobachtete er den Zug, so gut dies aus der Entfernung möglich war.

Es gab ein reges Treiben vor dem nun abgekoppelten Salonwagen. Einer der Agenten verhandelte aufgeregt mit dem Zugführer und nachdem der Geheimagent eine Pistole auf ihn gerichtet hatte, stieg dieser wieder in den Zug ein. Die anderen drei schütteten aus Kanistern eine Flüssigkeit auf den Wagen, bevor sie diese anzündeten und der Salonwagen in Flammen aufging. Zu Karims Überraschung stiegen alle Agenten wieder in die Transsib ein und der Zug rollte an. Er konnte es zwar nicht verstehen, war aber dennoch sehr froh, dass die Geheimagenten weder nach ihm noch nach dem Kind suchten. Die Transsib war nun ohne den Salonwagen der Königin auf dem Weg nach Moskau.

Als Karim zurück in den Salonwagen kam, hatte sich das Feuer kaum entfacht. Die Agenten hatten zwar versucht, den Wagen von außen mithilfe von Petroleum anzuzünden und somit vollständig zu zerstören. Obwohl dies im ersten Moment auch sehr gut funktioniert hatte, hatten sie nicht bedacht, dass das Wasser der schmelzenden Hülle aus Eis, die den Eisenbahnwagen umgab, das Feuer wieder löschen würde. So war es für Karim ein Leichtes, die noch spärlich lodernden Flammen zu ersticken.

Nachdem er in den Wagen eingetreten war, schloss er zuerst die Türen und den Notausstieg in seinem Badezimmer, durch den die Agenten in den Waggon eingedrungen waren. Dann nahm er das Baby und wickelte es in die immer noch warme Bettdecke seines

Schlafgemachs. Das Kind schlief, atmete ruhig und nuckelte an seiner eigenen kleinen Faust.

Als er zu Shantis und Leelas Abteil ging und Leela tot im Vorraum sah, wurde ihm schlecht und unendlicher Hass stieg in ihm auf. Das Bild, das sich ihm im Badezimmer bot, war dann noch schrecklicher. Shanti lag durchlöchert von Kugeln in ihrem eigenen Blut, das über das ganze Bad wie in einer Schlachterei verteilt und verspritzt war. Als er das tote Kind sah, weinte und schluchzte er bitterlich auf und hielt sich seine Hände vors Gesicht. Er spürte, dass Gott ihn verlassen hatte, und ihm wurde schmerzhaft bewusst, dass Shanti Zwillinge geboren hatte. Er konnte nicht mehr und brach vollkommen erschöpft auf dem Boden zusammen.

Etwa eine Stunde später wurde Karim von einem lauten Klopfen geweckt. Der Tag dämmerte bereits, als er den Uniformierten sah, der an seinen Waggon hämmerte. Der klein gewachsene ältere Mann war unverkennbar mit der Einheitskleidung des Personals der Transsib bekleidet. Karim kannte diese Dienstkleidung längst von Petrow und so öffnete er ihm ohne Vorbehalte die Tür. Er erzählte dem Bahnbediensteten unter Tränen, was sich hier in der Nacht abgespielt hatte.

Victor, so hieß der Fremde, hörte aufmerksam zu und sagte: »Wir müssen den Waggon schnellstens von der Hauptstrecke schaffen. Die nächste Garnitur der Transsib wird in der nächsten Stunde hier durchfahren. Wenn ihr dann noch hier seid, gibt es ein Riesenunglück.«

Karim verstand, was der Streckenwart meinte, und nachdem er sich angezogen hatte, half er Victor, den Waggon an dessen Lokomotive anzukoppeln.

Der kleine Zug setzte sich in Bewegung und Victor zog den Waggon in die Remise nach Tschita.

Victor war einer der vielen Streckenwärter, die Tag für Tag auf der kompletten Route der Transsibirischen Eisenbahn eingesetzt wurden und für die Sicherheit und den reibungslosen Bahnbetrieb verantwortlich waren. So bestand im Winter Victors Hauptaufgabe darin, die Gleisanlagen, die Weichen und Stellwerke von Eis und Schnee frei zu halten. Ansonsten erledigte er alle Reparaturen, die an den Signalleuchten oder den Stellwerken anfielen, nebstdem er Protokolle und andere teils sinnlose Formulare ausfüllte und diese monatlich nach Moskau übermittelte. Von seiner Basis in Tschita aus war er für einen knapp dreißig Kilometer langen Streckenabschnitt zuständig.

Als er den Salonwagen in der Haltebucht seiner Werkstatt abgestellt hatte und sich ein Bild über das Ausmaß der Zerstörung durch das Feuer machen konnte, traute Victor seinen Augen nicht, als er den Innenraum des Waggons betrat. Es war für ihn unvorstellbar, dass es Menschen gab, die ein derartiges Massaker anrichten konnten. Mit einem traurigen und ungläubigen Ausdruck und vollkommen fassungslos nahm er Karim das eingewickelte Baby ab und brachte es zu seiner Frau in das Wohnhaus. Kurz danach half er dem weinenden Inder, die Leichen aus dem Zug in seinen Schuppen zu schaffen, der auf der rechten Seite an sein Haus angebaut war. Victor wollte sofort die Polizei verständigen, aber Karim bat ihn, dies nicht zu tun, und erklärte ihm, dass es ihren sicheren Tod bedeuten würde, wenn die Agenten wüssten, dass er und eines der Kinder überlebt hätten. Victor begriff schnell, dass dies auch eine riesige Gefahr für ihn und seine Frau wäre, und so alarmierte er weder die Polizei noch seine Vorgesetzten in der Zentrale in Moskau.

Victor wollte indes zurück in den Salonwagen, um diesen zumindest etwas aufzuräumen, aber Karim bestand darauf, dass die Leichen nach den hinduistischen Ritualen bestattet werden mussten, bevor die beiden sich um den Innenraum des Waggons kümmerten.

Karim bat Victor, Feuerholz zu besorgen, um damit einen Scheiterhaufen zu schlichten. Während der Eisenbahner diesem Wunsch nachkam, begann Karim, die Leichen rituell zu reinigen. Die körperliche Reinigung ist für die Hindus essenziell wichtig, da diese das Sinnbild für die seelische Reinigung des Verstorbenen ist. Wenn die Möglichkeit besteht, sollte diese Waschung mit Wasser aus dem Ganges, dem heiligen Fluss der Hindus, erfolgen.

Karim musste Shanti, ihr Baby und Leela den Ritualen entsprechend entkleiden, waschen, salben, mit frischen Kleidern wieder anziehen und in weiße Tücher hüllen. Direkt im Anschluss an die Waschung mussten von den Toten, wie es der Tradition entsprach, die Seelen befreit und danach ihre Körper verbrannt werden. Victors Frau, die das Baby bereits versorgt hatte, half Karim dabei. Sie holte warmes Wasser und brachte ihm frische Kleidung für beide Frauen und zwei schneeweiße Leinentücher, um die sterblichen Überreste nach der Salbung darin einzuwickeln.

Die Stimmungslage war gespenstisch still und nahm fast die eisige Kälte der Umgebung an. Karim sprach nur das Nötigste, hantierte mechanisch und nach wie vor im

Schockzustand. Ferner half er Victor, inmitten des weiträumigen Schneefeldes hinter dem Haus den Scheiterhaufen fertigzustellen. Holz hatte Victor genügend, da er für die Zuteilung der Holzreserven im Dorf verantwortlich war, die im Monatsrhythmus mit der Bahn angeliefert wurden.

Victor und Karim brachten im Anschluss die in Tücher gewickelten Frauen mit den Füßen voraus aus dem Schuppen und betteten sie mit dem Kopf nach Süden auf den Holzstapel. Nach einem kurzen Gebet umrundete Karim, in Gedenken und zu Ehren der fünf Elemente Feuer, Wasser, Luft, Erde und Raum, aus denen der Mensch besteht, den Scheiterhaufen exakt fünf Mal. Danach stellte er sich ans Kopfende der aufgebahrten Leichen, nahm einen mächtigen Stein, den er zuvor aus der provisorischen Mauer vor dem Haus geschlagen hatte, und spaltete mit einem Hieb zuerst den Kopf von Shanti und danach den Kopf von Leela. Nach dem Glauben der Hindus kann bei erwachsenen Hindus nur durch dieses brachiale Aufbrechen der Schädeldecke der Geist Atman, die unsterbliche Seele der Toten, sich vom menschlichen Leib loslösen, dem Körper entweichen und zu Brahman, dem Gott der Hindus, zurückkehren. Wenn der Verstorbene ein gutes Karma besitzt, darf er einige Zeit im Himmel verbringen.

Hat der Mensch jedoch ein schlechtes Karma, muss er diese Übergangszeit in der Hölle leiden, bevor er wiedergeboren wird und sich der Kreislauf von Leben, Tod und Wiedergeburt fortsetzen kann.

Karim schritt nun ans Fußende der Toten und entfachte das Feuer, was in dieser Kälte kein leichtes Unterfangen war. Als das Feuer loderte, legte er Shantis totes Baby sanft in ihre beschützenden Arme.

Tschita

Ich hatte keine Tränen mehr, saß still und benommen auf dem Rand der Badewanne und blickte auf den Marmorboden meines Badezimmers. Ich sah die zugespachtelten Löcher im Fußboden und wusste nun, dass diese aus den Einschusslöchern der Pistolen stammten. Mir wurde übel und wäre Karim nicht in dem Raum gewesen, hätte ich mich direkt in die Wanne übergeben.

Ich sah, wie die Tränen über Karims Gesicht flossen, und ich umarmte ihn. »Herr Karim, wie nur können Menschen so grausam sein?«, fragte ich, ohne eine Antwort von ihm zu erwarten.

Nach einer Schweigeminute fragte ich: »Was ist aus dem Kind, das Sie im Schnee gefunden haben, geworden, Herr Karim?«

Der Inder trocknete seine Tränen, blickte mir tief in die Augen und sagte: »Fräulein Claire, als ich diesen Zug in Peking betrat, betrat ich ihn voller Erinnerungen, von denen ich hoffte, dass sie schon lange zu Staub geworden waren. Dennoch bin ich jetzt dankbar und froh, dass ich dir diese Erinnerungen, die schon Jahre auf meiner Seele brennen, erzählen durfte, damit du nun die ganzen Tatsachen kennst und vielleicht irgendwann die ganze Wahrheit dahinter erkennen und verstehen kannst. Claire, der kleine Junge, den ich aus dem Schnee gerettet habe, liegt in dem Frachtwaggon in dem Sarg, den du bereits in Peking erblickt hast. Der kleine Junge blieb, so wie ich auch, in Tschita. Er wuchs bei Victor und seiner Frau mit mir zusammen auf. Er wurde zu meinem besten Freund und ich habe ihn vom ersten Tag an, bis auf einen einzigen Monat, keinen Tag in seinem Leben allein gelassen.« Karim machte eine lange Pause. »Claire, ich habe dir jetzt alles erzählt und alle Goldkörner sind nun herausgewaschen, bis auf das größte und schönste Stück. Dieses Kind war dein Vater.«

Obwohl diese Wahrheit schon lange in mir gereift war und ich diese Mitteilung fast schon erwartet hatte, da ich mir seit der vermeintlichen Entführung keinen anderen Reim auf Karims Verhalten geben konnte, traf mich diese Nachricht wie ein Blitz und die Tränen rannen mir unkontrolliert aus beiden Augen. Meine Mutter hatte trotz meines unaufhörlichen Bettelns und Bittens nie auch nur ein einziges Sterbenswort über meinen Vater verloren. Dieses Thema war bis zum heutigen Tag absolut tabu. Ehrlich gesagt wusste ich ebenso wenig über das Leben meiner Mutter vor meiner Geburt. Ich konnte nur in Erfahrung bringen, dass sie im Westen, in der Nähe von San Francisco, aufgewachsen war. Ich persönlich war bereits in Houston auf die Welt gekommen und hatte meinen Wohnort bislang nie verlassen.

›Konnte das tatsächlich wahr sein? Spricht Karim die Wahrheit? Hat Karim sein ganzes Leben mit meinem Vater zusammen verbracht? Ergibt das wirklich alles einen Sinn?‹

All diese Gedanken, all diese Fragen schossen mir auf einmal durch den Kopf, nachdem Karim mir offenbart hatte, dass mein Vater tot im hinteren Teil dieses Zuges lag.

»Mein Vater?«, stotterte ich.

»Ja, Claire«, antwortete Karim ruhig. »Er lernte deine Mutter auf einem Konzert in San Francisco kennen. Er ließ sich zeitlebens eigentlich nie auf Frauen ein und es war damals auch schon sehr lange her, dass er eine Beziehung oder etwas Dementsprechendes gehabt hatte. Dein Vater war gerade ein paar Jahre über fünfzig, sah noch blendend aus und war sehr charmant. Geraldine, deine Mutter, war sofort fasziniert von ihm, seinem galanten Auftreten, seiner Intelligenz und seinem unerschöpflichen Wissen. Es störte sie keineswegs, dass dein Vater über zwanzig Jahre älter war als sie. Deine Eltern kannten sich gerade mal eine Woche, als sie zusammen über einen Monat einfach verschwanden, und niemand wusste, wohin sie gegangen waren. Ich habe auch erst sehr viel später erfahren, dass sie zusammen nach Hawaii geflogen waren, sich in ein Hotel eingebucht hatten und das Leben ohne Stress und Aufgaben genossen. Als sie danach wieder auftauchten und fröhlich wiederkehrten, waren die beiden ein inniges, vertrautes und sehr verliebtes Paar. Sie lebten von da an abwechselnd in Kalifornien und in Nevada. Erst nachdem deine Mutter schwanger mit dir wurde und einige Streitereien zwischen den beiden aufkamen, war sie eines Morgens auf Nimmerwiedersehen verschwunden. Sie hinterließ einen Brief, in dem sie deinen Vater bat, sie nicht zu suchen, und ihn darüber informierte, dass sie nie wieder etwas mit deinem Vater zu schaffen haben wollte. Doch ihre

Vorsätze trieben auf einer kleinen Eisscholle unter der texanischen Sonne in Houston und so meldete sie sich unverzüglich nach deiner Geburt und bat deinen Vater, ihr finanziell zu helfen und euch beide zu unterstützen. Diesem Wunsch kam dein Vater bis zum heutigen Tag jeden Monat sehr großzügig nach.«

Ich war jetzt etwas verwirrt. »Mein Vater lebte in meiner Nähe in San Francisco? Wieso kam er uns nie besuchen? Wieso schickte er keine Geburtstags- oder Weihnachtsgeschenke oder zumindest eine Karte? Wieso schrieb er mir nie einen Brief?«, fragte ich schluchzend.

Karim stand auf, blickte auf mich am Badewannenrand sitzend hinab und sagte betrübt: »Er durfte das nicht. Er war der Sohn von Edward VIII. und somit der rechtmäßige britische Thronerbe, als sein Vater, also dein Großvater, vom Thron zurücktrat. Wenn die Briten in so mancher politischen Angelegenheit gelegentlich mangelhaft agieren und handeln, so tolerieren sie ganz und gar keinen Irrtum, was die Thronfolge anbelangt. Dein Vater und ich suchten deinen Großvater Edward VIII. in seinem Exil in Frankreich auf. Nach seiner Abdankung im Jahre 1936 entschied er sich, zusammen mit Wallis Simpson ins freiwillige Exil zu gehen. Jedoch wurde vereinbart, dass er sich in Großbritannien nur auf ausdrückliche Einladung von seinem jüngeren Bruder König George VI. und, nach dessen Tod, von seiner Nichte Queen Elisabeth II. aufhalten dürfe. Es war im Jahr 1951. Dein Vater wurde eben sechzehn Jahre alt und er war voller Vorfreude, seinen leiblichen Vater zu treffen. Ich korrespondierte mit David zwar bereits im Vorfeld und wir tauschten auch einige Bilder von uns aus, aber als David den Jungen und mich sah, kamen auch in ihm all die Erinnerungen an Shanti und seine Reise nach Indien wieder hoch. Er hielt mich innig und lange und umschlang danach regelrecht mit weinenden Augen deinen Vater. Es war und blieb das einzige Kind von Edward VIII.

David kontaktierte in den darauffolgenden Tagen seinen Bruder George VI., der uns allesamt nach London in den Buckingham-Palast einlud. Es war eine sehr unterkühlte Unterredung und in Wahrheit wollte dein Großvater David nur seine eigene Position stärken und die Belange deines Vaters waren für ihn nur Mittel zum Zweck. Dennoch, als die Existenz deines Vaters und die Abstammung nachgewiesen wurden, gab es eine Übereinkunft mit dem Königshaus. Die wichtigsten Teile der seitenlangen Abmachung waren, dass dein Vater nie britischen Boden betreten und keine Nachkommen zeugen durfte. Dies hätte seinen sofortigen Tod, den Tod seiner Frau und den Tod seines Kindes bedeutet. Dafür würde er eine sehr großzügige monatliche Apanage des Königshauses erhalten. Zum Leidwesen deines Großvaters gingen diese monatlichen Zahlungen direkt an deinen Vater und er selbst hatte keinen Vorteil aus dieser Vereinbarung ziehen können.

Als wir zurück in Frankreich waren, machte David uns und vor allem auch Wallis klar, dass wir hier kein Zuhause haben und es für sie besser wäre, wenn wir Frankreich verlassen würden. Es gab viele Gerüchte über deinen Großvater, dass er während des Krieges geheime Informationen an die Nazis weiterleitete, in der Hoffnung, dass er im Gegenzug mithilfe von Hitler wieder den britischen Thron besteigen durfte. Aber dein Großvater kollaborierte nicht nur mit den Nazis, sondern biederte sich auch anderen Diktatoren an. All diese schlechten Nachreden wollte ich damals allesamt nicht glauben, da ich David auf eine so andere Art kennenlernen durfte. Aber was sich in Frankreich abgespielt hatte und wie er deinen Vater und mich behandelte, ließen keinen anderen Schluss für mich zu, als dass er sich in der Tat verändert hatte und dass das Böse in ihm ihn wieder vereinnahmt hatte. Er war nicht mehr der David, den ich in Indien kennengelernt hatte. So zogen dein Vater und ich zurück nach Russland und wir hatten keinen wie auch immer gearteten Kontakt mehr zu deinem Großvater. Für deinen Vater war es anfänglich schwer, setzte er doch sehr viel in dieses erste Treffen mit seinem Vater, aber je mehr wir darüber sprachen, umso eindeutiger und klarer wurde das Versagen deines Großvaters. Er war ein gebrochener Mann, der einsam und verbittert seinem einstigen Ruhm in Frankreich nachtrauerte.

Als Anfang der 1960er-Jahre, etwa fünf Jahre nach Victors Tod, auch seine Frau starb, welche dein Vater Mutter nannte, verließen wir Russland, um die darauffolgenden Jahre wie Nomaden durch die Lande zu ziehen und meist von einem meiner Verwandten zu einem anderen zu reisen, um schlussendlich zuerst in Kalifornien und danach in Nevada sesshaft zu werden. Finanziell hatten wir nie Probleme, da sich das britische Königshaus stets an seine Abmachung hielt, auch nach dem Tod deines Großvaters David im Jahre 1972. Dennoch war die Bürde, die dein Vater trug, nie eine Familie gründen zu dürfen, viel größer, als er ertragen konnte. Aber die Drohung, dass dies den sofortigen Tod aller bedeutet hätte, wog schwerer als sein Wunsch nach einem eigenen Kind.«

Ich schluckte und stammelte nur fragend das Wort »Tod?« heraus.

»Ja, Claire. Wenn das Königshaus je von deiner Existenz erfahren hätte, hätten sie dich und deine Mutter auf der Stelle getötet. Jetzt, wo dein Vater leibhaftig gestorben ist, gibt es keinen Anspruch mehr auf die Krone für dich, da dein Vater persönlich nie König war, sondern nur David, dein Großvater. Zumindest glaube ich, dass es so ist.«

Mit verweinten und geschwollenen Augen lachte ich herzhaft auf und sagte: »Herr Karim, Sie wollen mir weismachen, dass ich eigentlich die rechtmäßige Königin von Großbritannien bin?«

»Ja, Fräulein Claire, genau so ist es!«, bemerkte Karim und ergänzte: »Diese Umstände und diese Verstrickungen mit dem Königshaus waren auch die Grundlage und der Nährboden für die Streitereien zwischen deinen Eltern. Deine Mutter wollte nicht akzeptieren, dass sie sich verstecken und deine Existenz geheim halten müsste. Geraldine war eine sehr kluge und umsichtige Frau und so wusste sie, dass sie vor deiner Geburt und in Tat und Wahrheit bereits vor den sichtbaren Merkmalen einer Schwangerschaft deinen Vater verlassen musste. Wir alle wussten, dass der britische Geheimdienst zu jedem Zeitpunkt alle Schritte im Leben deines Vaters kontrollierte. Sie lasen jeden Brief an ihn und kannten jede noch so unwichtige Korrespondenz. Sie verfolgten all seine Reisen und beobachteten und bewerteten all seine

Bekanntschaften und Liebeleien. Zusammen mit deinem Vater schmiedete deine Mutter den Plan, dass sie sich umgehend trennen mussten, damit es nie zu einem Zusammenhang zwischen dir und deinem Vater kommen konnte. Dieses Vorgehen wurde von deiner Mutter abrupt umgesetzt und überraschte in der Minute sogar deinen Vater. Um jeden Bezug zu dir vollkommen auszuschließen, kappte sie alle Verbindungen und tauchte bis zu deiner Geburt vollkommen ab. Danach nahm sie nur mit mir Kontakt auf und ich regelte die monatlichen Zuwendungen. Unsere Hoffnung, dass mein Konto nicht beobachtet wurde und mein Leben nicht unter Beobachtung stand, erfüllte sich und so konnte dein Vater dir und deiner Mutter bis zum heutigen Tag ein für das britische Königshaus vollkommen unsichtbares, sehr gutes Leben ermöglichen.«

Karim gab mir die Ruhe und die Zeit, um die Informationen zu ordnen und die Zusammenhänge darin zu erkennen.

»Ich kann vieles, wenn auch nicht alles, verstehen, Herr Karim, aber eine Sache ist mir vollkommen unklar: Wieso haben sie meinen Vater nicht schon als Kind getötet?«

»Das ist sehr einfach zu erklären, Claire. Sie wussten nichts von der Existenz deines Vaters. Als die Agenten des Geheimdienstes damals zurück nach London kamen, hatten sie ihren Auftrag erfüllt. Ihr Befehl lautete, die Prinzessin und ihr Kind, geboren oder ungeboren, zu töten, und genau diesen Befehl hatten sie ausgeführt. Nur der Umsicht von Shanti, deiner Großmutter, war es zu verdanken, dass dein Vater überlebt hatte. Sie wusste zu jenem Zeitpunkt genau, dass sie sterben würde und auch ihre beiden Kinder. Leela und sie beobachteten meinen Kampf mit den Agenten durch den geheimen durchlässigen Spiegel im Badezimmer. Sie betätigten die Signalhupe in der Hoffnung, dass sie sich im Badezimmer verstecken konnten, bis ihnen jemand zu Hilfe kommen würde. Als sie jedoch sahen, dass ich aus dem fahrenden Zug geworfen wurde, müssen sie den Plan kurzfristig geändert haben. Leela stellte sich den Geheimagenten in den Weg und verschaffte der Prinzessin etwas Zeit, um eines der Kinder durch die Bodenluke zu werfen. So hoffte Shanti, wenn sie eines der Kinder durch die Klappe im Badezimmerboden warf, dass dieses eine Kind, wenn auch eine sehr geringe, dennoch eine Chance hatte, zu überleben, und dass die Agenten nicht nach einem weiteren Kind suchen würden. Woher sollten sie auch vom Dasein zweier Kinder wissen, wenn es sehr wahrscheinlich nicht einmal deine Großmutter vor der Geburt wusste.«

Die Zusammenhänge wurden zwar klarer, aber meine Traurigkeit trübte meine Gemütslage. Was in der Tat ungewöhnlich war und sich etwas seltsam anfühlte, war, dass wir, obwohl meine Mutter nur als Verkäuferin in einem Einkaufszentrum arbeitete, ein stattliches Haus mit Pool besaßen, stets ein neues Auto fuhren und finanziell nie Probleme welcher Art auch immer hatten. Wir gehörten mit zu den wohlhabendsten Familien in ganz Houston. Auf die Idee, dass meine Mutter von meinem Vater eine monatliche Zuwendung erhalten hatte, wäre ich nie gekommen, zumal sie kein einziges Wort über meinen Vater verloren hatte.

Ohne Vater aufzuwachsen und ohne eine Idee zu haben, wer der eigene Vater sein konnte oder wo dieser sich befand, hatte mich vor allem in der Grundschule sehr belastet. All die Fragen der Lehrer oder der Mitschüler nach meinem Vater, deren Antworten ich selbst gern gewusst hätte, waren immerzu wie kleine Nadelstiche in mein Herz und mein Gemüt gewesen. Da meine Mutter diesbezüglich, trotz heftiger Wutattacken und lautstarker Anfälle von mir, jedoch eisern schwieg, hatte ich meine eigene Geschichte erfunden. Mein Vater war in meiner Fantasie ein Kriegsheld, der im Zweiten Irakkrieg fiel. Mit dieser Basisgeschichte konnte ich zumindest die ersten Fragen nach meinem Vater problemlos beantworten. Meist wurde ich dann bemitleidet, was mir alles in allem guttat und mich nicht im Geringsten störte. Auf die zweite Welle der Nachfragen, wo er denn gefallen war, in welcher Kompanie er gedient hatte, wie und wo die Beerdigung stattfand, ob ich regelmäßig sein Grab besuchte, reagierte ich meist mit langem, hysterischem Weinen. Da eine Lüge jedoch auf Dauer nur mit vielen weiteren Lügen aufrechtzuerhalten war, lernte ich zu Hause alles, was man über den Irakkrieg in Erfahrung bringen konnte. Somit konnte ich den Wissensdurst der anderen bald in jedem noch so winzigen Detail stillen, ohne der eigentlichen Wahrheit auch nur einen Deut näher zu kommen. Über die Jahre hatte ich diese Geschichte derart verinnerlicht und so oft erzählt, dass sie zu meiner ureigenen Wahrheit geworden war, zumal ich keine eigene, bessere kannte.

Ich war am Boden zerstört und frustriert. Es war vom Schicksal einfach nicht fair, dass ich ein Leben lang keinen

Vater hatte, und nun, als ich ihn das erste Mal traf, war er bereits tot. Diesen Umstand konnte ich nicht einfach ertragen und ich begann aufs Neue, bitterlich zu weinen.

Karim blendete meine seelische Verfassung aus und sprach weiter: »Als dein Vater vor einigen Monaten einen sehr schlechten Krankheitsbefund erhielt und bei ihm Krebs im Endstadium diagnostiziert wurde, beschloss er kurzerhand, dass er in seinem Geburtsort Tschita sterben und begraben sein wollte. Er wollte aber diese Reise nicht mit mir allein unternehmen, sondern wollte dich dabeihaben. Da er dich jedoch nicht einfach einladen konnte, wollte er dich auf der Reise ganz zufällig kennenlernen. So heckten wir beide einen Plan aus, wie wir dich in diesen Zug bekommen könnten. Nachdem dein Vater überraschend vor drei Wochen starb, konnten wir diesen Plan natürlich nicht mehr gemeinsam umsetzen. Ich entschloss mich dennoch, deinen Vater nach Tschita zu bringen, und bat Elsa, mich anstelle deines Vaters zu begleiten.«

»Mein Vater wollte mich kennenlernen und er starb erst vor drei Wochen?«

Ich konnte nicht mehr und verfiel nun in ein lautes, nach Luft schnappendes Schluchzen.

»Da ich nun unbedingt wollte, dass du zumindest bei der Beerdigung deines Vaters dabei bist, habe ich den Plan weiter verfolgt. Wir hatten Steven ja bereits vor Wochen die Reisegutscheine, getarnt als Gewinn einer Verlosung, zukommen lassen.«

»Gewinn? Verlosung?« Ich blickte ihn mit Tränen in den Augen an und verstand nun gar nichts mehr.

»Claire, dein Freund Steven hat per Mail einen fingierten Gewinn von uns erhalten. Wir nahmen an, dass du dann mit ihm diese Reise nach China und nach Russland antreten würdest. Was du ja in weiterer Folge auch getan hast. Alles andere, euer Ticket für ungültig zu erklären und euch zu uns in den Waggon zu bringen, war dann sehr einfach.«

»Steven hat mir die Reise nicht geschenkt, sondern hat sie gewonnen?«, fragte ich nochmals ungläubig nach.

»Ja, genau so war es. Du kannst ihn gern selbst fragen«, entgegnete Karim kühl und ergänzte: »Hat es dich nicht gewundert, dass er genau dann reisen wollte, als der Superbowl in seinem Heimstadion in Houston stattfand und er diesen, ohne Eintritt zu bezahlen, live im Stadion hätte anschauen können?«

Ehrlich gesagt hatte mich das damals schon überrascht. Da findet einmal in deinem Leben das wichtigste Sportereignis der Welt in deinem Wohnzimmer statt und du fährst zur selben Zeit nach China, in die Mongolei und nach Russland. Ich glaubte damals seinen Worten, dass ich ihm viel wichtiger war, der Sport nur eine Nebenrolle in seinem Leben spielte und er diesen Termin bewusst so gewählt hatte.

›Man ist doch immer allein‹, dachte ich mir, als ich spürte, wie der Zug seine Fahrt verlangsamte.

»Claire, begleite mich nun auf die Beerdigung deines Vaters«, bat Karim. »Ich erwarte dich in fünfzehn Minuten im Salon.«

Als wir aus dem Zug in die weiße Kälte schritten, schien alles schon vorbereitet zu sein. Dutzende Leute standen in einem Spalier, das am Ende eines kleinen Bahnhofgebäudes in einen umzäunten Friedhof mündete. Sechs Träger schritten mit dem Sarg voran, gefolgt von Anna mit Igor, von Elsa mit Steven und Karim mit mir. Karim hielt mich am linken Arm fest und wir schritten sehr langsam an den traurigen Menschen vorbei. Es schien, als kannten alle der Anwesenden den betagten Inder, und auch er nickte den meisten still im Gedenken zu.

Zwischen den Gesichtern, die ich nur verschwommen durch meine tränennassen Augen wahrnahm, glaubte ich, meine Mutter zu erkennen. Als die Gestalt aber auf mich zuschritt und meinen rechten Arm hielt, wusste ich, dass es tatsächlich meine Mutter war. Meine ohnehin angespannten Gefühle waren nun unkontrollierbar, das Laufen fiel mir sichtlich schwer und ich war dankbar für den beidseitigen Halt von Karim und meiner Mutter.

Als alle Trauergäste sich um den aufgebauten Sarg versammelt hatten, der über einem längst ausgehobenen Grab stand, begann ein Priester mit einem kurzen Gebet, um im Anschluss viele Einzelheiten über die Kindheit und Jugend meines Vaters zu erzählen. Aus den Aussagen des Pfarrers zu schließen, war mein Vater ein fröhliches und lustiges Kind gewesen. Zumindest erzählte Karim mir dies im Anschluss an die Trauerrede, da ich das Russisch des Predigers nicht verstand.

Nach dem Abschlusssegen, den der Priester über den Holzsarg und alle Trauergäste spritzte, wurde der schwarze Sarg in das Grab abgelassen. Ich konnte den Blick auf die straffen Seile nicht ertragen und konnte nicht ertragen, was diese Seile so straffte. Der Priester spritzte unentwegt geweihtes Wasser auf den Sarg und warf am

Ende eine Schaufel Erde in das Grab. Als jeder der Anwesenden es ihm gleichtat, standen am Ende nur noch Karim und ich vor der großen schwarzen Öffnung im tief verschneiten weißen Boden.

Karim gab mir eine silberne Kette mit einem kleinen Anhänger und sagte: »Er wollte, dass ich dir diese Kette gebe, um damit über Zeit und Tod hinweg mit dir zu kommunizieren. Dieses Schmuckstück soll dir jeden Tag sagen, wie sehr er dich liebt. Wer das Unsterbliche liebt, liebt außerhalb des Einflusses des Todes. Genau das waren seine Worte, Claire.«

Wir umarmten uns und ließen unseren Tränen freien Lauf.

Als wir im Anschluss wieder zum Haus neben dem Friedhof liefen und ich über meine Trauer hinweg spürte, wie dieser Verlust meine Liebe vermehrte, fragte ich: »Herr Karim, wie hieß mein Vater?«

Moskau – Epilog

Steven und ich blieben über eine Woche zusammen mit Karim und Elsa und auch Anna und Igor in Tschita. Meine Mutter reiste bereits am nächsten Morgen wieder nach Moskau und von dort weiter nach Houston, Texas. Sie hatte bereits seit einigen Tagen in Tschita auf uns gewartet und hatte nun wegen unserer Verspätung zu viel Zeit verloren. Ihr war es ein großes Bedürfnis gewesen, bei der Beerdigung dabei zu sein, und sie war froh, dass Karim sie informiert und ihre Reise bis ins kleinste Detail organisiert hatte. Meine Mutter war nun in der Lage, den Kreis jenes Weges in ihrem Leben zu schließen. Sie konnte wie keine Zweite ihre Gefühle und Emotionen kontrollieren und so hatte ich sie nie weinen oder gar verzweifelt gesehen. Meine Mutter war mir in diesen Belangen immer ein Rätsel und ich konnte mir nie einen Reim auf ihr Verhalten machen. Nun aber erschloss sich mir die Quelle ihres Handelns und es war von nun an um ein Vielfaches leichter, zu verstehen, wieso sie so war, wie sie eben war. Ich liebte meine Mutter sehr und ich war außerordentlich froh, wenn auch sehr überrascht, dass wir zusammen den letzten Weg meines Vaters beschritten hatten.

Der Aufenthalt in Tschita war trotz der abartigen Kälte eine Flut von wärmenden Momenten. Wir erlebten vereinzelt bedrückende, doch lustige und aufregende Augenblicke. Es war eine Zeitreise voller Geschichten und Episoden aus dem Leben meines Vaters mit Karim.

Steven und ich entschlossen uns nach einer Woche, allein mit dem Linienzug nach Moskau zu reisen und nicht zusammen mit den anderen in dem Salonwagen. Die Verabschiedung war sehr tränenreich, gingen wir zu jenem Zeitpunkt davon aus, dass wir uns nie wiedersehen würden.

Der reguläre Waggon der 2. Klasse auf der Transsibirischen Eisenbahn war natürlich bei Weitem nicht so schön, luxuriös und komfortabel wie der Salonwagen der Königin, aber das machte uns beiden nichts aus. Wir freuten uns, nach den aufregenden Tagen allein und unter uns zu sein, und genossen unsere Zweisamkeit, obwohl dies in dem offenen Wagen eine nicht so einfache, um nicht zu sagen vollkommen unmögliche, Aufgabe war. Der ganze Waggon war ein großer Liegewagen am Tage und ein Schlafwagen in der Nacht, in welchem nebst fünfzig Personen auch allerlei Tiere wie Hühner, ein Käfig voller Zobel und ein halbes Dutzend Schafe untergebracht waren. Die Gespräche, das Lachen, das Singen, das Seufzen, die Laute und Rufe der Tiere und nicht zu vergessen das Schnarchen verschmolzen in einem unendlichen Brei aus Geräuschen und Tönen, die sogar die Klänge der Eisenbahn überspielten. Inmitten dieses weißen Rauschens fanden Steven und ich dennoch die Ruhe und die Glückseligkeit, die wir uns auf ebendieser Reise so erhofft hatten, zu finden. Diese Melange aus Düften, Gerüchen, Lauten und Geräuschen, dies alles war die Transsibirische Eisenbahn unserer Träume.

So mutierten wir zu Zuhörern und Beobachtern und schwebten förmlich in diesem Meer aus fremden Eindrücken und Empfindungen. Inmitten dieser prägenden Impressionen waren wir in unsere eigene Ruhe auf unserer eigenen Insel gebettet, die sich im Inneren der Unruhe und im Mittelpunkt des Treibens befand, das um uns herrschte. Wir waren tatsächlich eins mit uns und eins mit der Welt, die in einer abartigen Geschwindigkeit wie ein Sturm um uns tobte, ohne uns jedoch gefährlich zu werden.

Steven war mir jetzt und vor allem in Tschita eine emotional wahrhaft große Stütze und ich liebte ihn dafür und für viele andere Dinge sehr. Dennoch nagte seine Lüge, dass er mich zu dieser Reise eingeladen hatte, nach wie vor tief in mir. Ich wartete fortwährend auf den richtigen Moment, um diesen dunklen Fleck, der auf meiner Seele brannte und wucherte, anzusprechen.

Als wir in Moskau ankamen, fasste ich mir ein Herz, als wir über eine unglaubliche, sicher an die einhundert Meter lange Rolltreppe zur U-Bahn-Station hinunterfuhren, die weit über sechzig Meter tief unter der Erde war. Ich tippte Steven, der direkt vor mir auf der Rolltreppe stand, auf die Schulter und fragte ihn geradeheraus: »Wieso hast du mich angelogen wegen der Reise, Steven? Wieso hast du mir nicht gesagt, dass du sie gewonnen hast, und wieso hast du mich bis jetzt in dem Glauben gelassen, dass du dies alles für mich bezahlt hast?«

Steven drehte sich um und da er unten auf der Rolltreppe stand, war unser Größenunterschied fast ausgeglichen und wir konnten uns nahezu gerade in die Augen sehen. Aber er sagte nichts. Nicht, dass er verwundert über die Frage war, nein, er wirkte sehr gefasst, als hätte er diese Frage schon lange erwartet. Er war einfach nur still.

Urplötzlich, wie von der Hummel gestochen, drehte er sich um und rannte wie ein Verrückter, teils zwischen den Menschen hindurch, die Rolltreppe hinunter. Ich war perplex und schaute ihm nur nach, wie er immer kleiner wurde und fast aus meinem Gesichtsfeld entschwand. Nachdem er unten auf der Plattform angekommen war, nahm er seinen Rucksack vom Rücken und kramte darin herum.

Langsam wurde mir die Situation unheimlich und ich glaubte, die Blicke aller auf mir zu spüren. Als ich noch gut zwanzig bis dreißig Meter von Steven entfernt war und wir uns wieder sehr gut sehen konnten, schrie Steven unvermittelt, so laut er nur konnte, gegen das Rauschen der Rolltreppenmotoren an: »Claire, wir kennen uns nun schon seit fast fünf Jahren und wir haben zahlreiche gemeinsame und wunderschöne Stunden zusammen verbracht. Unsere Beziehung ist eine Anreihung vieler schöner Momente, von denen ich keinen einzigen missen möchte. Es gab sehr viele Zeichen, dass wir zusammengehören, aber nachdem ich vor einigen Wochen aus heiterem Himmel zwei Tickets für eine Reise mit der Transsibirischen Eisenbahn gewann, war für mich klar, dass du der Grund für mein Glück bist und ich den Rest meines Lebens mit dir verbringen will. Du bist mein wahrer Glücksbringer, mein wahres, pures Glück. Eigentlich wollte ich dir diesen Ring erst in Paris geben und dir diese Frage auf der Brücke Pont-Neuf stellen, aber nun ist es nicht Paris, sondern Moskau, und keine Brücke, sondern eben eine Rolltreppe. Aber was soll es, du bist hier und das ist mir Sonne und Freude genug.«

Steven öffnete den Deckel der kleinen schwarzen Schatulle, kniete sich auf den Boden nieder. Die ältere beleibte Dame, die am Ende der Rolltreppe in einer blauen Uniform mit Kappe in ihrem kleinen Häuschen saß und für die Sicherheit auf der steilen, langen Rolltreppe verantwortlich war, verstand unsere Sprache nicht und so konnte sie das Schreien von Steven nicht zuordnen. Aber als sie sah, wie Steven sich mit dem Ring in der Hand hinkniete, wusste sie sofort, was hier gespielt wurde, und sie stellte kurzerhand mit einem Schlag auf einen großen roten Knopf die Treppen ab. Die beiden Rolltreppen, die nach oben beziehungsweise nach unten fuhren, stoppten abrupt und als das Geräusch der Motoren erstarb, wurde es schlagartig gespenstisch still in der röhrenähnlichen Konstruktion.

Auch Steven überraschte die unerwartete Ruhe und so blickte er fast verängstigt zu der Aufseherin. Als diese ihn anlächelte und mit beiden Händen deutete, dass er fortfahren solle, und dabei immerzu »Dawai! Dawai!« rief, drehte Steven seinen Kopf zu mir, sah mich direkt an und fragte, sodass jeder der Anwesenden, die gerade auf einer der zwei Rolltreppen standen, in der langen, steil nach oben ragenden Röhre, ihn gut hören konnte: »Claire Winter, willst du mich, Steven Phillips, heiraten?«

Als ich zitternd und mit weichen Knien seine Frage vernahm und deutlich seine Worte hörte, spürte ich mein eigenes Herz, wie es im Inneren meiner Brust pochte und hämmerte. Alle Passagiere bekamen unser Treiben mit und sie waren nun ebenso wie Steven neugierig und gespannt auf meine Antwort. Es gab keine Zwischenrufe und keinen

Laut. Im Gegenteil, alle Augen, und es waren derer viele, waren nun auf mich gerichtet.

Ich war sehr nervös und lief langsam die letzten Meter über die Rolltreppe hinunter zu Steven, der immer noch mit ausgestreckten Händen, in denen sich der Ring in der Schatulle befand, auf der Plattform kniete.

Wenn ich mir auf dieser Reise alles hätte ausmalen können, aber dass ich einen Heiratsantrag von Steven erhalte, das lag weit außerhalb meiner Vorstellung und meinen Träumen. Ich hatte ihn, wie konnte es anders sein, auf einem Collage-Footballspiel kennengelernt. Wir hatten uns mehrmals verabredet, waren zusammen essen und ins Kino gegangen und taten, was man eben tut, wenn man sich kennenlernt und ineinander verliebt. Bereits kurze Zeit später, als das neue Semester begonnen hatte, beschlossen wir, zusammen ein Apartment zu mieten. Meine Mutter war zwar skeptisch gewesen, aber sie willigte ein, da sie Steven sehr schätzte. So hatten wir die vier Jahre zusammen in unserer eigenen kleinen Welt verbracht. Da Steven den Sport liebte und ich die Filme, wir jedoch stets aufeinander zugingen, war unser Leben bislang sehr abwechslungsreich gewesen. Wir lernten und studierten konzentriert und ehrgeizig und verbrachten, sofern es sich ergab, unsere Freizeit auch zusammen mit unseren Freunden, mal im Sportstadion, mal im Kino. Was mir jedoch uneingeschränkt an unserer Beziehung gefiel, war, dass wir uns in allen Lebenslagen zu ergänzen versuchten. Wir suchten immer das Verbindende und das Positive und gingen immer auf die Wünsche und Träume des anderen ein.

Ein Beweis dafür war es, dass Steven sich eigentlich die Brücke Pont-Neuf für seinen Antrag ausgesucht hatte. Er wusste nur zu genau, dass *Die Liebenden von Pont-Neuf*, in welchem die grandiose Juliette Binoche eine erblindende Malerin spielt, mein absoluter Lieblingsfilm ist. Aber ja, ich liebte Steven nicht nur deswegen, sondern auch wegen seiner Art, Dinge zu sehen, Probleme zu lösen, und vor allem liebte ich es, wie er mich behandelte.

Als ich am Ende der Rolltreppe auf der Plattform ankam, sah er hoch zu mir und sein Blick war freundlich und warm. Ich streichelte ihm über die Wangen, hielt ihn an den Händen und ließ meinen Kopf in meinen Nacken fallen, während ich aus Leibeskräften, unter dem Applaus der russischen Anwesenden, schrie: »Ja, ich will!«

Nachruf

Karim Bihari Vajpayee verstarb am 5. Mai 2020 im Alter von 104 Jahren im Beisein seiner Freundin Elsa Brandt im Centennial Hills Hospital Medical Center in Las Vegas infolge einer Covid-19-Erkrankung.

Sein Leichnam wurde auf eigenen Wunsch in seine Geburtsstadt Agra in Indien überführt und dort nach den hinduistischen Ritualen bestattet.

Er möge sich aus den Ketten der Wiedergeburt befreien und Moksha, die hinduistische Erlösung, erlangen.

Danksagung

Ich bedanke mich sehr bei folgenden Personen für ihre tatkräftige Unterstützung und große Hilfe!

Annabell Pehlivan   Barbara Splait
Bettina Winterkorn   Felix Batlogg
Gerhard Fuchs   Julian Pehlivan
Katrin Pichler   Kenan Aktas
Kurt Korinek   Martin Hartmann
Ronald Weber   Rosmarie Müller
Sabine Jussel   Sandra Luger-Kopf
Stefan Lorenz   Stefan Sonderegger
Thomas Zeitlhofer

Sowie bei meiner Partnerin Sandra Müller, welche mir stets eine große Stütze war und mir den Freiraum gab, diesen Roman zu schreiben.

Weitere Titel von Küp Seker

Kamar & Sun - Roman

Arabischer Mond – Englische Sonne

Küp Seker berichtet von seinem eigenen Leben, von seinen Ansichten und Denkweisen als Türke in Deutschland. Vor allem aber erzählt er die Fabel von Kamar und Sun, welche er einst von seiner Großmutter hörte.

Kamar & Sun - Märchen

Der kleine Löwe und der Schmetterling

Der kleine Löwe Kamar lebte in Persien und hatte ein großes Problem. Eines Morgens stellte er nämlich fest, dass er nicht brüllen konnte. Zumindest nicht viel besser als ein Zwerghamster.